Conserve la Couverture

FRANÇOIS COPPÉE

—

3066

Mon Franc parler

TROISIÈME SÉRIE

(Juin 1894 — Février 1895)

PARIS

ALPHONSE LEMERRE, ÉDITEUR

23-31, PASSAGE CHOISEUL

NEW-YORK, 13 WEST, 24th STREET

M DCCC XCV

Mon Franc parler

ŒUVRES COMPLÈTES

DE

FRANÇOIS COPPÉE

ÉDITION ELZÉVIRIENNE

Volumes in-12 couronne, imprimés en caractères antiques
sur papier teinté.

FRANÇOIS COPPÉE

Mon Franc parler

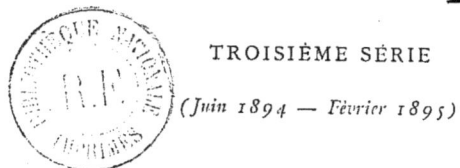

TROISIÈME SÉRIE

(Juin 1894 — Février 1895)

PARIS

ALPHONSE LEMERRE, ÉDITEUR

23-31, PASSAGE CHOISEUL

NEW-YORK, 13 WEST, 24th STREET

M DCCC XCV

Machines de guerre

—

LE besoin de vaticiner est naturel à l'homme. Nous nous croyons tous, plus ou moins, doués du don de prophétie, et moi-même, qui ne m'en fais pourtant pas accroire, je tombe quelquefois dans ce travers. On compte par milliers les Jérémies de salon et les Ézéchiels de journal.

L'autre jour, chez des gens très bien, un parfait gentleman, avec un plastron de neige et des souliers tellement vernis qu'on aurait pu s'y mirer pour se faire la barbe, s'est planté devant la cheminée, dans l'attitude d'un acteur qui va réciter un monologue, et nous a prédit la prochaine invasion de l'Europe par les Chinois; et, dans le petit café où je vais parfois lire les feuilles du soir, j'ai entendu, tout près de moi, un joueur de piquet annoncer, pour un de ces quatre matins, l'abolition du numéraire, et cela malgré les regards inquiets du patron, qui jouait avec ce terrible client et qui, dans son émotion, a fait un écart absurde et a raté le quinte et quatorze.

Après tout, cette distraction est assez innocente, et cela vaut mieux, comme sujet de conversation, que de dire du mal du prochain.

Pourtant, depuis quelques jours, les Mathieu de la Drôme et les abbés Fortin de l'histoire future me donnent un peu sur les nerfs; car, à propos de Turpin et de ses inventions sanguinaires, ils nous ont encore servi une bien vieille et bien décevante prophétie, celle de la paix entre les hommes à jamais assurée par le perfectionnement des engins de guerre.

La théorie est séduisante, si l'on veut. Par malheur, tout le passé lui donne des démentis et rien ne nous autorise à espérer qu'elle puisse devenir une vérité dans l'avenir. L'expérience nous enseigne, au contraire, que l'homme, dès qu'il

trouve un moyen plus simple et plus rapide de
détruire son ennemi, c'est-à-dire son semblable
et son frère, se hâte de s'en servir; et la découverte d'un gaz asphyxiant ou de toute autre abomination de la même espèce ne modifie rien aux
causes profondes et fatales qui maintiennent en
état de lutte l'incorrigible humanité.

Certains pessimistes prétendent même — et
ils n'ont pas tout à fait tort — que l'on peut considérer la guerre comme un des principaux agents
de ce que nous appelons orgueilleusement le progrès. Notre premier ancêtre et un gorille, disent-
ils, se ressemblaient comme deux gouttes d'eau,
et l'homme n'a d'abord prouvé sa supériorité
sur le singe qu'en se confectionnant une massue
pour l'assommer. Un noble, disent-ils encore, un
seigneur en armure sur son cheval bardé de fer,
valait dix manants vêtus de bure, et rien n'a plus
contribué à mettre quelque égalité entre les
hommes que l'atroce invention de la poudre et
des armes à feu.

Je veux bien le croire et admettre même que
la dynamite — dont les anarchistes, malgré toute
leur bonne volonté, n'ont encore tiré qu'un parti
insignifiant — fera merveille dans les guerres fu-
tures et que, à la suite de massacres sans précé-

dents, elle avancera la civilisation d'une étape. A
ce point de vue, il faudrait saluer chaque nouvelle machine à tuer comme un bienfait. Mais, au
fond, cette doctrine n'est que la constatation
pure et simple du droit du plus fort, et nous
voici, dans tous les cas, bien loin des beaux rêves
de désarmement général et de paix universelle.

Laissons là toutes ces chimères, et bornons-
nous à constater que, si les guerres sont plus
rares, elles deviennent toujours plus meurtrières.
On hésite devant l'horreur des instruments de
mort. Mais c'est, comme dit le proverbe, reculer
pour mieux sauter. Tant mieux pour les généra-
tions qui vivent dans une période d'accalmie,
tant pis pour les autres. Le total des hécatombes
reste le même. Il est certain que le nombre des
victimes de la guerre de Cent Ans n'a pas été supérieur à celui des soldats tués pendant les campagnes de la Révolution et de l'Empire; et, pour
le prochain conflit international, on nous promet,
au bout de quinze jours, un tas de cadavres aussi
énorme que celui qu'avait accumulé, en six mois,
la dernière guerre entre la France et l'Allemagne.
Perspective hideuse, sans doute. Mais tout homme
de bon sens est forcé d'avouer, avec tristesse, que
l'événement sera, tôt ou tard, inévitable.

Je m'abandonne à ces réflexions en songeant à ce Turpin, personnage obscur, équivoque, qu'on voudrait plaindre parce qu'il a beaucoup souffert, mais qui, par son avidité et surtout par sa récente conduite, qui commence en trahison et qui m'a tout l'air de finir en charlatanisme, décourage vraiment l'indulgence.

Ne s'est-on pas, d'ailleurs, beaucoup trop hâté de crier à l'homme de génie? Pour mon compte, je me sens très froid pour tous ces manipulateurs d'explosifs et ces fabricants de foudre en chambre. A propos de celui-ci, l'on nous a encore servi le fameux paradoxe de la guerre abolie par l'exagération même de son horreur, et l'on nous a représenté l'inventeur de la meilleure machine à carnage comme un bienfaiteur de l'humanité. Mais je ne puis avaler cette bourde. On n'imposera pas la paix par la terreur, et jamais l'homme ne deviendra meilleur par lâcheté.

Non, la chimie et la balistique doivent, dans cette circonstance, se montrer plus modestes. Celui qui invente un engin de guerre plus formidable que les précédents peut rendre service à son pays, sans doute, puisque la cruelle nécessité de la guerre existe. Qu'on le récompense par de l'argent et des honneurs, soit. Mais n'oublions pas que son rôle moral, le jour de la bataille, est inférieur à celui du dernier des soldats qui expose sa vie pour la défense du drapeau.

L'inventeur du canon-monstre ou de la mitrailleuse géante n'a pas un instant le droit, cela va sans dire, de vendre son secret à l'étranger, car, alors, il est un traître. Mais je vais plus loin, et si, par vanité de savant, il divulguait son secret à tous, je le tiendrais encore pour un scélérat.

Tout ce qu'il peut faire, je le répète, c'est d'offrir à son pays l'horrible chef-d'œuvre. Et encore, j'exige de lui, s'il a le cœur à sa place, qu'il livre son secret sans conditions, avec un entier désintéressement. Et s'il est pauvre? me direz-vous. Eh bien! qu'il reste pauvre, ou, du moins, qu'il se contente du salaire qu'on lui donnera... Voyons, la main sur la conscience, est-ce là matière à marchandage? Pour moi, l'industriel en tuerie, le négociant en massacre ne m'inspire que du dégoût.

Je n'écris pas ces lignes, croyez-le bien, pour accabler un malheureux, ni pour excuser ceux qui ont découragé, trompé, exaspéré Turpin, au début de ses démarches, du moins à ce qu'il semble. Ils ont prouvé une fois de plus, hélas! que ce qu'ils appellent la compétence n'est souvent pas autre chose que la routine.

Malgré tout, je ne puis me monter la tête, comme le font beaucoup de gens autour de moi, sur cette découverte dont personne ne sait rien, et, en général, sur la portée de toutes ces inventions meurtrières. D'abord, je crois peu au secret bien gardé. J'imagine aussi, chez nos ennemis, des trouvailles équivalentes, l'état de la science étant à peu près le même dans toute l'Europe. A qui fera-t-on croire que les Allemands ne possèdent pas — ou à peu près — le même canon, la même poudre que nous? Qu'il y ait quinze balles dans la crosse de ce fusil et douze seulement dans cet autre, est-ce une certitude de victoire pour ceux qui seront armés du premier?

En vérité, à force de fabriquer des machines de guerre, tout en ne la faisant jamais, nous devenons superstitieux, en matière d'armement. Je ne veux pas rappeler que, en 1870, notre chassepot valait mieux que le dreyse, ni que les cuirassés italiens furent vaincus, dans l'archipel dalmate, par la flotte de bois de Téghétoff. Mais nous ne nous souvenons pas assez qu'il y a, dans la perte ou dans le gain d'une bataille, autre chose que la supériorité des armes. Il y a la science, la prévision et aussi l'intuition, l'inspiration du chef; il y a encore l'endurance, la ténacité, la bravoure

des soldats; il y a surtout — il faut bien le dire
— le *quid obscurum,* le mystère, ce qu'on est bien
forcé d'appeler le hasard.

Je ne prononce pas ce mot sans répugnance.
Précisément parce que je crois à la fatalité de la
guerre et que je pense même — combien douloureusement! — qu'elle est souvent, dans la vie
d'un peuple, l'unique chance de salut, précisément pour cela, je ne puis me résigner à croire
que le destin qui préside aux batailles soit absolument aveugle. Et cependant, devant le choc de
deux armées, devant cette effroyable manifesta-
tion de la force, il n'est pas permis de parler de
justice.

7 *juin 1894.*

Le Chant du Rossignol

L était temps!...

Si je m'étais attardé quelques jours de plus à Paris, je n'aurais pas, cette année, entendu chanter le rossignol.

Vous savez que, dès les premiers jours de juin, quand ses petits sont éclos, il perd sa voix ou, pour être plus exact, il n'émet plus qu'un assez désagréable rauquement. Or, malgré le ciel maussade, il me tardait d'être à la campagne pour ne pas manquer, au moins, la fin du concert, et l'avant-dernier samedi, en faisant mes malles, j'étais positivement inquiet, comme un vagnérien qui craint de rater l'express de Bayreuth.

J'en ai déjà fait l'aveu, je suis un assez médiocre dilettante, et, dans un théâtre lyrique, je me fais vieux tout de suite. Une heure, une heure et demie d'opéra, c'est tout ce que mon attention peut supporter. Au bout de ce laps de temps, je n'écoute plus. Assourdi, fatigué, je m'aperçois avec déplaisir que le ténor a des élégances de tonnelier, et que la prima doña se gonfle le cou à force de hurler et semble affligée d'un goitre. Je pense alors à autre chose, ou bien, pour me distraire, je regarde le timbalier, l'homme le plus occupé de l'orchestre, abandonner à chaque instant ses baguettes, pour saisir à la hâte des instruments supplémentaires, un triangle, un paquet de grelots, deux castagnettes au bout d'un bâton.

Pas mélomane pour deux sous, je suis forcé d'en convenir.

Mais, quand il s'agit du chant des oiseaux, c'est une autre affaire. Il me ravit, et, depuis que je passe tous mes étés à la campagne, je suis même devenu un amateur assez distingué. Oh! rien d'extraordinaire; ne nous vantons pas. Je commence seulement à me débrouiller un peu dans tous ces cuic-cuic; et pour un ancien gamin de Paris, qui dans son enfance n'a entendu que les pierrots et le sansonnet en cage de sa portière, ce n'est vraiment pas trop mal.

Un connaisseur pour de bon — comme ce forestier de Theuriet, par exemple, qui distingue le charmant bavardage des différentes fauvettes — me collerait tout le temps, c'est clair. N'importe, on doit me tenir compte de ma bonne volonté.

Le goût y est, je vous assure, et quand je reste assis pendant des heures devant la pelouse, écoutant là-bas dans les arbres du parc le gazouillement du peuple ailé, je suis aussi attentif que ces anciens abonnés que j'ai vus jadis au Théâtre-Italien, vieillards très « lingés », à têtes diplomatiques, ornés de râteliers et de faux toupets, et qui marquaient la mesure avec leur jumelle ou avec leur tabatière.

Aussi, retenu en ville jusqu'à la fin de mai, je me faisais un mauvais sang!...

Il faut que Paul Bourget le sache. Je me suis remué tant que j'ai pu en faveur de son élection, et j'ai été bien heureux que l'Académie ait accueilli en sa personne un jeune maître qui honore les lettres françaises; mais je lui faisais, en restant à

Paris, un grand sacrifice. Pour « chauffer » sa
candidature et pour lui apporter mon suffrage,
j'ai renoncé à une quinzaine de soirées dans mon
jardin de Mandres, où j'aurais entendu le chant
du rossignol. Que Bourget en trouve beaucoup,
des amis d'un pareil format!

Le rossignol, heureusement, s'est montré bon
prince. J'étais en retard; il a daigné m'attendre
et, dès mon arrivée, il m'a donné une sérénade.

Je le répète, aucune musique n'est plus délicieuse; et, d'abord, pour en jouir, il n'est pas
besoin de s'enfermer dans une salle de spectacle,
nauséabonde dès le troisième acte, ni d'avoir des
difficultés avec l'ouvreuse.

C'est au crépuscule. Dans le ciel clair et —
sous les arbres, du côté de l'Occident — encore
rose, les premières étoiles clignotent, toutes petites, avec un faible scintillement. Mais déjà sur
terre tout s'assombrit, et seules, dans la verdure
noire, les fleurs ont un éclat vif, un dessin précis.
Leur odeur aussi s'exalte. Le souffle du soir, très
léger, emporte l'haleine des roses. Le long de
l'allée, les bordures d'œillets blancs semblent
une neige parfumée. L'heure est exquise. Il flotte
dans l'air une paix profonde.

L'un après l'autre, les oiseaux se taisent. En

haut du grand sapin, la tourterelle encore une fois roucoule. Le brave sifflet d'un merle, le gai guilleri d'un pinson brusquement se sont éteints; et il y a même, en leurs notes joyeuses, comme une tristesse d'adieu. Sous un buisson, le babillage d'une fauvette s'endort, s'est endormi. L'air fraîchit. Dans l'azur plus foncé, les planètes jettent des feux de diamants. Quel calme!

Alors, dans le silence enchanté, dans la nuit enfin venue, dans la fraîcheur et dans les parfums, — tout seul, pour la gloire de son nid et de ses amours, solennellement, — *Il* prélude.

Ce sont des notes longuement poussées, à la fois tendres et douloureuses, ayant la langueur angoissante d'une plainte et l'ardente profondeur d'un soupir. Elles se succèdent, se liant sans se confondre, comme la rhythmique harmonie des lames, par un temps très pur. Puis, tout à coup, à plein gosier, pris d'ivresse et de génie, il chante, il laisse déborder son âme en folles mélodies, l'oiseau du bois sauvage, le sublime virtuose des nuits de printemps!...

Qui me parle de la Patti? J'étais à ses débuts, dans *le Barbier;* j'entends encore sa voix de cristal, limpide et légère, comme l'éclat de rire d'un enfant. Et je retrouve aussi, par un effort de mémoire, la jouissance aiguë, presque émouvante, que m'a donnée le *contre-fa* de la Nillsonn, toute jeune, dans *la Flûte enchantée*.

C'était admirable, certes! Mais la voix des cantatrices n'avait à emplir qu'un théâtre clos et couvert, qu'un espace restreint. Le rossignol, lui, chante en plein air, et rien n'égale l'intensité, la puissance de ses merveilleuses vocalises. L'autre fois, par ce paisible soir de juin, il s'est vraiment surpassé. On eût dit que toute la nature était charmée par lui. La majestueuse immobilité des grands arbres paraissait attentive, et les astres grossissants semblaient se rapprocher pour mieux l'entendre.

Vous connaissez la jolie légende allemande, qui raconte qu'un moine resta pendant cent ans, assis sous un chêne, à écouter un rossignol. N'ai-je pas éprouvé, l'autre soir, les sensations du moine de la légende? Merci, petit oiseau à qui je dois un instant d'extase!

Car la vie est triste. A chaque pas, la réalité nous heurte et nous blesse, nous parle d'égoïsme et de misère. Chante, rossignol, chante! Enivre-moi de rêve et de musique. Permets-moi d'oublier, en cette heure printanière et nocturne, que les lois de la nature sont impitoyables. Rappelle-moi que, dans la malheureuse humanité, presque tous, comme toi, ont connu, au moins pendant quelques mois de mai, la joie d'aimer, la chaleur du nid, et qu'ils ont éprouvé l'émotion sacrée dont est pénétré mon cœur de vieux sentimental, en écoutant ton chant d'amour monter éperdument vers les cieux!

14 juin 1894.

Béranger

N 1857, — j'avais quinze ans, — je vis passer, sur le boulevard du Temple, le cercueil de Béranger.

Le chansonnier allait rejoindre au Père-Lachaise son ami, le tribun Manuel, qui l'attendait là depuis trente années. Dans cette circonstance, le gouvernement impérial avait craint des manifestations, des troubles, et, pour les prévenir, il avait décidé — ce qui était assez adroit — que la garnison de Paris assisterait aux obsèques du poète national. La cérémonie n'en fut que plus touchante et plus imposante. Suivi d'une foule

profondément émue, le char funèbre marcha
vers le cimetière parmi les commandements militaires et les armes frémissantes; et cette pompe
guerrière, qui n'était d'abord qu'une précaution,
devint un hommage. Où l'armée fut-elle jamais
plus à sa place et mieux dans son rôle que ce
jour-là, quand elle rendit les suprêmes honneurs
au chansonnier lyrique qui avait si ardemment
aimé la France, qui en avait exalté la gloire et
l'avait consolée dans ses malheurs?

Béranger mourut en pleine popularité. La
veille encore, les cœurs palpitaient doucement,
les visages s'animaient d'un bienveillant sourire
au passage de ce vieillard en chapeau de quaker;
et sur le revers de sa longue lévite, tous les yeux
cherchaient la boutonnière ornée d'une simple
fleur ou même la fameuse reprise, dont il avait
dit avec tant de grâce :

Lisette a mis deux jours à tant d'ouvrage.

Pour aucun de ses favoris, jamais le peuple
n'avait gardé si longtemps une admiration plus
tendre et plus fidèle.

Mais, la tombe du poète à peine fermée, une
réaction éclata contre lui, féroce, impitoyable.
Ce furent les républicains qui la provoquèrent.

Comme les *Souvenirs du Peuple* n'avaient pas
nui, évidemment, à la propagande bonapartiste,
Béranger fut déclaré malfaiteur politique. On
oublia qu'il avait souffert pour la liberté, et qu'il
avait, après le triomphe, refusé toute récompense. Son manque d'ambition fut qualifié de
lâcheté, son désintéressement d'hypocrisie. On
nia jusqu'à ses vertus privées, jusqu'à sa bienfaisance, sa modestie incontestables. Il ne fut plus
qu'un faux bonhomme. Parce qu'il y a, dans son
œuvre, quelques pages d'une licence excessive,
— mais quoi! ce sont des chansons, — on le représenta comme un pornographe, un corrupteur
de la jeunesse. Quant au talent du poète, il fut
démoli de fond en comble. Dans celui que, naguère, on appelait l'Horace français, on ne trouva
plus que prose rimée, que rhétorique passée de
mode. Ce fut un effondrement. On accabla, on
ensevelit la renommée de l'homme et de l'écrivain sous le dédain et sous les injures. Quelques
années après, on ne prononçait plus le nom de
Béranger — et très rarement — qu'avec un haus-
sement d'épaules.

J'avoue que, sur le compte de Béranger, j'ai
été, jadis, influencé, tout comme un autre, par
l'atmosphère ambiante. Assurément, je ne lui

faisais point un crime de n'avoir pas prévu le
Deux Décembre; mais, d'abord, je ne trouvais
pas très injuste que, s'étant servi de l'épée, il eût
péri par l'épée, et que la politique, cause de son
succès, fût aussi celle de sa décadence. Et puis,
au point de vue littéraire, je dois m'accuser aussi
de n'avoir pas été toujours assez respectueux envers lui. Il ne faudrait même pas me trop pousser,
encore aujourd'hui, pour me faire dire qu'il y a,
dans son œuvre, beaucoup de bois mort, que
sa forme est souvent plate et que son lyrisme
manque de souffle.

Néanmoins, depuis quelque temps, mes petites idées sur le bonhomme se sont beaucoup
modifiées, et tout à fait en sa faveur. En vieillis-
sant, du fond de ma mémoire, quelques-uns de
ses couplets ont jailli, de ceux qu'on chantait
autour de moi, quand j'étais gamin, et beaucoup
m'ont semblé charmants. J'ai rouvert son livre
et j'ai reconnu que beaucoup de ses brèves com-
positions étaient tout simplement parfaites.
Quelle spirituelle malice dans *le Roi d'Yvetot* et
dans *le Bon Dieu!* Amoureux dont blanchissent
les tempes et qui serrez contre votre cœur le bras
d'une jeune amie, — répondez franchement, —
pouvez-vous lui réciter tout haut *la Bonne Vieille*

sans que votre voix soit troublée par l'émotion?
Et savez-vous bien aussi que dans *le Vieux Ca-*
poral il y a tout un drame, et des plus pathétiques, des plus poignants?

Attention! m'étais-je dit alors. Dans cet oublié, dans ce renié, il y a un poète tout de même,
un poète de nature et d'instinct. Oui, par-ci par-
là, la langue, les images ont vieilli. Mais, tous,
nous sommes de notre temps, nous en acceptons
plus ou moins les habitudes de style et de pensée.
C'est ainsi chez les grands, chez les classiques.
On rencontre de la fade galanterie dans le divin
Racine. Est-ce que certaines périphrases ridicules
empêchent Chateaubriand d'être le père de la
littérature moderne? Qui oserait soutenir que la
boursouflure romantique n'est pas un peu surannée? Allez! pour tous les tortillages de « l'écriture artiste », sonnera aussi — et bientôt —
l'heure de la désuétude. Voyez tous ces portraits
d'aïeules, les unes en paniers, les autres en manches à gigot. Ne distinguez-vous pas, pourtant,
du premier coup d'œil, celles qui sont, pour de
bon, belles ou jolies?

Autre chose. Dans un modeste café-concert,
près de la tour Saint-Jacques, on chante, tous les
vendredis soirs, des chansons d'autrefois. Ce ne

sont pas — entre parenthèses — les centenaires
qui paraissent les plus vieilles. Je vais là, de
temps en temps, pour y retrouver, dans une gri-
serie musicale de quelques minutes, mes sensations de jeunesse et d'enfance. C'est un plaisir
exquis, bien que passablement mélancolique.
Il y a un refrain des rues, bête comme une oie,
le Papa de Nicette, qui me rappelle le bon
temps où j'étais si malheureux à cause d'une
blonde aux yeux à la chinoise; et ceux de mes
contemporains qui n'ont pas envie de fondre en
larmes en écoutant la romance : *Dans le Prado,
près de la grille,* ont vraiment bien peu de sensibilité.

Eh bien! quand je suis à l'Éden-Concert, devant mes quatre cerises à l'eau-de-vie, je com-
pare, machinalement, sans le faire exprès, les
vieux chansonniers. Croyez-moi. C'est encore le
père Béranger — comme on dit en argot de coulisses — qui les met tous dans sa poche.

Je ne fais d'exception que pour un seul, Pierre
Dupont, qui s'est taillé, dans un roseau de France,
un flûtiau digne de Théocrite, et qui est un poète,
celui-là, comme une étoile est une étoile.

Donc je me croyais, non pas le seul, mais un
des rares, des très rares, qui trouvaient terrible-

ment injuste l'oubli dans lequel était tombé l'auteur du *Dieu des bonnes gens,* quand voici M. Ernest Legouvé qui publie son *Béranger des écoles.* C'est là, comme le titre l'indique, un choix — fait avec le tact le plus délicat — parmi les vers et dans la très remarquable correspondance du chansonnier. De plus, le petit volume se recommande par des notes du plus vif intérêt et par une belle étude d'ensemble, dues à M. Legouvé, qui sera bientôt nonagénaire, mais dont la plume a toujours vingt ans.

C'est plaisir de voir avec quelle chaleur et quelle verve il défend et relève la gloire de celui qui fut son ami, et comme il fait justice des iniques dénigrements dirigés par l'esprit de parti contre le caractère et l'inspiration de Béranger. Aussi j'emboîte le pas à M. Legouvé. De sa suite, j'en suis.

Je déclare bien haut avec lui que Béranger fut un brave homme, un vrai poète et un bon Français; qu'il éprouva sincèrement la plus généreuse pitié pour les humbles et les travailleurs; que, fier, modeste, désintéressé, il vécut pauvre et libre comme le vent, et qu'il aima par-dessus tout la France et la liberté.

Sa philosophie, non pas vulgaire, comme on

l'a dit, mais indulgente et résignée, est, après tout, celle du peuple.

Peu religieux, mais sans lâche terreur devant le mystère, Béranger eut confiance en un Dieu de bonté. Il espéra la sainte alliance de l'humanité, tout en gardant un sentiment filial pour sa patrie. Il poursuivit pour elle un beau rêve de justice et de fraternité, mais sans renier aucune de ses gloires. Il plaignit les malheureux, excusa, comprit leurs révoltes, mais il leur conseilla surtout, avec une sagesse naïve et profonde, de cueillir les heures ailées et fleuries et de s'arrêter à toutes les haltes du chemin de misère, qui s'appellent un baiser, une chanson, un verre de vin.

Républicain, il vécut dans un temps où la République — désormais illusion perdue — était encore un idéal. Lui, qui trouvait moyen de faire la charité avec la maigre pension que lui servait l'éditeur Perrotin, qu'eût-il pensé de nos triomphants panamistes? N'eût-il pas jugé bien bénins ses mois de prison sous Charles X, devant les juges de la Haute Cour, condamnant un de ses frères en satire, Henri Rochefort, « à la façon de Marchangy, mon ami » ? Il n'a pas su que, dans le cœur du plus farouche jacobin, il y a

souvent un bourgeois égoïste qui sommeille.
Qu'aurait dit l'auteur du *Vieux Vagabond* de nos
législateurs atteints de surdité chronique pour les
revendications des désespérés ? Et lui, qui bai-
sait pieusement la soie des glorieux drapeaux,
n'aurait-il pas vu d'un œil sombre jeter dans la
charrette du boueur les deux couronnes d'immortelles déposées, l'autre jour, au pied de la
Colonne, pour célébrer le double anniversaire
de Marengo et de Friedland ?

Heureux Béranger! Il fut, toute sa vie, de
l'opposition. Il put croire jusqu'à la fin qu'une
forme de gouvernement est supérieure à une
autre, et que la cire — jaune, verte ou rouge —
du cachet change la qualité du vin.

Par cette erreur même, il fut un poète, — et
un vrai poète, — je le répète, sûr de ne pas me
tromper, puisque je suis du même avis que Gœthe
et Chateaubriand. Il a semé de nombreuses
chansons,

> *Fleurs d'acacia qu'éparpillent les vents.*

Mais plusieurs sont faites pour demeurer, notamment celles qu'il a consacrées à la légende
napoléonienne. Grâce à l'Empereur, — comme
le dit si bien M. Legouvé, — l'histoire de France

a ressemblé pendant quinze ans à un poème
épique. Béranger fut un de ceux à qui la gloire
de Napoléon donna un peu de génie.

Que n'ai-je écrit les *Souvenirs du Peuple*? Je
serais en règle avec la postérité.

21 juin 1894.

Madame Carnot

S AMEDI soir, Mme Carnot était dans son avant-scène, à l'Opéra-Comique, et assistait à la représentation de *Falstaff*.

Elle était contente. Son mari, dont la santé lui avait donné de l'inquiétude, tous ces derniers temps, allait mieux, s'était mis en route pour Lyon. Rassurée, mais craignant encore un peu pour lui les fatigues du voyage et des cérémonies, elle l'avait recommandé aux gens de sa suite. « Veillez à ce qu'il ne reste pas trop longtemps debout, à ce qu'il se ménage. » Car Mme Carnot est une épouse et une mère de famille exemplaire.

Enfin, il était parti, bien disposé. Elle le savait, là-bas, reçu avec enthousiasme, souriant à tous, donnant des poignées de main, passant au milieu des acclamations. Alors, fidèle à son rôle, à ses devoirs de demi-souveraine, elle avait tenu à paraître dans ce théâtre, à applaudir l'œuvre de Verdi, du maître vénérable qui était venu demander à Paris une nouvelle consécration de sa gloire et dont l'harmonieux génie avait semblé mettre un trait d'union entre les deux nations latines, si malheureusement divisées.

Elle était dans sa loge, sentant monter vers elle la discrète mais très sincère sympathie de tous. Comme toujours, la foule éprouvait en sa présence un sentiment de plaisir. Malgré tant de mal qu'on dit de nous et que nous en disons nous-mêmes, nous sommes un peuple de braves gens; et, hier encore, nous étions heureux de voir, au premier rang de la hiérarchie sociale, cette digne et excellente personne. Dans les réunions mondaines, jamais la phrase : « Tiens ! voilà M\ᵐᵉ Carnot », n'était suivie d'une médisance, pas même d'une épigramme. Chacun souriait de loin à cet aimable et pur visage. On admirait les hautes vertus de la compagne du Chef de l'État, et, de plus, on lui savait gré de les pratiquer avec tant

de simplicité et de bonne grâce. C'était une fierté
pour nous, quand la France avait des hôtes à recevoir, de leur montrer tout d'abord — auprès
du premier des citoyens, à la place la plus appa-
rente, et comme une parure de la patrie — cette
honnête femme.

Si modeste que soit Mᵐᵉ Carnot, elle a dû souvent s'apercevoir, elle a dû souvent être heureuse
de l'affectueux respect dont elle était comme enveloppée; et, l'autre soir, dans cette salle brillante,
devant ce public choisi, peut-être, encore une fois,
attendrie et bercée par la musique, a-t-elle eu
cette douce sensation qui lui caressait le cœur.

Mais le lendemain !...

Non, on ne peut y songer sans frémir !... Elle
est là, paisible, dans l'intimité de la famille. Les
fenêtres de l'Élysée sont ouvertes sur la chaude
nuit de juin et laissent pénétrer le parfum des
roses. Quand soudain paraît un familier du logis,
les traits bouleversés. C'est la nouvelle, l'effroyable nouvelle! Et les télégrammes se succèdent, se précipitent, les télégrammes où flamboient les mots de sang! Oh! ce voyage nocturne,
et, dans la gare sombre, où ronfle la machine at-
telée à la hâte, le départ de cette pauvre femme,
dévorée d'angoisse et d'épouvante, parmi tous

ces hommes aux faces mornes et parlant à voix
basse!... Hélas! le « rapide » peut courir, rouler
à faire fumer les rails, dévorer la nuit et l'espace.
La malheureuse arrivera trop tard! A Dijon, à
moitié route, Mme Carnot apprend l'atroce vérité. Son mari est mort. Elle aussi, elle reçoit son
coup de poignard!...

En vérité, je ne puis arracher ces horreurs de
ma pensée.

Une seule fois, j'ai eu l'honneur de voir de
près Mme Carnot et de causer avec elle. C'était
dans la première année de la présidence de son
mari, et elle passait alors la fin de l'été au palais
de Fontainebleau, avec sa famille. Je fis ce petit
voyage pour me rendre à l'audience qu'elle avait
bien voulu m'accorder et pour lui parler d'une
grande et malheureuse artiste, cruellement at-
teinte par la maladie et menacée par la misère.
Jamais je n'oublierai avec quel zèle et quelle chaleur d'âme elle accueillit ma requête, ni combien
elle fut, dans cette circonstance, bienfaisante et
bonne.

Au moment où elle est accablée, à son tour,
par la plus affreuse des infortunes et où elle va
sans doute s'abîmer dans son deuil, ce souvenir
me hante et m'émeut. Mme Carnot m'a rarement

vu dans les fêtes dont elle faisait si gracieusement les honneurs, et je ne les ai traversées deux ou trois fois que pour m'incliner devant elle. Je suis peu mondain, encore moins courtisan. Mais je tiens à dire, aujourd'hui, à cette noble femme que je souffre de sa douleur et à lui prouver que le poète, qu'elle aida un jour à faire un peu de bien, n'est pas un ingrat.

Tout a été dit sur l'assassinat du Président de la République, et ce crime monstrueux a su arracher aux moins éloquents de superbes cris d'horreur et d'indignation. Pourquoi est-on forcé de reconnaître qu'ils ont retenti avec bien moins de force et de sincérité, lors des précédents attentats commis par les anarchistes? Il n'y a pas à soutenir le contraire. On économisa les larmes d'encre, on fut très chiche de Bossuet à cinq sous la ligne pour le marchand de vin Véry, pour l'ouvrier Hamonod, pour les sergents de ville de la rue des Bons-Enfants, pour le pauvre diable de dessinateur du Café Terminus. Bien plus, par une singulière perversion de la sensibilité, cette compassion, ménagée pour les victimes, était prodiguée aux criminels ou du moins à leurs familles. Rappelez-vous seulement le concours d'adoption en faveur de la petite Sidonie.

Mais, cette fois, le vent tourne. Le Président Carnot est pleuré comme Henri IV, et le nom de l'anarchiste italien qui fut son meurtrier n'est pas voué à une moindre exécration que le nom du fanatique Angoumois écartelé en 1610. Avons-nous donc encore tant de monarchie dans les veines, et revenons-nous aux règles de l'ancien théâtre, qui ne permettaient d'attendrir les spectateurs que sur les malheurs de personnages illustres?

Quoi qu'il en soit, aujourd'hui la pitié ne fait pas fausse route, suit d'instinct la justice et la raison et s'adresse à ceux qui la méritent, aux innocents, aux victimes.

En est-il une plus touchante que Mme Carnot qui, née dans la classe moyenne, en ayant les bonnes et modestes habitudes, s'est trouvée portée au rang suprême, a su dignement y occuper sa place, d'instinct, à force de tact et de bienveillance, et qui, brusquement, est jetée dans ce drame de sang, en pleine horreur historique?

Oui, je la plains profondément, et tous les gens de cœur la plaindront comme moi. Dans sa jeunesse, elle n'avait certainement rêvé que d'être une loyale épouse et une tendre mère. Plus tard, elle n'était entrée dans la vie éclatante que pour

y suivre son mari, n'avait accepté les honneurs
— avec quel ennui secret, sans doute, et quelle
fatigue! — que pour se montrer digne de l'homme
qu'elle aimait. Et tout à coup, l'inflexible destinée lui apprend que tout se paye, même ce
qu'on n'a pas demandé, que les souffrances se
mesurent aux grandeurs, et inflige à cette douce
et simple femme les tragiques désespoirs et les
larmes des reines.

La voici désolée pour toujours. Elle ne trouvera
quelque tempérament à sa douleur que dans ses
devoirs maternels et dans le culte d'un mort pour
qui l'histoire, si souvent injuste et passionnée, se
montrera très indulgente. Car, devant la fin sanglante du Président Carnot, les plus sévères ont
désarmé. Ils ne veulent se rappeler que son
amour de la paix et du travail, son respect de la
loi, sa probité scrupuleuse. Ils ne lui font même
plus le seul reproche qu'il ait mérité, celui de n'a-
voir pas poussé, en des jours de honte nationale,
le cri de généreuse colère que la France attendait
de lui. Ils excusent son silence, devinent ce qu'il
a dû coûter d'effort à cet honnête homme, com-
prennent qu'il a cru faire son devoir en se taisant.

La figure du Président Carnot, qui semblait
plutôt effacée, a pris, depuis le coup de couteau,

beaucoup de dignité et même de grandeur. Le grand-cordon de la Légion d'honneur, insigne de son rang, dont il s'ornait dans les cérémonies officielles, deviendra, pour sa famille, une très précieuse et très honorable relique. Les taches de sang qui le souillent et que sa veuve couvre, aujourd'hui, de baisers et de larmes, portent témoignage que Sadi Carnot était digne d'occuper la première place, puisqu'il a su mourir, noblement, courageusement, de la mort par le glaive, de la mort du chef.

28 juin 1894.

Ma Rose

E viens d'être l'objet d'un gracieux hommage qui m'a causé le plus sensible plaisir. Un de mes voisins de campagne, M. Ledéchaux, horticulteur à Villecresnes, vient de créer une nouvelle rose et lui a donné mon nom.

Je sais bien que, vu mon âge, qui est fort éloigné du printemps de la vie, et vu mon teint de bilieux, j'aurais tout au plus droit à une fleur d'automne, à quelque mélancolique souci. Je me sens indigne de baptiser une rose. Néanmoins, il y a, dans l'intention de mon aimable voisin, quelque chose de naïf qui m'a touché. Ce brave jardinier, souhaitant faire plaisir à un poète, lui dédie une fleur. Je ne pouvais que répondre : « Grand merci ! » et accepter le parrainage.

Ma rose est là, sous mes yeux. M. Ledéchaux m'a apporté, l'autre matin, le premier bouquet, et je le respire en écrivant cette page. Car ma rose est très parfumée, et je me félicite, d'abord, qu'elle ne soit pas pareille à ces monstres, gros comme des pivoines et admirables, certes, de forme et de couleur, mais absolument inodores, qui sont aujourd'hui fort à la mode et nous viennent, je crois, d'Amérique. La rose sans son parfum, c'est la beauté sans l'amour. Pardon de l'image surannée, qui nous reporte au Consulat et nous fait penser à un vieux monsieur coiffé en ailes de pigeon, offrant une rose à une belle dame et lui disant : « Permettez-moi de vous rendre à vous-même. » Pardon de la métaphore rococo : elle a le mérite d'être exacte. — Je le répète. Rose sans odeur, femme froide. Et que m'importe la plus belle des créatures, si je ne respire pas en elle l'arome exquis d'un sentiment ou tout au moins l'effluve capiteux d'un désir ? Ma rose embaume ; c'est une amoureuse.

Je la classerais volontiers parmi les brunes, — toujours pour m'exprimer comme en 1803. —

Ma rose est d'un beau rouge foncé, un peu plus profond que le pourpre et qui s'assombrit encore plus, vers le cœur, en prenant des reflets de velours. Même dans son plein épanouissement, elle est de dimension moyenne. On aimerait à la piquer dans une noire chevelure, près d'un front pâle. Mais gare aux épines! Elle en a de très cruelles, courbes et aiguës comme les griffes d'un félin.

Belle, enivrante et dangereuse! Décidément, on ne peut la comparer qu'à une femme.

Me voici tout fier de ma filleule fleurie! Oh! je n'en perds pas la tête; je sais fort bien que, grâce aux merveilles de la fécondation artificielle, la culture multiplie chaque jour les variétés, et que beaucoup d'entre elles ont un parrain ou une marraine. On compte par milliers ceux qui ont donné leur nom à une rose. N'importe, ils forment quand même une aristocratie, une élite. Nous sommes bien plus nombreux, par exemple, dans la Légion d'honneur. Ne met pas qui veut à sa boutonnière sa propre rose.

Je serais très satisfait, je l'avoue, que la mienne eût du succès, devînt célèbre et triomphât dans les jardins. Mieux que mes ouvrages, j'en suis convaincu, elle transmettrait mon nom à la postérité. Après tout, rien ne s'oppose à ce que

je sois, un jour, aussi fameux que l'inconnue
« Mme Bérard », que l'obscur « Capitaine Chris-
tie », ou que cet énigmatique « Paul Néron »,
qui, avec son faux air d'empereur romain, m'a
toujours rendu rêveur. Pourquoi ne dirait-on
pas le *François Coppée,* comme on dit le *Général
Jacqueminot* ou la *Baronne de Rothschild ?* En définitive, je vaux bien un général en chapeau à
plumes ou une baronne je ne sais combien de fois
millionnaire. Et puis, tout passe et tout lasse. Mes
écrits seront, tôt ou tard, fanés et désuets, s'ils
ne le sont déjà. Peut-être le temps a-t-il répandu
sur les poèmes de mes vingt ans — et je serai le
dernier à m'en apercevoir — cette cendre grise
qui pâlit et décolore les vieux pastels. Ma rose,
elle, possède la jeunesse inaltérable et l'éternelle
fraîcheur. Avec le même éclat, avec le même parfum, elle s'épanouira tous les ans, à la fin de mai.
Tous les ans, on l'admirera, l'on dira : « Comment s'appelle-t-elle ? » Alors, on déchiffrera, non
sans peine, sur la fiche de bois suspendue à sa tige,
un nom naguère écrit au crayon, presque effacé ;
et quelques-uns se rappelleront peut-être que ce
nom fut celui d'un poète qui, dans son temps et
de son mieux, a chanté le printemps et les fleurs.

Du bouquet posé sur ma table, je prends une

rose, — une de mes roses, — je la porte à mes narines, à mes lèvres, et je m'enivre d'elle. Il me semble que je lui donne et qu'elle me rend un baiser.

Ainsi que tes innombrables sœurs, ô ma rose, tu vas donc, à chaque renouveau, faire ton devoir délicieux, accomplir ton exquise fonction, qui consiste tout simplement à sentir bon et à être belle.

Le monde est vieux, vois-tu. L'homme civilisé s'est créé des besoins compliqués, des jouissances coûteuses et difficiles; et ceux qui en sont privés ont le cœur plein d'amertume et de sourde colère. Cependant, ni le riche blasé ni le pauvre avide n'ont de réels plaisirs que ceux de l'homme primitif, que ceux qui leur sont directement offerts par la nature. Pour l'un et pour l'autre, fleuris, ô ma rose! Rappelle-leur que tout le luxe et toute la volupté sont contenues dans une simple fleur, et qu'ils sont égaux dans leur ivresse, quand ils te regardent et te respirent.

Rose qui portes le nom d'un poète, fleuris surtout pour les amoureux. Ton parrain, bien qu'il ne soit plus jeune, les considère comme les seuls sages. Il sait trop que, dans la vie médiocre et brève, l'espèce humaine n'a guère de joie et de consolation que dans le baiser, que dans cet

effort — si rapide et si incomplet, hélas! — que
font pour s'unir deux âmes solitaires. Tu vas servir, ma belle rose, de messagère et d'interprète
aux amants. Que ne puis-je, en leur faveur, mettre
dans ton parfum les vœux d'un vieux sentimental
et donner à ton haleine embaumée une vertu ma-
gique qui fixe dans les jeunes cœurs l'amour tel
que je le souhaite pour eux!

Il serait, sans doute, au début, sensuel et passionné. Une rose ne peut pas être une chaste con-
seillère. Mais je voudrais que, bien vite, il devînt
tendre et profond, et que, surtout, il fût fidèle.
C'est la folie de l'homme mortel, mais c'est aussi
ce qu'il a de plus sublime, de croire aux sentiments éternels et d'être sincère en prononçant le
mot « toujours ». Heureux ceux qui n'ont pas
gaspillé leur cœur, qui n'ont fait qu'un serment
et l'ont tenu, qui ont respecté l'amour en eux-
mêmes! Celui qui t'a baptisée, ma rose, n'est pas
de ceux-là. Il a connu trop tard cette vérité que le
bonheur est dans la constance. Livre, du moins, ce
secret aux jeunes gens dont tu parfumeras l'idylle;
et puisse leur amour durer comme tu dureras toi-
même, séchée entre les pages d'un livre, où ils
t'auront mise en souvenir de leur premier aveu!

Épanouis-toi pour la jeunesse, pour la vie; mais

sois douce aussi aux vieillards qui n'auront plus que toi pour amie, au bonhomme en chapeau de paille et armé d'un sécateur, à la dame en cheveux blancs, qui met des gants flétris pour soigner les plates-bandes de son jardinet.

Fleuris encore, rose pieuse, pour les paisibles cimetières; car il est des âmes veuves et des cœurs orphelins qui aimeront à parer les tombes de ta grâce et de ta beauté et qui seront heureux de croire qu'un peu de la pensée des chers ensevelis flotte encore dans ta suave odeur.

Sois de toutes les fêtes et de tous les deuils. Meurs pâmée entre les seins des valseuses; effeuille-toi sur le drap noir des cercueils. Prodigue-toi, généreuse fleur, pour parfumer l'amour et la mort.

Et, puisque je rêve à ton avenir, ô ma rose, qu'il me soit permis de garder pour toi une belle espérance.

Depuis de longues années, dans notre malheureuse France, les journées les plus solennelles sont aussi les plus lugubres, et c'est surtout sur des chars funèbres que nous accumulons les fleurs. J'y songeais, dimanche, sous l'implacable soleil, en suivant le corps du chef assassiné. Avant lui, c'était à Thiers, c'était à Gambetta, c'était à

Victor Hugo, que nous rendions de suprêmes et pompeux honneurs. Je me souvenais même que la plus imposante cérémonie à laquelle nous pûmes convier nos hôtes russes, pendant leur séjour, ce fut encore un convoi, ce furent les obsèques d'un vieux soldat. Comme on l'a dit avec une ironie douloureuse : « Nous ne réussissons plus que les enterrements. »

O ma rose, serais-tu destinée à n'être qu'un symbole de tristesse et à te flétrir, mêlée aux couronnes funéraires, sous le vol noir des étendards voilés de crêpe et des pavillons en deuil ? Non, non, ton pays et le mien a connu d'autres fêtes, a vécu des jours d'enthousiasme et de gloire. Ils reviendront, n'est-ce pas ? Ils reviendront, je veux le croire de toute l'ardeur de mon âme, de toute ma foi de citoyen. Je ne serai plus là, sans doute ; j'aurai disparu avec ma misérable génération. Qu'importe ! Tu verras cette aurore, toi, car les fleurs sont immortelles, et tu brilleras, rose de France, parmi les guirlandes triomphales, à la cravate du drapeau victorieux !

4 juillet 1894.

Les Belges

———

JE n'aime pas à parler de ce que je connais mal. C'est pourquoi j'avais jusqu'ici gardé le silence sur les plaintes périodiquement exprimées contre l'invasion de la France par les ouvriers et manœuvres émigrés des pays voisins. Cependant, j'ai maintenant sous les yeux, dans ce coin de la Brie où je passe l'été, un spectacle qui se reproduit tous les ans et qui m'inspire de sérieuses réflexions. C'est celui de ces Belges qui viennent passer ici deux mois environ pour faire les moissons, et sans qui —

on peut le dire hardiment — les moissons ne seraient pas faites.

Ils arrivent, par groupes, au moment des plus
durs travaux de la campagne, et les entrepren-
nent, à la tâche, à tant l'hectare. Depuis longtemps, dans ces plaines fertiles, dans ce pays de
grosse culture, il n'y a, pour ainsi dire, plus d'ouvriers des champs, et, sans les Belges, je le répète,
propriétaires et fermiers ne sauraient comment
lever leurs récoltes.

Pourtant les villages sont assez peuplés, les
communes sont prospères. Beaucoup d'ouvriers
de tous les corps de métier gagnent un suffisant
salaire. Un grand nombre de petits cultivateurs
se tirent parfaitement d'affaire en faisant des
fruits, des légumes, — de « la légume », comme
ils disent plus volontiers, — même des fleurs.
C'est la grâce et le charme de toute cette région,
à plusieurs lieues autour du clocher de Brie-
Comte-Robert, que ces vastes espaces exclusivement plantés de rosiers; et, de la fin de mai jusqu'à la moitié de septembre, la brise qui passe
est parfumée. La contrée respire l'aisance. Sauf
quelques vagabonds et cheminots, point de pauvres, ou, tout au moins, pas d'indigents. C'est
même probablement à cause de ce bien-être, de

cette facilité de vivre, que les bras manquent pour les gros travaux de l'agriculture proprement dite.

En tout cas, le fait est indéniable. Pour couper ces blés et ces seigles qui vous viennent à hauteur d'épaule, pour botteler ces avoines qui frissonnent au vent, pour ériger ces meules blondes, pour biner ces betteraves et ces pommes de terre, on ne peut compter que sur les Belges; et, s'ils n'arrivaient pas, à l'époque exacte, quand les loriots mangent les dernières cerises, il faudrait, pour cette pénible besogne, — la plus indispensable de toutes, s'il vous plaît, — employer les grands moyens et mettre en réquisition les pantalons rouges.

Ne trouvez-vous pas cela fort inquiétant?

J'avoue que je suis pénétré d'estime pour ces braves Belges, si laborieux. Ils se lèvent au point du jour, ne rentrent qu'à la nuit tombée, et tout le temps, en pleine campagne, sous l'ardeur du soleil, ils travaillent comme des forçats. A peine s'accordent-ils une heure de sieste!

Ah! ils ne se préoccupent pas de la journée des trois-huit, ceux-là, je vous prie de le croire.

Dix sous par tête et par jour, voilà leur dépense. Tout au plus, le dimanche après la messe,

— car ils vont à la messe, — font-ils quelquefois
une petite débauche, boivent-ils un peu de mauvaise eau-de-vie. A la fin de la moisson, ils ont,
chacun, cent cinquante, deux cents francs d'é-
pargne. Ils retournent alors chez eux, où la ré-
colte est plus tardive, donnent encore le même
coup de collier, ajoutent quelques écus au bour-
sicot. Avec ces médiocres économies et les quelques sous qu'ils gagneront, cet hiver, à leur
métier de tisserand, ils vivront, eux et leurs familles; et ils recommenceront l'année prochaine.

Quand je fais, après dîner, ma promenade
hygiénique, au crépuscule, je les rencontre sur la
route, revenant lentement vers le village, par es-
couades de huit ou dix hommes. Leurs maigres
et hautes silhouettes se profilent sur la pourpre
du couchant. Car ils sont secs comme des triques,
n'ont plus que la peau et les muscles, à force de
sueurs et de fatigues. L'un d'eux porte sur l'épaule
la grosse jarre de grès où l'on s'est abreuvé tout
le jour. Des pieds à la tête, ces passants harassés
sont couleur de poussière. Seul, le visage, hâlé,
brûlé, cuit et recuit par le soleil caniculaire, est
presque tout à fait noir, et la barbe, généralement blonde, éclate d'étrange façon, semble de
la paille.

Nous nous croisons en chemin. Un ou deux — les prodigues — fument une courte pipe. La bande répond à mon salut par un sourd « bonsoir ». Puis ils s'éloignent, épuisés, silencieux, ayant à peine la force d'échanger quelques rares paroles dans leur rauque patois flamand.

Pauvres gens ! Quelle rude vie, tout de même !

Cependant, tout près d'ici, dans l'énorme Paris, à chaque instant, le même cri de détresse se fait entendre : « Pas d'ouvrage ! » Et l'on maudit ces ouvriers étrangers qui viennent travailler au rabais, avilissent les salaires, font concurrence aux plus humbles artisans. Sur les chantiers on ne rencontre que Piémontais et Lucquois. Les ateliers sont pleins de prétendus Suisses et de soi-disant Luxembourgeois, qui sont, en réalité, des Allemands, des Prussiens de Prusse, peut-être des espions. Et la colère gronde. A la porte, les intrus, les ennemis ! La France aux Français !...

Je ne suis guère internationaliste. Je ne demanderais pas mieux que tous les peuples s'aimassent comme des frères ; mais, en attendant qu'ils aient fondé leur Sainte-Alliance, j'ai la faiblesse, je l'avoue, de donner la préférence à mes compatriotes. Seulement, je suis bien forcé de reconnaître que cette invasion des étrangers, qui

est un malheur dans les villes, est un bienfait,
que dis-je ? est le salut pour nos campagnes.

« Le travail manque, » gémit-on de toutes
parts. Dans les grands centres, malades de pléthore, c'est possible; mais non pas dans ces
plaines dorées, où sans les durs tâcherons de
Flandre on ne pourrait pas moissonner. Et il en
va de même, m'affirme-t-on, dans tout le Nord
de la France. Demanderons-nous aussi qu'on les
chasse, ces braves gens qui vont tout à l'heure
engranger notre blé, assurer notre pain ?

L'abandon des travaux des champs a toujours
été considéré, chez tous les peuples, et avec
raison, comme un très grave symptôme de dé
cadence. Hélas! dans nos villages désertés, le
groupe scolaire, tout battant neuf, se dresse en
face de l'église en ruine. Où sont, aujourd'hui,
tant d'écoliers à qui l'on serinait, naguère, le
Manuel de morale civique ? Dans les grandes villes,
dans les malsains et grouillants faubourgs. Ils
sont allés là, comme moucherons à la chandelle,
attirés par l'espoir du gain, de la fortune possible, et, presque toujours, ils n'y ont trouvé que
l'encombrement de tous les métiers, la vie coû-
teuse et difficile, les chômages fréquents, la misère. Beaucoup d'entre eux ont glissé dans le

vice, sont devenus des paresseux et des ivrognes.
Tous ont vu le luxe, connu l'envie, et, grossissant
la foule des aigris et des mécontents, ils souffrent, inquiets du lendemain, n'osant pas songer
à la vieillesse.

Et, pendant ce temps-là, au pays abandonné,
au pays qu'ils regrettent, — car on y est à peu
près sûr de ne pas mourir de faim, — il faut faire
venir de loin, de très loin, au temps de la moisson, des étrangers qui ont encore nos rustiques
vertus d'autrefois, l'endurance au travail, l'extrême sobriété, le goût de l'épargne.

Bah! ce n'est qu'une crise, me dit un rêveur.
L'avenir est radieux. Bientôt la Science rendra
inutiles ou, du moins, réduira au minimum les
abrutissants travaux, et les hommes, plus intelligents et plus libres, jouiront en paix des biens
de la terre, récoltés sans efforts et mieux répartis.

Soit, je veux bien rêver. Mais accordez-moi
que, pour le moment, les espérances de la société
moderne s'écroulent, que ses doctrines les plus
chères font banqueroute. Tandis que, pour combattre des crimes nouveaux, notre République
emprunte des lois de fer à l'arsenal des vieilles
tyrannies, là-bas, en Amérique, — dans ces États-
Unis toujours cités comme modèles par les ad-

mirateurs du progrès matériel, — voici qu'éclatent des émeutes sauvages auxquelles on ne trouve à opposer que la Cour martiale et les coups de fusil. Je veux bien rêver d'un Chanaan social ; je l'appelle de tous mes vœux. Mais nous ne le verrons pas ; et, à l'heure qu'il est, nous avons tous le pressentiment d'un cataclysme effroyable, d'une explosion des appétits, et, quels que soient les vainqueurs momentanés, d'un recul vers la barbarie.

Non, nos cités monstrueuses et toutes trépidantes d'électricité ne m'éblouissent plus, quand je pense que nos blés pourriraient peut-être sur pied sans ces pauvres moissonneurs belges qui viennent d'arriver dans mon village.

Hier soir encore, j'en ai vu quelques-uns, assis sur le vieux banc de pierre, à la porte de la ferme. Le couteau ouvert, ils mangeaient un peu de lard sur un chanteau de pain bis, par grosses bouchées, avec cette lenteur solennelle, presque religieuse, des gens de la campagne, pour qui le pain est chose sacrée. Tout, dans leur humble et robuste aspect, exprimait les antiques et précieux instincts, les simples et immortelles traditions de la race humaine. Ils m'ont fait éprouver une émotion étrange, où il y avait du respect, et aussi de la tristesse. Est-ce que, vraiment, nous n'en aurions plus, en France, des paysans comme ceux-là ?

Et, songeant à nos villes pleines de désespérés, à nos campagnes menacées d'abandon, à l'avenir si sombre, j'ai murmuré le mot de la belle prière :

« Donnez-nous aujourd'hui notre pain quotidien. »

12 juillet 1894.

L'Impôt sur le Revenu

—

’IMPÔT progressif et proportionnel sur le revenu vient récemment d'être repoussé par la Chambre des députés. La majorité n'a pas été forte, d'accord, et même, pris d'une pudeur inaccoutumée, les parlementaires ont institué une commission chargée d'étudier de nouveau la question. Mais nous savons ce que cela veut dire. Le projet de loi est mort et enterré; il est allé rejoindre les retraites d'ouvriers et toutes les autres belles promesses faites par la mauvaise foi des politiciens à la niaiserie des électeurs. Ce qui ne nous empêchera pas, au prochain renouvellement des pouvoirs législatifs, d'entendre réclamer, dans tous les programmes, les éternelles « réformes attendues par la démocratie » sous l'orme du suffrage universel.

Cependant, jamais la nécessité d'un large sacrifice de la part des riches, en faveur des pauvres, n'a été plus évidente qu'aujourd'hui. Cette idée est dans tous les esprits, même les plus timides, et, en l'exprimant une fois de plus, je ne suis pas, en ce moment, plus révolutionnaire que notre Saint-Père le Pape. Or, pour faire un pas en avant dans ce sens, imagine-t-on rien de plus équitable qu'un impôt direct qui, sans accabler ceux qui possèdent ou gagnent plus que le nécessaire, soulagerait, si peu que cela fût, les charges fiscales des nécessiteux ? Moi, cela me paraît clair comme le soleil. Qu'on me prenne le dixième de mon revenu. Évidemment, je ferai la grimace; mais je n'en mourrai pas. Tandis qu'il est odieux de faire payer deux sous à un pauvre diable une boîte d'allumettes qui ne vaut pas plus de deux ou trois centimes.

« Vous n'y entendez rien ! me crient des voix solennelles. Vous n'êtes pas économiste. »

C'est vrai. Je ne suis pas économiste, et, en

un certain sens, je le regrette. Car j'ai remarqué que les économistes étaient presque tous millionnaires, ce qui m'arrangerait joliment pour le quart d'heure, mon jardinier venant de me déclarer que si je veux avoir des géraniums l'année prochaine, il faudra reconstruire ma petite serre, qui tombe en putréfaction. D'un autre côté, je suis bien aise de n'être pas économiste; car tous ceux que j'ai rencontrés étaient des messieurs très cossus, d'un âge mûr, vêtus de belles redingotes bien noires, comme dans les portraits de Bonnat, mais qui n'avaient pas l'air tendre du tout.

Comme de juste, ces gros bonnets ont de la philanthropie plein la bouche; cependant, si vous leur parlez de la misère, avec un peu de véhémence, tout de suite ils branlent la tête, prennent un air entendu et vous prouvent, avec un tas de statistiques et de tableaux à accolades, qu'il y a bien moins de misérables qu'on ne croit, et que s'il y en a encore un si grand nombre, c'est certainement de leur faute.

Oh! parbleu! Je sais bien qu'il ne suffit pas de pleurnicher pour éteindre le paupérisme, et qu'on n'équilibre pas un budget avec de la sensibilité. Pourtant, essayez d'insinuer aux professionnels de la chose qu'il y a vraiment trop de jouissances en haut et trop de privations en bas, et qu'il faudrait peut-être ôter un peu à Pierre pour remettre à Paul; et vous entendrez les cris de paon. Pour eux, il n'existe pas de mauvais riches, et le luxe le plus égoïste et le plus scandaleux est encore un bienfait, puisque l'industrie et le commerce en profitent. Que dis-je? L'avarice elle-même, au point de vue national, leur apparaît comme une vertu. Cet argent-là, selon eux, c'est un filon de mine qu'on exploitera plus tard, c'est une précieuse réserve.

Et puis — qu'est-ce que vous voulez que je vous dise? — on sent que ces gens-là n'aiment pas les pauvres. Ils en parlent toujours un peu comme de coupables. La charité leur déplaît, l'aumône leur semble un danger. Si vous mettez la main à la poche, vous allez tout gâter. Ils prétendent qu'on les laisse faire. N'y a-t-il pas leur Assistance publique? N'y a-t-il pas leurs bons de pain, leurs cantines, leurs asiles, leurs hôpitaux?

Eh bien! oui. Il y a de tout cela. J'ajouterai même qu'il n'y en a pas assez.

Depuis plusieurs mois, je sollicite l'admission dans un hospice d'un vieil ouvrier, désormais hors d'état de gagner sa vie. C'est un honnête homme, très recommandable; mais, comme tout est plein, comme l'âge exigé par les règlements est celui de soixante-dix ans, et comme mon protégé n'en a que soixante-huit, — voyez-vous, le blanc-bec! — il faut attendre. Quelqu'un l'empêche de mourir de faim, à l'aide d'une pièce de cent sous hebdomadaire, qui déplairait fort aux économistes. « Point de dons en argent, exterminons la mendicité. » Mais enfin, n'est-il pas monstrueux qu'on laisse si longtemps sans pain et sans refuge ce malheureux vieillard? Et celui-là a un académicien dans sa manche! *Zuze un peu* des autres, comme dit le Marseillais.

Ne fût-ce que pour recueillir ces tristes épaves de la société, je trouverais tout naturel, je l'avoue, que l'État rognât, d'autorité, quelque chose sur mon bien-être, à moi qui vis de bon travail, et très légitime aussi qu'il fût encore plus exigeant pour ceux à qui le seul produit de leur capital procure l'aisance et permet l'oisiveté. Mettons que je sois un affreux socialiste; mais qu'il y ait des mioches et des vieux sans ressources, cela me paraît indigne d'une nation chrétienne et civilisée.

Par exemple, il faudrait que l'argent fût bien employé et que, lorsqu'on aurait deux millions pour fonder un établissement quelconque, on ne commençât pas, ainsi que les choses se passent trop souvent, par manger la moitié de la somme en bâtisse. Voilà le malheur. Il rôde toujours par là un architecte, un prix de Rome, qui s'est promené dans les ruines de Pœstum et qui rêve du monumental. Il a son idée. C'est un artiste. Il ne comprend les enfants scrofuleux que dans du dorique, et, pour les vieilles femmes paralysées, il lui faut absolument du corinthien. Or, vous savez, cela coûte les yeux de la tête, les volutes et les feuilles d'acanthe. Méfiez-vous des architectes. Beaucoup de lits dans les dortoirs et de beurre dans le rata; mais moins de festons et d'astragales, s'il vous plaît.

Dans les cités de misères, — traitez-moi de calotin, maintenant, si cela peut vous faire plaisir, — je rétablirais les Sœurs. Je sais qu'il est révoltant de conseiller à un vieux malade de se désennuyer en égrenant un chapelet, et qu'il est abominable d'apprendre à un orphelin qu'il a un Père dans les cieux. Mais, au risque de perdre toute chance de finir mes jours au Conseil municipal, avec un petit traitement et quelque pot-de-vin par-ci par-là, — tant pis, — je suis pour les cornettes. Par économie, d'abord; et puis, malgré la Franc-Maçonnerie et M. Homais, les

servantes du Seigneur m'inspirent plus de confiance que toutes ces petites bobonnes, souvent
gentilles, ma foi, et portant coquettement le
bonnet d'uniforme, que j'ai vues trottiner dans
les hôpitaux. Je ne leur fais pas un crime de se
laisser, de temps en temps, prendre mesure d'un
corset, dans les corridors, par le garçon du labo-
ratoire ou par l'interne en pharmacie. Mais il y
en a, paraît-il, qui réclament un pourboire à un
agonisant avant de lui donner sa tisane. Alors,
ma foi, j'aime mieux les Sœurs.

L'assistance des pauvres, si développée qu'elle
pût être, n'absorberait, cela va sans dire, qu'une
partie de l'argent produit par l'impôt sur le revenu, et son principal avantage serait, comme
on sait, d'alléger, pour les classes laborieuses, le
poids si lourd des contributions indirectes.

Or, savourez-moi, je vous prie, cet argument
supercoquentieux, que les adversaires du projet
de loi ont eu l'aplomb d'invoquer contre lui. Ils
ont prétendu que les prolétaires seraient humiliés
de ne plus participer, ainsi que les capitalistes,
aux dépenses de l'État, que la loi les atteignait
dans leur dignité démocratique et qu'on risquait
de creuser encore plus profondément le fossé
entre les diverses classes de citoyens.

Non. Voyez-vous d'ici ce pauvre père de famille, qui a quatre enfants à nourrir et qui tient absolument à payer le gîte à la noix seize sous la livre, — pas un sou de moins, — pour se bien prouver à lui-même qu'il n'a pas cessé d'être l'égal de M. de Rothschild? Imaginez-vous ce fumeur qui, chaque fois qu'il bourrerait sa pipe avec du tabac pas cher, se croirait repoussé dans le plus lointain moyen-âge et se considérerait comme le vassal de son propriétaire et le vavassal de son portier? O législateurs, chassez vos craintes chimériques! Rendez-nous, sans scrupules, le vin à quatre sous. Aucun pochard, soyez-en certains, ne protestera au nom des immortels principes.

Je ne me rappelle plus le nom de l'orateur qui a soutenu ce paradoxe; mais, s'il l'a fait — comme je me plais à le croire — pour se moquer du monde, ce garçon-là vient d'inventer une mystification froide, un comique amer, d'un genre tout à fait nouveau. Je lui conseille d'aborder le théâtre. La scène où il nous montrerait le peuple assemblé dans ses comices, à qui l'on propose la vie à bon marché et qui répond : « Plutôt mourir de faim! » réjouirait les mânes d'Aristophane.

Je dois constater qu'on a fait valoir, contre le projet de loi, des objections moins fantaisistes, et je reconnais, de bonne foi, que la répartition de l'impôt sur le revenu ne serait pas commode. Mais qu'est-ce qui est commode ?

Quoi qu'il en soit, l'affaire est classée. Au moment où les crimes anarchistes l'obligent à voter des lois draconiennes, le Parlement n'a pas jugé opportun de faire, par compensation, un effort vers une moins injuste distribution des charges sociales. Le chœur des financiers et des économistes l'approuve et le félicite. Vive l'immobilité, et à bas la politique sentimentale ! Ainsi soit-il. Mais puissions-nous, dans les heures graves que nous traversons, n'avoir pas bientôt à déplorer l'impuissance, l'aveuglement et la dureté de cœur de nos maîtres, et à reconnaître trop tard qu'ils ont fait une grande imprudence et commis une lourde faute.

19 juillet 1894.

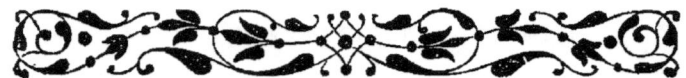

Leconte de Lisle

L<small>A</small> douloureuse nouvelle de la mort de Leconte de Lisle me parvient dans un village perdu, sur les confins du Périgord et du Quercy, où je viens d'arriver pour prendre des eaux qui préviennent, m'assure-t-on, les douleurs hépatiques. Car, l'hiver dernier, j'ai senti mon foie dévoré par un invisible vautour, et il me serait fort agréable de ne plus jouer les Prométhées. La prochaine fois, je vous parlerai d'Alvignac et des eaux de Miers. Mais, aujourd'hui, toutes mes pensées sont pour le grand poète qui n'est plus.

Sachant que sa maladie s'aggravait, — depuis un an, il déclinait à vue d'œil, — je l'étais allé voir tout récemment, et j'avais emporté un navrant souvenir de cette visite. Haletant, émacié, marqué par la mort, il m'avait adressé, du fond de son fauteuil d'agonisant, de mélancoliques paroles d'adieu. Nous avions parlé des sinistres événements du jour, de l'assassinat de Carnot, des lois de répression qu'on préparait ; et le vieux pessimiste laissa couler son amertume. Un éclair d'ironie brilla dans les yeux éteints du moribond, et sa voix, un instant, redevint mordante pour me dire : « Nous allons imiter les Jacobins et jeter un voile sur l'image de la Liberté. » Puis, comme je lui annonçais mon départ pour le Sud-Ouest, il murmura : « Mon ami, vous ne me reverrez plus. »

Et, comme je m'efforçais, le cœur serré, de lui donner les encouragements qui trompent les malades, lui conseillant le changement d'air, le séjour à la campagne, il me dit que des amis lui offraient l'hospitalité, à Louveciennes. Quelques lignes télégraphiques, lues dans *la Dépêche de Toulouse*, le seul journal qui pénètre jusqu'ici, m'ont appris que c'est là qu'il est mort, subitement, d'une hémorragie.

4

... Et voici que les plus belles heures de ma jeunesse surgissent dans ma mémoire.

C'est au quatrième étage d'une maison du boulevard des Invalides que loge l'auteur des *Poèmes barbares*. Nous gravissons l'escalier, le samedi soir, Catulle Mendès, Albert Glatigny, Villiers de l'Isle-Adam, Léon Dierx, Louis-Xavier de Ricard, Paul Verlaine, Georges Lafenestre, moi-même, d'autres encore. Souvent Sully Prudhomme nous accompagne, Sully, dont je revois le jeune et doux visage, la barbe soyeuse, et les beaux et calmes yeux de lion au repos. Toujours, dans le gai bavardage de nos voix juvéniles, retentit le timbre d'airain de José-Maria de Heredia. Ce sont les disciples du Maître, ceux que, demain, on appellera les Parnassiens, par dérision, mais qui se pareront de l'injure comme d'un titre d'honneur et fonderont une école qui marquera tout de même une étape dans la marche de la poésie française.

Ils grimpent les marches lestement, avec des rires de gamins, les étudiants en rimes. Cependant leur cœur est plein d'une émotion respectueuse. Ils songent que si le grand artiste à qui ils vont rendre hommage demeure si haut, c'est parce qu'il est pauvre et qu'il a consacré sa vie

tout entière à la poésie pure, avec une inébran-
lable fidélité, un désintéressement absolu, sans
une seule concession à la mode qui passe, au
caprice éphémère du public. Tous ces jeunes
gens ont déjà leur rêve original, leur idéal personnel. Ils ne sont point des élèves qui vont demander des leçons. Le poète qu'ils admirent et
qu'ils aiment leur donne plus et mieux, — un
grand exemple.

En vérité, vers 1866, mes camarades et moi,
nous allions, tous les samedis soirs, chez Leconte
de Lisle, — Victor Hugo étant trop loin, à Guer-
nesey, — comme les Croyants vont à la Mecque.

La plupart du temps, le Maître lui-même nous
ouvrait la porte, et son sourire — volontiers sar-
castique — devenait cordial et bienveillant pour
accueillir les poètes. Nous nous empressions de
saluer Mme Leconte de Lisle, jeune et gracieuse
femme que son mari, notablement plus âgé
qu'elle, traitait avec une douceur paternelle et
touchante ; et notre venue encombrait, tout d'a-
bord, les deux petites pièces, très modestement
meublées, qui constituaient tout l'appartement
de réception. Un brouillard y régnait bientôt, la
cigarette étant permise ; et c'est dans ce nuage
que mon souvenir évoque la tête olympienne du

poète, son crâne puissant et dégarni, qu'auréolait une longue chevelure déjà grisonnante, ses traits réguliers, son œil étincelant sous le monocle, sa bouche altière et dédaigneuse.

On causait alors, et seulement de ce que nous aimions tous, de littérature et de poésie ; et, je dois l'avouer, les opinions exprimées là manquaient, en général, d'éclectisme et de tolérance. Erreurs de jeunesse. Tous, nous avons appris, depuis lors, combien l'art est difficile, l'effort respectable, et combien une œuvre, même incomplète, représente de peine et de travail. Nous nous sommes reproché nos sévérités d'autrefois ; nous sommes devenus plus équitables. A cette époque, Leconte de Lisle avait déjà produit ses plus beaux chefs-d'œuvre. Il avait le droit, lui, d'être sévère. Il en usait ; mais, je me hâte de l'ajouter, seulement contre ce qui choquait son idéal de beauté, et contre le succès qu'il estimait injuste. Mais, comme tous les forts, il savait aussi comprendre et admirer.

Pour ses jeunes amis, il se montrait, d'ailleurs, plein d'indulgence. Sur son invitation, nous récitions, à tour de rôle, nos plus récents poèmes. On s'adossait à la cheminée, où triomphait l'excellent buste en bronze du Maître, par le sculpteur

Moulin. J'ai entendu là Mendès, avec sa diction précise, nous dire plusieurs beaux fragments de son *Hesperus*. C'est par la tendre voix de Sully que j'ai connu, avant le public, les plus admirables pages des *Épreuves*. L'organe de cuivre de Heredia, que troublait parfois un léger bégaiement, claironnait des sonnets merveilleux. Devant cette cheminée, j'ai vu le pauvre Villiers, secoué de tics nerveux, roulant ses yeux de visionnaire, jeter, en traits épars et confus, la première esquisse de son prodigieux Bonhommet. J'ai dit là, pour la première fois, ma *Bénédiction*.

Mais notre grande joie, — elle était assez rare, — c'était quand Leconte de Lisle lui-même consentait à nous communiquer quelques vers inédits. Je me rappelle notre « chair de poule » d'enthousiasme, lorsqu'il lut son *Qaïn*. Je viens de me déclamer à voix haute les strophes du début, que je sais par cœur, et je retrouve ma sensation de jadis. La beauté du poème reste intacte et demeurera toujours telle. Pas une brique ne s'est détachée de l'antique et barbare monument. Et ce qui me frappe dans *Qaïn*, c'est moins l'incomparable perfection de la forme que la force et la profondeur de l'accent. Jamais plus puissamment qu'ici le poète pessimiste n'a poussé son cri de révolte contre l'injustice de la destinée humaine, n'a hurlé son horreur de la vie.

Leconte de Lisle, récitant ses propres vers, était très intéressant à observer. A le voir ainsi, tout droit, absolument immobile, la tête haute ; à l'entendre déclamer d'une voix lente et grave, un superficiel aurait pu lui donner, une fois de plus, le nom d'impassible, dont la critique l'accabla si souvent et qui l'irritait si fort. En réalité, son trouble — bien que dompté et contenu — était extrême. Était-ce timidité naturelle, comme j'en ai eu le soupçon ? Était-ce émotion sacrée de l'artiste ? Je ne sais. Mais l'homme alors se transformait et se revêtait d'une singulière majesté. La voix, un peu sourde et presque tremblante, prenait l'auditeur aux entrailles. Sur cette face marmoréenne, soudain mortifiée, on sentait courir un frisson. Les yeux, surtout, devenaient effrayants. Ils se creusaient ; et sous les paupières palpitantes les prunelles montaient, comme dans l'extase.

Ces souvenirs lointains m'assaillent en foule, aujourd'hui que le grand et noble poète nous a quittés pour toujours.

Dans ces dernières années, j'ai beaucoup vécu auprès de lui, car j'avais choisi une place voisine de la sienne, dans nos séances à l'Académie, où il avait si dignement succédé à Victor Hugo. Le vieux Maître avait à peine changé, et, jusqu'à l'autre hiver, sa vieillesse resta robuste. L'homme intellectuel et moral était aussi resté le même. Plus que jamais, il jugeait rigoureusement la nature et la vie, et toujours il parlait avec une haine mêlée d'admiration des rêves décevants par lesquels l'humanité essaie d'oublier sa misère fatale. Car Leconte de Lisle offre ce remarquable phénomène. Sincèrement athée, il a puisé, dans les mythes religieux, presque toutes ses conceptions poétiques et, certainement, les plus belles. Les religions, qu'il détestait et qu'il accusait de tous les malheurs et de tous les crimes de l'histoire, le préoccupaient sans cesse, et il a passé sa longue existence à fixer, dans la sereine et impérissable beauté, ce qu'il considérait comme de folles illusions et de dangereuses chimères.

Je ne partageais aucune des convictions philosophiques de Leconte de Lisle; mais l'artiste en lui m'éblouissait à ce point que je puis dire qu'il est un de ceux que j'ai le plus aimés et admirés. J'ai eu le bonheur de lui donner la preuve de mes sentiments; mais, jusqu'à la fin, il m'intimida, et la crainte de son dédain ou de ses ironies — bien excusables chez un homme pour qui le sort avait été sévère — arrêtait, de ma part, les cordiales expansions.

En présence de ce poète, pour qui l'art fut un sacerdoce, j'étais toujours ému, en me rappelant tant de chefs-d'œuvre, en songeant à cette vie exemplaire, et mon cœur était pénétré d'affection et de respect. Je me reproche, à cette heure, de ne pas l'avoir dit assez souvent et avec assez de chaleur au Maître trop imposant, et je me demande, hélas ! avec tristesse : « L'a-t-il bien su ? »

26 juillet 1894.

Aux Eaux de Miers

HENRI IV souhaitait que tous ses sujets missent, chaque dimanche, la poule au pot. A Alvignac, on la met tous les jours, et son suave bouillon réchauffe, chaque matin, l'estomac du buveur d'eau de Miers, quand il revient, après s'être abreuvé à cette source salutaire mais glacée.

La poule au pot! Hélas! non, les pauvres gens ne l'ont pas, même une seule fois par semaine. Les espérances du roi vert-galant ne se sont pas réalisées; et la démocratie, qui avait promis au peuple plus de poules que de pots, n'a pas mieux fait; et j'ai bien peur qu'il en soit de même *in sæcula sæculorum*. La poule au pot a changé de nom, voilà tout. Elle s'appelle aujourd'hui l'assiette au beurre, et elle est héroïquement conservée et défendue par les privilégiés qui en jouissent. Socialisme, anarchie, mots vides de sens. L'histoire monotone nous offre toujours le même spectacle, c'est-à-dire l'antagonisme entre ceux qui ont la poule et le pot et ceux qui n'ont ni pot ni poule. Quant à l'idée si simple de lever sur la marmite du riche un premier bouillon pour le pauvre, elle vient d'être, encore une fois, repoussée par nos admirables législateurs comme tout à fait choquante et incompatible avec le jeu pacifique et régulier de nos institutions.

Poule au pot du Béarnais, ne serais-tu qu'un rêve?

Les paysans cadurciens du vallon où je prends les eaux goûtent, au moins quelquefois, cette poule savoureuse; car c'est le plat du pays, et à l'hôtel Carbois, où je loge, on vous le cuisine supérieurement. Il y a surtout, là dedans, une certaine farce faite avec de la mie de pain, des œufs et un peu de lard, que je vous recommande.

Dame! c'est rustique; mais ici, tout est rustique. Alvignac n'est pas une de ces stations thermales où l'orchestre, abrité d'un kiosque, joue sans cesse l'ouverture de la *Chasse du jeune Henri* et où l'on rencontre, devant le jeu des petits chevaux, les cabotines en robe claire qu'on a vues grimacer, la veille au soir, sur la scène du Casino. Point de médecins en redingote noire, cravate blanche et tuyau de poêle, dès neuf heures du matin ; point de belles madames à trois toilettes et à deux maquillages par jour; point de rastaquouères, avec un chou de Bruxelles multicolore à la boutonnière, abattant, au baccara à deux tableaux, des huit et neuf comme s'il en pleuvait.

Alvignac n'est qu'un village, où, sur le seuil des masures, les aïeules filent au fuseau, comme du temps de la reine Berthe. Voici, conduit par une petite fille, un troupeau d'oies, espoir des pâtés de foie gras futurs, pour lesquels cette truie, que chasse un gamin, découvrira des truffes. Car le Périgord n'est pas loin. La Gascogne non plus, — écoutez l'accent des gens du terroir. — Et l'Auvergne aussi laisse deviner son voisinage montagneux. Voyez, les coteaux s'escarpent, et les routes se recourbent en lacets, sous les châtaigniers géants.

Rien de Florian, vous dis-je. La campagne pro-

fonde, un peu sauvage même. Le télégraphe à
quatre kilomètres, la poste à près de deux lieues.
Un coin de la vieille France. Des pauvres, mais
non des malheureux. Le peuple de jadis, traditionnel, pieux, de mœurs sévères. Pour la messe,
tous les hommes mettent leur blouse bleue de
cérémonie. Le dimanche, les filles dansent entre
elles, et les garçons entre eux, séparément, sous
le tilleul monstrueux de la place, dont le tronc
est tellement creusé par l'âge qu'on l'a maçonné
de grosses pierres.

Ah! l'on respire, ici. L'air est très pur, et cela
repose un peu des stations à la mode, dont je ne
dis pas de mal, mais où l'on rencontre vraiment
trop d'escrocs et de vieilles cocottes.

Est-il possible? Un désert si farouche serait-il
habitable?

Non pour vous, jeune homme, qui n'allez aux
bains de mer ou aux eaux que pour « lancer »
un pantalon. Non pour vous, chère madame, qui
ne voulez pas entendre parler de villégiature, si
vous ne retrouvez point là-bas tous les soirs, dans
le même décor, — porte au fond, portes laté-
rales, — la même pièce que vous voyez jouer,
à Paris, par la même ingénue, depuis vingt-cinq
ans. Mais moi, qui ne suis pourtant pas un troglo-

dyte, je me sens merveilleusement confortable
dans cette fraîche vallée, sous ces beaux arbres.

Tout en écrivant ces lignes, je vois devant
moi, par ma fenêtre ouverte, cinq lieues de pays;
et, dans un champ voisin, deux groupes de moissonneurs chantent, pour s'exciter au travail, une
chanson en patois sur une mélopée mélancolique,
qu'on chantait déjà, très certainement, lorsque
Henry au Court-Mantel opprimait l'Aquitaine.
A perte de vue, s'étend le large amphithéâtre des
collines à peine bleues, plutôt d'un gris tendre.
Plus près, les bouquets des châtaigniers arron-
dissent leurs vertes cimes. Dans l'azur trouble de
la chaude journée, les nuages ouatés s'étirent
paresseusement. Mais les moissonneurs se sont
tus. Plus même un chant d'alouette. La lourde
chaleur de la canicule pèse sur la campagne. Dans
le jardin, du faîte d'un vieux noyer, une pie s'en-
vole. Je regarde, un instant, palpiter ses ailes en
demi-deuil; puis elle s'abat dans les maïs. Maintenant, pas une vibration, pas un souffle. C'est le
calme torride, le silence accablant de l'après-midi
d'été. Depuis un moment, j'ai posé ma plume.
Je ne pense plus, je ne rêve même plus. Il me
semble que je me dissous, que je m'évapore dans
la chaleur et dans la lumière.

Il ne s'agit pas de tout cela, contemplateur incorrigible! Et les eaux? Et le traitement thermal? Eh bien! goutteux très illustres, et vous, arthritiques très précieux, sachez qu'elles sont excellentes, ces eaux de Miers. Leur composition chimique est à peu près la même que celle des eaux de Carlsbad; elles guérissent les mêmes affections et, seules en France, elles sont saturées, à la dose suffisante, de sulfate de soude. Elles n'ont qu'un tort, c'est d'être chez nous, à notre portée. Il sera toujours très difficile de persuader à la plupart des citoyens français que, pour atténuer leur gravelle ou leur gastrite, ils n'ont qu'à aller dans le département du Lot. En Bohême, au diable au vert, à la bonne heure!

Mais les hôtels?

Mon respect de la vérité m'oblige à reconnaître qu'ils sont modestes et que le service n'y est pas fait par des garçons suisses en tenue de bal et parlant les quatre langues — français, anglais, allemand, italien — avec la correction et l'élégance particulières aux vaches espagnoles. Les auberges d'Alvignac — il n'y en a que deux — sont fort bien tenues et rappellent, par la cordialité de l'accueil, la complaisance des hôtes et des serviteurs, le prix modéré de la pension,

et surtout par la saine, simple et excellente nour-
riture, le bon vieux temps, avant le progrès de la
chimie, quand le vin était encore du vin. Vous
ne me croirez peut-être pas ; mais on ne sert point
ici, sous forme de boulettes et de croquettes, les
restes de la veille et même de l'avant-veille, répu-
gnantes liquidations qui se pratiquent dans les
hôtels les plus fashionables. Cela suffit pour me
consoler de voir, circulant autour de la table, deux
gentilles petites bonnes et un grand gaillard, à
tête de contrebandier, qui, ce matin même, a fait
naïvement son service en veste d'alpaga et en
tablier blanc, mais qui nous a offert de délicieuses
écrevisses.

Quant au public, il est presque exclusivement
composé de gens du Sud-Ouest, — un « Midi »
tempéré, où l'accent ne roule pas encore les cailloux des gaves pyrénéens, mais a déjà pourtant
sa saveur, sa pointe d'ail. Chez quelques-uns, il
est plus lourd, apporte un écho du « fouchtra »
d'Aurillac.

Un Anglais, qui, ayant fait naufrage dans l'île
de Robinson Crusoé, ne lui adresserait pas la
parole faute d'une présentation en règle, trouve-
rait peut-être mes commensaux de l'hôtel Carbois un peu familiers et bruyants. Mais je ne suis

pas à ce point esclave des convenances, et je sais
apprécier les qualités charmantes des Méridionaux. Ils ont de la bonhomie, de la gaieté, entendent la plaisanterie, sont très hospitaliers, donnent la sensation qu'ils goûtent la joie de vivre.
Excellente compagnie pour un bilieux, parfois un
peu pessimiste, comme votre serviteur. D'un
scepticisme indulgent, et rencontrant à chaque
instant l'expression pittoresque, ces Périgourdins
sont bien du même pays et de la même race
que Montaigne !

Aucun de mes compagnons, je le crains, n'a
les *Essais* sur sa table de nuit, et la littérature
leur est, en général, assez indifférente. Mais est-
elle nécessaire pour le domino à quatre, où ils
me battent à plate couture, malgré mes préten-
tions à ce noble jeu ? Ces aimables gens, — com-
merçants, propriétaires ruraux, — qui, tous, à
différents titres, se préoccupent des choses agri-
coles et s'y connaissent, ont, d'ailleurs, pour moi,
ignorant Parisien, une conversation pleine d'en-
seignements. De plus, ils ne parlent pas politique.
Combien ils sont sages ! La reconstitution de
nos vignobles par des cépages américains bien
greffés n'est-elle pas, en effet, plus intéressante
que la farouche mais inapplicable loi des suspects,

récemment votée par la Chambre ; et, franchement, n'aimeriez-vous pas mieux entendre parler
du curieux travail d'une bonne truie dans une
truffière que de celui d'un ministre flairant le
terrain parlementaire et y cherchant, du groin,
les suffrages de sa majorité ?

Telle est, chers lecteurs, depuis une dizaine de
jours, la vie de votre causeur hebdomadaire. J'ai
fait aussi, dans ce beau pays, quelques excursions,
dont j'aimerais à vous entretenir. La vallée de la
Dordogne est enchanteresse ; et le sanctuaire de
Roc-Amadour, avec son babélique entassement
d'églises et de chapelles, est, après le Mont Saint-
Michel, ce que j'ai vu de plus audacieux, en fait
d'architecture gothique. Si quelque actualité ne
se jette pas à la traverse, ce sera pour la prochaine
fois.

2 août 1894.

Roc-Amadour

« Roc-Amadour... Roc-Amadour... » crie le conducteur du train en courant le long des wagons.

Et, s'il s'est endormi tout à l'heure, après avoir admiré la splendide vallée de la Dordogne, le voyageur est tout surpris de s'éveiller dans une sorte de désert. C'est le *causse* de Gramat. Partout de la pierre. Les vastes, mais très maigres herbages, à l'herbe courte, sèche, comme roussie, où pâturent de rares moutons, sont entourés de murs bas, sommairement bâtis de cailloux superposés. A perte de vue, la roche perce la terre,

montre ses arêtes grises. Çà et là, quelques ar-
bustes rabougris. Une Thébaïde, en vérité.
Voyez. Dans ce repli de terrain, une grotte se
creuse, où l'on rêverait un saint Jérôme à barbe
blanche, agenouillé tout nu devant un vieux livre,
auprès de son lion familier.

« Roc-Amadour, » crie le conducteur.

Quelques paysans à chapeaux ronds, deux ou
trois femmes chargées de paniers, descendent des
« troisièmes ». Là-bas, au fourgon des bagages,
on jette sur le quai des cages à volailles, vides.
Puis le chef de gare, son fanion rouge à la main,
donne un coup de sifflet. La machine répond par
un bref vagissement d'enfant malade. Le train
s'ébranle, et le voyageur, qui vient de Paris ou
de Limoges, se rencogne dans le capiton du
compartiment et déploie un journal, pour ne pas
être attristé plus longtemps par le spectacle de
ce morne paysage.

A quelques centaines de mètres de là, cependant, est un très ancien et très célèbre pèlerinage,
une des plus extraordinaires curiosités obtenues
par la combinaison de l'art et de la nature, le
sanctuaire de Roc-Amadour.

Descendez dans l'étroite et profonde vallée de
l'Alzou qui plonge brusquement, pour ainsi dire,

au milieu de ces plaines arides. Une vallée? Non, ce mot évoque des idées de fraîcheur et de verdure. C'est ici une gorge de montagne. En contre-bas de la route, le torrent, à sec pendant tout l'été, semble un chemin capricieux qui se recourbe sur des prairies d'un vert adorablement tendre. Mais, partout ailleurs, c'est le roc. Il forme deux parois gigantesques et terriblement escarpées, hautes de plus de cent vingt mètres, devant lesquelles je me suis rappelé le cri de Roland, dans *la Légende des Siècles* :

> *O Durandal, qui m'as coupé Dol en Bretagne,*
> *Tu peux bien me trancher encor cette montagne.*

Quand on pénètre dans cette coupée, une angoisse vous saisit. Instinctivement, les yeux se lèvent, cherchent, là-haut, le rassurant azur. Aux flancs des deux immenses murailles, pendent seulement quelques buissons, quelques arbres isolés, qui ont poussé là, on ne sait comment, et dont on voit les racines. Aucun site n'est plus imposant ni plus sauvage.

Tout à coup, à un tournant de la route, on croit faire un rêve. Positivement accrochés à la montagne, en surplomb sur le gouffre, se profilent des murailles à créneaux, des édifices, des tours, des clochers, les uns sur les autres, dans un pittoresque désordre, et dominés eux-mêmes par un énorme rocher où se dresse une ancienne citadelle, à qui tous ces monuments et toutes ces églises ont l'air de donner l'assaut, avec leurs toits pour boucliers et leurs flèches en guise de lances.

C'est Roc-Amadour.

De quand date cet étrange village, dans lequel nous entrons par une porte fortifiée et où les masures et les granges sont toutes ornées d'une ogive sculptée, d'un marmouset, d'un vestige gothique? Du moyen-âge? Non pas, de bien plus loin, de la nuit des temps. Pour préciser, du premier siècle de l'ère chrétienne.

Selon l'antique tradition, Amadour—en latin, *Amator* — ne serait autre que Zachée, l'esprit de Véronique, ce Zachée qui monta sur un sycomore pour mieux voir passer Jésus, et chez qui logea le Divin Maître. Le disciple serait venu dans ces contrées même avant saint Martial, l'apôtre de l'Aquitaine, pour y propager la doctrine chrétienne, et serait mort, en l'an 70, dans ce coin solitaire du Quercy.

Pourquoi pas?

La vérité historique est un leurre, et nous entendons sans cesse discuter l'exactitude d'événe-

ments contemporains, accomplis en présence de
nombreux témoins. Jamais, par exemple, on ne
saura au juste si Robespierre tenta de se brûler
la cervelle ou s'il eut la mâchoire fracassée par le
pistolet d'un gendarme; et qui nous dira si Gambetta est mort d'une typhlite ou d'un coup de
revolver? Ces incertitudes de l'histoire ne doi-
vent-elles pas nous rendre très indulgents pour
la légende?

Toujours est-il qu'on m'a montré, dans une
grotte, à Roc-Amadour, le tombeau du saint er-
mite; et sa main naïve, prétend-on, a sculpté
l'image de la Vierge Noire, qui, depuis l'époque
la plus reculée, attire en ces lieux un si grand
concours de fidèles. Après tout, cela est fort possible.

La grossière lame de fer plantée dans le mur
de la chapelle Saint-Michel — une des sept églises
aériennes de Roc-Amadour — est-elle, oui ou non,
l'épée de Roland, offerte à Notre-Dame par le paladin? Comment le saurais-je? Ne me dites pas
que Henry au Court-Mantel s'empara de cette
arme illustre, en 1183, lorsqu'il pilla Roc-Amadour; car, en 1788, le chapitre des chanoines
faisait présent du « sabre » de Roland, comme
d'un objet très authentique, au prince de Condé.

Enfin, l'épée actuelle, m'assure un sceptique, aurait été récemment fabriquée par un forgeron de Gramat. Mais ce renseignement ne me cause aucun plaisir. Cela ne faisait de mal à personne de croire que Roland avait, à jamais, enfoncé Durandal dans cette muraille, et, par tempérament, je préférerai toujours une poétique erreur à une plate vérité.

Pour la même raison, je me garderai bien de railler les pèlerins passés et présents, qui sont venus pendant des siècles et qui viennent encore demander des miracles à Notre-Dame de Roc-Amadour. Le temps n'est plus où les Croisés, avant de partir pour la Terre Sainte, faisaient bénir ici leurs armes; mais un grand nombre de pauvres gens accourent encore aujourd'hui devant la Vierge Noire pour implorer d'elle quelque soulagement à leurs souffrances en ce monde et le repos éternel dans l'autre. Cela vous gêne-t-il? Moi, pas du tout.

Croire qu'une prière est plus efficace parce qu'elle s'adresse à une image informe, qu'on suppose faite par un témoin de la Passion, c'est de la superstition, de l'idolâtrie, tant qu'il vous plaira. Dans tous les cas, je ne sache rien de plus inoffensif; et ce n'est pas beaucoup plus déraison-

nable, après tout, que d'être persuadé que les
hommes deviendront meilleurs et plus heureux
par le perfectionnement du phonographe ou l'invention du ballon dirigeable.

Plus je vais, plus je deviens circonspect et respectueux, quand je me trouve devant une mani-
festation quelconque de la foi religieuse; car je
l'ai eue, dans ma prime jeunesse, et j'envie, au
fond de moi-même, ceux qui la possèdent encore.
Heureux celui qui se croit toujours sous le regard
d'un Père céleste et lui répète avec confiance la
délicieuse parole du *Dies iræ* :

Mihi quoque spem dedisti.

Je ne connais point cette douceur de l'âme.
Mon cœur, sans doute, est pénétré de l'esprit
évangélique, mais ma raison se cabre devant les
dogmes, et j'avoue avec franchise mes affres in-
térieures en présence de la mort et de l'infini.
Heureux le chrétien qui impose silence à ses passions dans l'attente d'une récompense éternelle
et qui, lorsqu'il a faibli dans la lutte contre le mal,
sait du moins où demander et obtenir le pardon
de ses fautes! Si c'est une illusion, il n'en est pas
de plus belle, de plus consolante. Pour la partager,
je sacrifierais tout ce qu'on appelle les joies de la

vie, et du moins, quand je découvre la foi chez autrui, elle m'est sacrée.

L'illusion! L'espoir! N'est-ce pas là ce que, dans le monde moderne, insensés que nous sommes, nous avons détruit avec un aveugle acharnement? Nous sommes allés jusqu'au bout de notre folie; nous avons rêvé une morale sans sanction et sans obligation. Hélas! ce serait la fin de toute morale et, par conséquent, de tout bonheur, la révolte des appétits, le déchaînement de la bête humaine, l'état sauvage. Et, dès aujourd'hui, quand d'atroces logiciens proclament la liberté du crime, éperdus, épouvantés de notre œuvre, nous sommes forcés de recourir aux lois d'exception et aux échafauds!

Ces sombres pensées m'ont assailli, une fois de plus, en visitant ces admirables ruines, qui, restaurées par de pieuses mains, ont gardé cependant les traces des guerres de religion, et le souvenir des massacres, des incendies et des pillages commis tour à tour par les huguenots et par les catholiques. Certes, ces luttes furent affreuses; mais, du moins, on y combattait, de part et d'autre, pour une croyance. Et je songeais que la guerre sociale qui nous menace et que nous n'essayons même pas de prévenir, serait bien plus hideuse; car les uns n'y défendraient que leurs jouissances et les autres ne se révolteraient que pour la satisfaction de leurs appétits.

Il y a, dans l'antique sanctuaire du Quercy, une cloche merveilleuse, qui, dit-on, sonnait d'elle-même, chaque fois que, là-bas, sur la mer lointaine, des marins, en péril de naufrage, faisaient un vœu à Notre-Dame de Roc-Amadour. Et, plus tard, quand les pauvres matelots, apportant l'*ex-voto,* le petit navire d'or pur ou d'argent fin, avaient gravi, à genoux et le cierge au poing, en disant un *Pater* à chaque marche, les deux cent quinze degrés de l'escalier taillé en plein roc, les moines contrôlaient avec les pèlerins le jour et l'heure où le vœu avait été fait et où la cloche avait sonné; et c'était la preuve du miracle.

C'en est fini de ces douces légendes. Cependant, nous sommes en pleine nuit, en pleine tempête, n'ayant plus, pour naviguer, qu'un mât de fortune, sur un radeau dont chaque paquet de mer arrache une épave!... Oh! ne va-t-il pas bientôt retentir, le signal du salut, le coup de cloche de l'espérance?

9 août 1894.

Léon Dierx

———

 ES jours derniers, la nouvelle suivante a été reproduite dans plusieurs journaux :

« On se préoccupe beaucoup, dans les milieux littéraires, de la succession de M. Leconte de Lisle au Sénat, où il était attaché en qualité de bibliothécaire. Plusieurs noms sont mis en avant, entre autres ceux de M. François Coppée, de l'Académie française, et de M. Léon Dierx.

« M. Coppée avait, en effet, peut-être songé un instant à briguer ce poste ; mais nous savons de source certaine que, en présence de la candi-

dature de M. Léon Dierx, l'auteur des *Humbles*
y a tout de suite renoncé. Il a fait mieux encore,
et nul ne sera surpris : il a chaudement appuyé
M. Dierx. »

Je suis très reconnaissant de tout ce qu'il y a
d'obligeant pour moi dans cette information ;
mais je dois dire qu'elle est, en partie, inexacte.
Pas une minute, je n'ai songé à solliciter cette
place ni aucune autre. J'ai le bonheur de vivre de
ma plume, et rien ne m'est plus précieux que
mon indépendance. Ce qui est vrai, c'est que,
me joignant à d'anciens et chers compagnons de
jeunesse, j'ai recommandé très instamment à qui
de droit la candidature de Léon Dierx.

Le public ne connaît pas suffisamment ce nom,
et c'est une grande iniquité.

Né à l'Ile-Bourbon, comme Leconte de Lisle,
Léon Dierx fut son disciple préféré, son ami le
plus fidèle et le plus dévoué. Mais ce serait une
grossière erreur de le considérer comme un simple
élève, comme un imitateur soumis. Van Dyck est
sorti de l'atelier de Rubens, mais il est un artiste
tout autre que Rubens. Chez les deux poètes
créoles, l'inspiration a la même hauteur, la même
sévérité ; mais, plus amère chez Leconte de Lisle,
elle est, chez Dierx, plus mélancolique. Leur

style diffère aussi, profondément. Le vers de Leconte de Lisle, c'est la perfection dans la force ; celui de Dierx, moins puissant à coup sûr, mais d'une liberté, d'une souplesse admirables, c'est une musique enchanteresse.

Je racontais ici, l'autre jour, nos soirées de jadis, chez l'auteur des *Poèmes barbares,* au quatrième étage d'une maison du boulevard des Invalides. Léon Dierx nous a récité là ses poèmes de jeunesse, dont quelques-uns : *les Filaos, Soir d'Octobre, Laʒare,* sont d'absolus chefs-d'œuvre. Quand le temps, critique impitoyable, prendra sa paire de ciseaux et découpera, pour l'anthologie, quelques pages du *Parnasse contemporain,* il n'oubliera pas celles-ci, tenez-le pour certain. Et les lecteurs futurs s'étonneront qu'il n'ait pas été plus célèbre, en son temps, ce poète des solitudes, attentif aux clameurs de la mer, au murmure du vent dans les grands arbres, cherchant, parmi ces voix confuses, le secret de la nature, leur demandant pourquoi la vie est si monotone et si triste, et de quel mystérieux au-delà nous poursuit et nous accable sans cesse l'espérance ou la nostalgie.

Laʒare est un des poèmes les plus émouvants de Dierx. Je vois encore son calme et charmant

visage, j'entends sa voix grave, un peu voilée,
quand il nous déclamait les strophes majestueuses :

> *A la voix de Jésus, Lazare s'éveilla.*
> *Livide, il se dressa debout dans les ténèbres...*

Et Lazare, en des vers harmonieux et solennels,
se plaint du miracle, reproche au thaumaturge
d'avoir troublé son sommeil, et, traînant son lin-
ceul, s'en va, seul, à travers la nuit, désespéré de
revivre.

Je m'en souviens. Nous n'entendions jamais
sans une angoisse, sans un frisson, les formidables
paroles du ressuscité. Nos jeunes enthousiasmes
saluaient en Dierx un maître poète.

Il en est un sans doute. Depuis trente ans et
plus, très fier, très digne, menant une vie de retraite profonde et de constant labeur, il augmente
son œuvre, la parfait et l'embellit. Mais, auprès
de lui, le plus modeste d'entre nous est un char-
latan. Dierx n'a jamais fait un pas vers la publicité, n'est point descendu de sa tour d'ivoire,
tout ce qui aurait pu le distraire de son rêve, ne
fût-ce qu'un moment, lui ayant paru indigne d'un
désir ou d'un effort. Comme il faut vivre et que
Dierx est pauvre, il accomplit consciencieusement une besogne dans les bureaux de l'Instruc-

tion publique, et se rend là, chaque jour, en traînant une jambe devenue, avec l'âge, un peu boiteuse. Il a du pain, du pain sec. Cela lui suffit. Jamais il ne s'est plaint. Il se contente de l'existence la plus médiocre, il se résigne à l'obscurité. Qu'ils méditent cette leçon et regardent cet exemple, les jeunes ambitieux que je vois se ruer dans la carrière des lettres avec une telle fringale de réclame et de jouissances. Voici un pur, un noble poète, ayant beaucoup travaillé, beaucoup produit, qui va régulièrement s'asseoir à son pupitre de scribe, avec le petit pain du déjeuner dans sa poche, et qui trouve tout naturel que la sévère beauté de son œuvre ne soit admirée que par une élite.

Large intelligence, Léon Dierx aime et comprend le talent des autres, même de ceux dont l'esprit diffère le plus du sien; cœur généreux, il applaudit à leurs succès. L'injustice de la gloire n'a pu semer le moindre germe d'aigreur dans cette âme de douceur et de naïveté. Sous ses cheveux gris, il a conservé le candide regard, le frais sourire de la jeunesse.

Les vieux Parnassiens ont cela de bon, qu'ils sont restés, les uns pour les autres, de sûrs camarades. Aussi, lorsque cette place à la bibliothèque

du Sénat est devenue vacante, Catulle Mendès a
tout de suite eu cette excellente idée qu'il serait
juste de choisir pour successeur à Leconte de
Lisle, son compatriote, son élève et son ami,
Léon Dierx. Mendès nous a fait signe, à moi et
à quelques autres, pour lui donner un coup de
main ; et nous y allons de tout notre cœur.

J'ai, pour ma part, bien vite écrit au ministre,
M. Leygues, qui, poète lui-même, est tout à fait
bien disposé en faveur de Dierx. Mais il paraît
que la nomination dépend surtout des sénateurs.
Alors, je me retourne du côté des Pères Conscrits,
et je les supplie de conserver, pour leur palais,
cette parure, un bon poète, et de nous donner
cette preuve que la République est un peu plus
athénienne qu'on ne le croirait au premier abord.

Notez que ce n'est pas le Pérou, cette place.
Le brave Dierx, s'il est nommé, ne boira point,
à tous ses repas, des têtes de bourgogne, et ne
mangera pas, comme dit Bounderby, dans *les
Temps difficiles* de Dickens, de la purée de gibier
avec une cuillère de vermeil. Les appointements
promis sont modérés comme les opinions de la
Haute Assemblée. Ajoutons que l'emploi n'est
point sinécuriel. Il faut être là et communiquer
de temps en temps le « Dalloz » à un sénateur

qui veut vérifier un texte ou une date. Dierx, homme de devoir, sera, j'en réponds, plein d'exactitude et de zèle. Cependant, il aurait, sous le fougueux plafond de Delacroix qui orne la bibliothèque, un peu de loisir et nous donnerait quelques beaux poèmes de plus.

Et puis, il serait logé. Cela est si dur d'économiser, sur un petit traitement d'employé, l'argent du terme! Messieurs les Sénateurs, vous êtes hospitaliers aux bustes de poètes. Vous nous avez accordé une place, récemment, dans le Luxembourg, pour notre cher Banville. Demain, nous y dresserons l'image de Leconte de Lisle. Songez-y. Tôt ou tard, — le plus tard possible, — ce sera le tour de Dierx de triompher en marbre, dans le jardin Médicis. Ne serait-ce pas délicat de votre part, Messieurs les Sénateurs, de réserver à ce poète, de son vivant, un coin de repos et d'asile dans le palais florentin, de lui permettre la facile promenade, pendant quelques années, sous ces branches qui ombrageront, un jour, son monument?

Oh! j'en ai peur. Il y aura, parmi vous, un homme vertueux, un austère Jacobin, qui va crier au retour de l'ancien régime, au canonicat. Dans une démocratie, tout doit être donné au con-

cours. Un mandarin! Il nous faut un mandarin! Qui donc, s'il n'est pas muni d'un diplôme
d'archiviste paléographe, saurait mettre la main,
quand on le lui demande, sur le *Bulletin des
lois?*

Prenez garde. C'est avec ces rigueurs-là qu'on
laisse mourir de froid et de faim de pauvres ci-
gales, qui n'ont d'autre tort que d'avoir chanté,
tout l'été. Hélas! c'est ainsi qu'on a laissé s'éteindre
dans la misère ce fin bibliophile de Monselet, qui
aimait tant les livres et qui aurait peut-être encore
vécu quelques années, dans un cadre de reliures,
en faisant des fiches ou en feuilletant le Quérard.

Un abus? Si c'est un abus qu'on vous demande, *Patres conscripti,* n'hésitez pas, commettez
le crime! Il est véniel, je vous assure. Voyons,
lorsqu'un député a été bien sage, qu'il a toujours
docilement opiné du bonnet à toutes les fantai-
sies du gouvernement, et que le suffrage universel
finit par lui donner un croc-en-jambe, est-ce que
vous ne lui accordez pas, comme on dit, une
compensation? Une bonne petite trésorerie pour
vivoter, un poste colonial où il n'est pas défendu
de faire ses orges...

Mais je m'arrête. Imprudent que je suis! J'allais
oublier que ceci est une humble pétition, et que

je dois me refuser la moindre épigramme. Aujourd'hui, je suis tout sucre et tout miel. Pour servir un ami et un poète comme Dierx, vous me voyez prêt à toutes les courbettes, à toutes les platitudes.

Allons! Messieurs du Sénat, un bon mouvement en faveur des lettres. Nommez Léon Dierx bibliothécaire. Assurez une douce et honorable vieillesse à un vrai poète, à un homme de fier caractère et de haut talent. Ce n'est pas toujours bien joli, n'est-ce pas? la politique. Eh bien, faites une jolie chose : accomplissez un acte de justice et de bonté.

16 août 1894.

L'Interview

FAUT-IL se soumettre à l'interview ? Faut-il recevoir les reporters ? Faut-il leur répondre, quand ils vous demandent, par exemple, votre avis sur l'immortalité de l'âme, ou votre préférence en matière de funérailles, — sépulture ou crémation, — ou encore si vous mangez les asperges à l'huile ou à la sauce?

Une fois de plus, voici la fastidieuse question posée dans la presse, et j'ai le caprice de l'examiner.

Plusieurs sont pour la négative. Les malins d'abord, qui prétendent être agréables à la chèvre et rester en bons termes avec le chou. Et puis les solennels, ceux qui se prennent pour des oracles et croient que les moindres phrases tombées de leurs lèvres sont paroles d'évangile.

Aux uns et aux autres, la réclame offerte par l'interview ne déplaît pourtant pas outre mesure ; mais ils sont gênés par la brusquerie de l'interrogatoire. Les prudents craignent de faire une « gaffe », et les prophètes se méfient de l'improvisation. Car nous n'avons plus que de faux prophètes, sans délire sacré, des sibylles pas bien solides sur le trépied. A Delphes, la prêtresse jeûnait pendant trois jours, en mâchant des feuilles de laurier, et l'on sait qu'Ézéchiel se nourrissait de fientes d'oiseaux. De nos jours, on vaticine plus volontiers à table, au dessert, dans l'excitation du vin de Champagne. Qu'on me pardonne un calembour par à peu près, la Pythie vient en mangeant.

Mais, pour les gens francs du collier et qui ne sont pas, d'ailleurs, bien persuadés que leurs plus insignifiants propos soient destinés à retentir dans les siècles futurs, l'interview n'a pas les mêmes inconvénients. Pour ma part, je m'y suis toujours assez docilement prêté, et je n'ai jamais eu à m'en repentir.

Au contraire. Dans deux ou trois circonstances
de ma vie d'homme de lettres, — une démission
donnée un peu nerveusement, une pièce interdite
par la censure, — j'ai eu besoin de défendre ma
cause, et l'interview m'a été fort utile. J'ai dit
alors clairement, loyalement, mon affaire aux
jeunes gens armés de crayons et de carnets que
m'adressèrent les journaux; ils reproduisirent,
avec une très suffisante exactitude, mes explications et, en leur donnant une prompte publicité,
coupèrent court aux interprétations malveillantes,
aux attaques perfides. Je fus donc alors et je reste
l'obligé des reporters.

Ah! mes amis, ne disons jamais trop de mal
de la presse. J'en connais, comme vous, toutes les
turpitudes; mais nous ne pouvons plus nous passer
d'elle. Elle est indispensable à la vie moderne
comme le gaz et les chemins de fer, malgré les
explosions et les déraillements.

Un motif autre que la reconnaissance me rend
aussi très indulgent aux reporters. Ils sont mes
confrères, et, en général, de jeunes confrères, dont
la « copie » n'est pas magnifiquement payée et
qui gagnent leur vie, de cette façon, tant bien
que mal. N'est-il pas dur de leur jeter la porte au
nez et de leur refuser un entretien qui leur per-

mettra de passer, tout à l'heure, à la caisse du journal? Quelques-uns prennent mal leurs notes ou manquent de mémoire. Ils déformeront peut-être un peu votre conversation. Le beau malheur! Parce qu'on vous attribuera quelques pensées médiocres et quelques phrases incorrectes, monsieur le gros personnage, aurez-vous le mauvais goût de vous fâcher? Il ne s'agit, après tout, que de paroles en l'air. Et puis, *rentre en toi-même, Octave,* et songe à toutes les choses contestables que tu as, non seulement dites, mais écrites sur du papier, signées de ton nom et envoyées sans vergogne aux imprimeries. Rassurez-vous, ô mes illustres contemporains. Pour une niaiserie de plus ou de moins, l'ordre du monde et la marche harmonieuse des planètes ne seront pas changés.

Ajoutons que l'accident en question est assez rare. Sans posséder absolument tous les mérites de la nymphe Écho et du phonographe, et bien que leur « copie » n'atteigne point, comme style, la beauté du *Dialogue d'Eucrate et de Sylla,* dans Montesquieu, presque tous les reporters sont attentifs, consciencieux et fidèles. J'en ai reçu qui étaient très intelligents, très lettrés, tout à fait aimables, et avec qui la causerie au coin du feu, tout en fumant quelques cigarettes, offrait un réel agrément.

Je me méfie, du reste, un peu de la sincérité des rectifications qui se produisent souvent après une interview. Je devine toujours là un monsieur qui a eu la langue trop longue, qui s'est « emballé » et qui voudrait bien rattraper ce qu'il a dit.

Cependant, je conviens que le personnel de la presse renferme quelques saute-ruisseau assez déconcertants.

Naguère, une feuille mondaine m'expédia un de ses rédacteurs pour m'extirper quelques « indiscrétions » sur mon drame inédit, *Pour la Couronne,* que les directeurs de l'Odéon se proposent de représenter l'hiver prochain. C'était un très gracieux jeune homme, bien élevé, déférent, mis, d'ailleurs, comme un « premier aux gants », tiré à quatre épingles et frisé au petit fer. Mais, au bout de cinq minutes, comme il me demandait à quelle époque et dans quel milieu historique se passait l'action de ma pièce, je dus reconnaître que je révélais à mon gentil confrère l'existence de l'Empire d'Orient, dont l'histoire a pourtant la respectable durée de onze siècles, et que la nouvelle de la prise de Constantinople par les Turcs, en 1453, — événement qui ne me semblait pas, jusqu'alors, absolument inconnu, — causait une extrême surprise à ce jeune littérateur.

Tels sont tes bienfaits, instruction gratuite et obligatoire! Baccalauréat, voilà de tes coups!

Après cela, vous me direz que ce petit pommadin, qui ne valait rien pour faire causer un poète tragique, aurait sans doute rapporté une excellente interview de chez une grande cocotte, avec description suggestive du mobilier professionnel et discrets renseignements sur le prix et l'heure des consultations. Rien n'est plus probable; et, comme c'est là, évidemment, la presse de l'avenir, ce joli garçon fera peut-être un très beau chemin.

Mais mon souvenir le plus amusant, à propos de reportage, c'est celui du journaliste américain qui m'a honoré, tout récemment, de sa visite.

Tout jeune, énorme, superbe, en complet merdoie à carreaux noirs, avec des joues couleur tomate et une barbe jaune qu'aurait enviée un fleuve d'allégorie, il laissait pendre le long de son corps ses poings monstrueux, comme s'il avait porté deux poids de cent kilos. Ce gigantesque exemplaire de la race anglo-saxonne, qui n'eût été déplacé, comme tueur, dans aucun abattoir, ne savait de notre langue que ce qu'on en apprend dans un *Manuel de la conversation :* « J'ai le couteau... Tu as le rasoir... Il *ou* elle a le casse-noisette », et son accent était celui d'un Anglais de chansonnette comique. Néanmoins, ses mains herculéennes et faites pour manier la massue, s'armèrent d'un minuscule porte-mine en or et d'un tout petit calepin relié en cuir de Russie ; et le Yankee se mit en devoir de m'interroger.

Le dialogue fut très pénible. Dans l'espoir de me faire à peu près comprendre, je choisissais les mots les plus simples, comme pour un bébé, j'employais les verbes à l'infinitif, je parlais nègre. Lui, imperturbable, écrivait toujours, — quoi, grand Dieu ? — puis, relevant la tête et faisant un violent effort de mémoire pour se rappeler sa question, préparée d'avance en français, il me la lançait avec l'énergie d'un capitaine au long cours commandant une manœuvre dont le sort du navire et de l'équipage aurait dépendu. Quelle interview ! J'en avais la sueur au front. Car, par bonté d'âme, je répondais quand même, en phrases enfantines, avec un peu de pantomime explicative ; et je me faisais l'effet d'un phoque qui dit « papa » et qui compte jusqu'à dix, sur le rebord de son bassin, avec sa nageoire.

L'Américain voulut connaître mes procédés de travail, et, là-dessus, du moins, je pus le satisfaire, en lui montrant une plume et du papier. Il sou-

haita mon portrait enrichi d'un autographe, et,
de nouveau, je comblai ses vœux, en lui offrant
une photographie tellement rajeunie et retouchée
que j'y ressemble, en ma qualité d'homme rasé,
à tous les acteurs et même à toutes les actrices,
— à Paulus ou à Léonide Leblanc, comme vous
voudrez.

Mais, quand cet homme exigeant voulut me
faire passer un examen oral sur des sujets plus
difficiles, — sur l'Académie, sur Zola, sur les
anarchistes, etc., — ce fut terrible : lui, criant
toujours comme le capitaine d'un navire en détresse; moi, poussant de vagues aboiements et
cherchant une rédaction à la hauteur d'un enfant
à peine sevré : « Zola, très fort... Anarchistes,
pas commodes... Académie, salon... »

Pour finir, le géant me demanda quelques détails sur ma vie intime, et notamment combien
je recevais de lettres par jour. Je lui répondis :
« Une vingtaine, dont dix pour me demander de
l'argent. » Puis le citoyen de la libre Amérique
prit congé de moi, paraissant enchanté, et me
donna une formidable poignée de main, dont je
souffre encore.

Eh bien! je lui suis très reconnaissant quand
même, à ce brave Yankee. Venu de si loin pour

m'interroger, il n'avait pourtant pas lu, très certainement, une seule ligne de moi, puisqu'il bégayait à peine quelques mots de français. Jamais je
n'ai mieux compris que par sa visite, à quel point
la célébrité littéraire est, comme le reste, vanité
et rongement d'esprit. Et c'est encore ici un nouvel
avantage de l'interview : elle donne à sa victime
une leçon de modestie.

Soyez donc hospitaliers aux reporters. On ne
leur dit, après tout, que ce qu'on veut bien ; et,
jusqu'à présent, ils ont eu la délicatesse de ne pas
exiger de nous le récit de nos bonnes fortunes.
Rien ne s'oppose, d'ailleurs, à ce que nous leur
dictions, pour les écrire sur leur carnet ou sur la
manchette empesée de leur chemise, des paroles
dignes de la postérité. Ils ne sont qu'une longue
interview, en définitive, et pas autre chose, les
entretiens de Gœthe et d'Eckermann ; et Las Cases
faisait office de reporter, quand il recueillait les
discours de l'Empereur, à Sainte-Hélène.

23 août 1894.

Albert Lambert

———

UNE fâcheuse indisposition ne m'a pas permis d'assister — et c'est un vrai chagrin pour moi — à la première représentation de *Severo Torelli,* au Théâtre-Français. L'adoption d'un grand ouvrage par cette illustre Compagnie de comédiens est toujours, pour l'auteur, un honneur insigne et une vive satisfaction. Il éprouve alors la joie d'un peintre qui verrait, de son vivant, un de ses tableaux installé au Louvre. Mais c'est aussi pour lui l'occasion d'un gros battement de cœur, l'épreuve offrant des dangers. Pas commodes du tout, la comparaison avec les classiques, le voisinage des chefs-d'œuvre.

Je me suis beaucoup agité, mardi soir, dans mon lit de fiévreux. C'était moins la faiblesse que l'émotion qui faisait trembler dans ma main le verre de lait ou la tasse de bouillon de poule, seules voluptés gastronomiques que la Faculté me permette jusqu'à nouvel ordre; et j'aurais redouté une nuit blanche, si, tout en songeant à la Comédie-Française, je ne m'étais pas rappelé le latin de cuisine de Molière : *Opium facit dormire*, et si je n'avais pas vu sur ma table de nuit une rassurante boîte de pilules d'extrait thébaïque.

Enfin, tout cela est passé et voici *Severo Torelli* sur l'affiche du Théâtre-Français.

Oh! soyez tranquilles. Je n'aurai pas le mauvais goût de vous entretenir de mon ouvrage. J'ai lu La Fontaine, et je me souviens trop bien de la fable du hibou pour me donner le ridicule de ce père trop indulgent. Cherchez ailleurs le résultat de la soirée. Mais on permettra bien à ma reconnaissance de consacrer, aujourd'hui, cette page au succès obtenu par le jeune et charmant tragédien qui fut, en 1883, à l'Odéon, le protagoniste de mon drame, et qui vient de reprendre son rôle avec tant d'éclat.

Certes, je dirai mal, à cette heure, combien je
suis son obligé. Car je n'écris pas : je dicte, moi
qui n'ai nullement l'habitude de dicter, et cette
chronique ressemblera trop, j'en ai grand'peur,
à une conversation sténographiée.

Lorsque La Rounat et Porel, à cette époque directeurs de l'Odéon, eurent reçu ma pièce, —
c'était trois ans, autant qu'il m'en souvienne,
avant la représentation, — ils me dirent d'abord :
« Nous ne savons quand nous pourrons vous
jouer, car votre principal rôle est écrasant et réclame un comédien doué de qualités bien difficiles
à rencontrer. Il lui faudrait la vraie jeunesse et en
même temps la force. Quand nous aurons un Severo, nous monterons tout de suite l'ouvrage. » Ce
ne fut donc qu'après la séance du Conservatoire
où Albert Lambert enleva son prix à la baïonnette,
dès son premier concours, qu'ils me firent signe.

L'hiver suivant, on mit *Severo Torelli* à l'étude.

Albert Lambert fils m'apparut alors sous les
traits d'un enfant de dix-huit ans, gracieux et délicat, et dont l'aimable visage, à peine ombré
d'une barbe naissante, intéressait surtout par son
charme languissant et même morbide. On peut
le dire aujourd'hui qu'il est devenu un robuste
jeune homme, il inspirait au premier abord un

sentiment mélancolique. Sa voix, un peu voilée, rappelait péniblement celle de certains poitrinaires. N'était-il pas malade? Cette fleur de jeunesse n'allait-elle pas se faner aussitôt?

Grâce au ciel, ces craintes étaient absolument chimériques; et, nous le reconnûmes dès les premières répétitions, sous cette langueur se cachait une mâle énergie; ce roseau était une barre de fer.

Élève de son père, qui est un excellent comédien, le jeune débutant nous révéla immédiatement sa valeur. Intelligence, émotion, grâce, adresse, il avait tous les dons naturels, réglés par un art déjà très sûr. Et d'une docilité admirable! Comprenant à demi-mot, il exécutait rapidement tout ce qu'on voulait, et sur les indications les plus sommaires. Ah! il n'était pas de ces comédiens qui, lorsque l'auteur les reprend, — avec quelles précautions oratoires! — répondent, en se cuirassant de politesse : « Parfaitement, monsieur, » et reproduisent identiquement l'erreur reprochée, jusqu'à ce que la victime — c'est de l'auteur que je parle — se décourage et les laisse faire à leur guise. Porel, qui mettait la pièce en scène et qui, soit dit en passant, est un maître en cet art si délicat de guider et de conseiller les comédiens, était émerveillé de la facilité et de la souplesse du jeune artiste. Je puis dire que, dès que la pièce fut « débrouillée », nous ne doutâmes pas un instant de l'accueil que les spectateurs feraient à Albert Lambert.

On se rappelle que la soirée fut, en effet, pour lui, triomphale. Le public goûta cette surprise délicieuse de rencontrer un jeune premier sans catarrhe ni rhumatismes, ne se préparant pas encore à célébrer ses noces d'argent avec son épouse et n'ayant pas un fils dans l'armée, proposé — à l'ancienneté — pour le grade de capitaine.

Tous furent séduits par cet enfant qui avait l'âge du Cid et qui triomphait comme lui; par ce jeune tragédien à la physionomie à la fois douce et fatale, au talent si émouvant et si pathétique, et qui semblait réservé pour incarner les grandes créations des poètes et représenter désormais les Hamlet et les Oreste.

Cet espoir ne fut pas trompeur. La carrière d'Albert Lambert a été rapide et brillante. Pour ne rappeler qu'un de ses rôles les plus éclatants, il a réalisé pour Alphonse Daudet, j'en suis persuadé, l'idéal du personnage si passionné et si touchant de Frédéri, dans l'Arlésienne.

Appelé de bonne heure à la Comédie-Française, où d'illustres acteurs, légitimement fortifiés dans leur emploi, le défendent opiniâtrément, et où les débutants doivent, en général, faire le siège de la place avec lenteur, selon les règles de Vauban, et en traçant de savantes parallèles, Albert Lambert a pris d'assaut une des plus fortes positions. D'après tous les échos qui m'arrivent dans ma chambre de malade, tant par la presse que par des rapports d'amis, cette reprise de *Severo Torelli* est, pour le talent d'Albert Lambert, une consécration définitive.

Je suis profondément heureux; et, d'une manière générale, je compte parmi les meilleurs souvenirs de ma vie d'auteur dramatique les soirées où de jeunes débutants ont trouvé, en jouant un de mes ouvrages, l'occasion d'un grand succès. J'ai eu plusieurs fois ce bonheur.

Sarah Bernhardt avait sans doute fait entendre sa voix d'or avant la première du *Passant*. Entre autres rôles, elle avait été une délicieuse Cordelia dans *le Roi Lear*, de Jules Lacroix, et je la vois encore au dénouement, dans les bras de Beauvallet, blanche et pure comme un lys coupé. A coup sûr, elle n'avait besoin ni de moi, ni de personne pour arriver à la gloire; cependant, c'est sous les « cheveux d'aurore » de Zanetto qu'elle a fait sa première étape. Leverrier inconscient, j'ai eu la chance de montrer à tous, dans le ciel de l'Art, une planète nouvelle.

On n'a pas oublié non plus avec quel enthousiasme fut accueillie, à ses débuts dans *les Jacobites*, Mlle Weber, étrange et sauvage, sous ses haillons d'Écosse, comme une hirondelle de mer. J'ai la conviction que, tôt ou tard, cette jeune tragédienne, si merveilleusement douée, sortira de l'injuste oubli où elle semble plongée momentanément, et qu'elle tiendra les admirables promesses qu'elle a faites alors à la Poésie et au Théâtre.

Et vous aussi, mon cher Albert, vous m'avez donné la primeur de votre talent; et voici que, de nouveau, vous me l'apportez, mûri, virilisé, plus puissant et plus complet, et le mettez au service de notre *Severo*. Vous devinez, n'est-ce pas, mon enfant, ma joie de poète et d'ami devant votre beau succès? Elle est partagée, j'en suis certain, par le groupe d'artistes d'élite qui vous entourent et qui, eux aussi, défendent si vaillamment mon œuvre; car c'est un charme pour tous quand le plus jeune est au premier rang, et, dans les régiments de la vieille France, c'était un officier de vingt ans qui portait le drapeau!

30 août 1894.

Un Livre sur Fénelon

« UMÉROTEZ-VOUS. »

Et les gardes nationaux, tout récemment munis de fusils à tabatière et rangés sur deux lignes dans une allée du Luxembourg, criaient leur numéro l'un après l'autre : « Un... deux... trois... quatre... cinq », etc. Et les voix, essayant toutes de prendre un accent brusque et militaire, étaient très variées, sautaient du ténor suraigu à la basse profonde.

C'était au début du siège de Paris, sous un ciel d'or, dans les premiers jours de l'admirable mois d'octobre 1870. L'air était frais et pur. Un calme enchanteur, une douceur exquise planaient dans l'espace. Mais, à d'assez courts intervalles, le canon des forts, sourd et lointain, grondait. Sous le quinconce des vieux marronniers à demi dépouillés de leurs feuilles de rouille, des cornes de bœufs oscillaient au-dessus des enclos de planches; et, partout le long des boulingrins et des massifs défleuris, autour du bassin ridé par la brise, sur les terrasses où triomphent en marbre les reines de France et les dames illustres, des pelotons de gardes nationaux faisaient l'exercice. Que de bruits divers et confus! Les commandements éclataient, lancés d'une voix vibrante; les armes secouées frémissaient, sonores; les pas cadencés grinçaient dans le sable sec. Et les rayons obliques du soleil tombant baignaient toute cette agitation dans une poudre lumineuse, que criblaient d'éclairs les sabres nus des officiers, les baïonnettes scintillantes, le cuir verni des gibernes.

Le spectacle, dans son ensemble, était martial, rassurant, presque joyeux. L'abominable blocus commençait à peine. On était encore à l'heure des illusions; on espérait la victoire.

Quand nous nous étions numérotés, notre capitaine, — il devint un de mes plus chers amis,

un de ceux qu'on regrette toujours quand on les
a perdus, car il joignait au cœur le plus tendre et
à l'esprit le plus cultivé, toutes les délicatesses
d'un gentilhomme et toutes les vertus d'un saint,
— notre capitaine, le marquis de Queux de Saint-
Hilaire, enflait tant qu'il pouvait sa voix faible
et sifflante, sa voix de phtisique, hélas! et commandait :

« A droite... alignement. »

Les apprentis soldats obéissaient tant bien que
mal.

« Avancez un peu, numéro deux... Rentrez,
numéro cinq... » disait l'excellent Saint-Hilaire,
tâchant d'atténuer la sécheresse du commandement militaire par un courtois et charmant sourire. Puis, s'efforçant encore de faire la grosse
voix, il criait :

« Fixe! »

.   .   .   .

Vous êtes étonnés peut-être de rencontrer, sous
le titre de cet article, ce croquis fait de mémoire,
et vous vous demandez quel rapport il peut y
avoir entre le fameux archevêque de Cambrai et
la garde nationale du siège ? Voici. C'est que le
« numéro deux », à qui l'on ordonnait d'avancer,

c'était moi-même, et que le « numéro cinq », qui sortait du rang, c'était M. Crouslé, de qui je viens de lire un remarquable et substantiel ouvrage, ayant pour titre *Fénelon et Bossuet*.

Je vous parlerai tout à l'heure du livre de mon ancien compagnon d'armes. Mais il me permettra de m'attarder encore un instant à nos souvenirs communs de la 4e du 21e.

Ce 21e bataillon s'était recruté au cœur du pays Latin, sur la Montagne Sainte-Geneviève, et comptait dans son effectif un grand nombre d'universitaires de tous grades. M. Victor Duruy, l'ancien ministre de l'Instruction publique, y portait le flingot comme un jeune conscrit, avec la plaque de grand-officier de la Légion d'honneur sur sa vareuse ; et, en fait de gros bonnets du corps enseignant, la 4e compagnie, où j'étais enrôlé, était particulièrement bien partagée. Il y avait là, d'abord, presque tous les professeurs de l'École de droit, le vieux et si respectable M. Duverger, MM. Rataud, Dementhe, d'autres encore. Puis quelques maîtres en Sorbonne, beaucoup de professeurs des lycées voisins. Je me rappelle, entre autres, à cause de son entrain et de sa belle humeur, M. Vacant, le mathématicien, aujourd'hui inspecteur général, et je vois encore le philo-

sophe, M. Lachelier, qui, dans les haltes, lorsqu'on
rompait les rangs, sortait un Sénèque de sa poche
et le lisait en se promenant devant les faisceaux.

Ces honnêtes gens, ces hommes de science
et d'étude, presque tous mariés, ayant charge
d'âmes, étaient pénétrés, je vous assure, du sentiment de leurs devoirs de citoyens et prenaient
très au sérieux leur rôle militaire. Aucune forfan-
terie. On chantait peu la *Marseillaise,* au 21ᵉ, et
l'on n'y réclamait pas la sortie torrentielle ; mais,
sur un ordre, ces pacifiques universitaires, ces
pères de famille, auraient marché au feu sans dire
« ouf », et se seraient battus comme des soldats.
On n'a rien su faire de tant de bonnes volontés, de la mâle résolution de tous ces braves
cœurs. Allons, le mot de Bismarck sur cette terrible guerre reste cruellement vrai : « Des lions
conduits par des ânes. »

Tous ces souvenirs me sont revenus en lisant
le nom de M. Crouslé sur la couverture de son
récent livre. Mon ex-camarade du 21ᵉ, qui est
devenu un des professeurs les plus distingués de
la Faculté des lettres, vient d'écrire sur Fénelon
un in-8º de près de six cents pages, et il nous
promet pour bientôt le second tome. C'est une
œuvre de bénédictin, qui représente évidemment

plusieurs années de travail opiniâtre. M. Crouslé
vit sur Fénelon comme un ver à soie sur un
mûrier.

Son livre, très documenté, bourré de citations
et de notes, sera certainement apprécié des savants. Un ignorant comme moi ne peut qu'être
saisi par le vif intérêt de cette étude morale et
littéraire, écrite, d'ailleurs, avec force et agrément.

De plus, le sujet est à la mode. On sait que,
dans le monde des beaux esprits, et parmi les
élégantes Philamintes qui suivent les cours de
Sorbonne, on est, aujourd'hui, pour Bossuet ou
pour Fénelon, comme, au temps de Marie-Antoi-
nette, on était pour Glück ou pour Piccini. Les
partisans de l'Aigle de Meaux deviennent volontiers d'implacables ennemis pour le Cygne de
Cambrai. On raconte que l'ami d'un de nos plus
célèbres critiques, au moment d'entrer dans son
cabinet, l'entendit prononcer, à haute voix, les
mots de drôle et de polisson :

« De qui parlez-vous donc ? dit le visiteur en
entrant ?

— De qui voulez-vous que je parle, répondit
l'écrivain passionné, si ce n'est de Fénelon ? »

M. Crouslé — je me hâte de le dire — se montre

plus juste et plus respectueux. Néanmoins, l'impression générale que donne la lecture de son livre n'est pas favorable à l'auteur du *Télémaque*. Il nous y apparaît, d'après des témoignages bien groupés et qui semblent probants, comme un personnage très avisé, très politique, ayant la double finesse du prêtre et du gascon, et menant supérieurement sa barque. Le mot « intrigant » n'est pas prononcé par M. Crouslé, qui surveille ses expressions, mais je ne serais pas surpris qu'il fût au fond de sa pensée.

En tout cas, il faut renoncer, après avoir lu cette étude, au Fénelon de la légende, ramenant chez le paysan une vache égarée, au pasteur, charitable et naïf, offrant quelque ressemblance avec Saint-Vincent de Paul.

M. Crouslé nous représente aussi l'archevêque de Cambrai comme décidément atteint par l'esprit de chimère. Il a fait ressortir, avec beaucoup d'art, tout ce qu'il y a d'impossibles utopies et de vains rêves dans l'œuvre de celui que devait tant admirer Rousseau, cet autre idéologue, et qui fut aussi considéré comme un précurseur par les pires chimériques que le monde ait connus, par les Jacobins. Hélas! les anarchistes, eux aussi, rêvent une Salente.

Ce manque de bon sens et d'esprit pratique a bien trouvé sa preuve dans le résultat de l'éducation donnée au duc de Bourgogne. Comme Rousseau a voulu faire de son Émile un homme parfait, Fénelon a prétendu obtenir, dans la personne du jeune prince, le modèle des rois. Or, si le duc de Bourgogne eût régné, son précepteur aurait été exposé — n'en doutons pas — à de bien fâcheuses déceptions. Son élève n'eût pas été un saint Louis, comme il le désirait; car, lorsqu'il mourut, le petit-fils de Louis XIV n'était, d'après les témoins les plus dignes de foi, qu'un dévot à l'esprit étroit et une espèce d'imbécile.

Le premier volume de l'ouvrage qui nous occupe s'arrête à la nomination de Fénelon à l'archevêché de Cambrai, qui l'éloigna de la cour et fut, comme on sait, une sorte de disgrâce. Elle eut pour cause le mécontentement du roi et de Mᵐᵉ de Maintenon devant l'ardeur dont s'était enflammé le futur prélat pour les folies mystiques de Mᵐᵉ Guyon, la célèbre illuminée. Rien n'est plus curieux que cette partie du livre de M. Crouslé. On croit rêver quand on voit quelques-unes des plus fortes têtes du Grand Siècle prendre parti pour cette extravagante, qui se disait la seule

épouse de Jésus-Christ, qui se prétendait tellement pleine de la grâce du Seigneur, qu'elle « en
étouffait », qu'elle « en crevait », — ce sont ses
propres expressions, — et qui se faisait ôter son
corset, dans ses crises d'hystérie religieuse, par les
deux filles du grand Colbert. On reste stupéfait
de voir des hommes tels que Fénelon, et aussi
des ducs à perruque et à cordon bleu comme
MM. de Chevreuse et de Beauvilliers, s'enthou-
siasmer pour cette aliénée, que réclamait impérieusement la douche.

Bossuet, du moins, appelé à juger cette folle,
ne perdit pas la tête, et, à mon humble avis, sa
résistance, en cette occasion, fait honneur à sa
sagesse.

Le livre de M. Crouslé, qui manifestement est
un « bossuétiste », donnera beaucoup de plaisir
à mon confrère et ami Ferdinand Brunetière,
et généralement à tous ceux qui s'intéressent à
l'histoire du XVIIe siècle. Quant à moi, je ne
suis pas un assez grand clerc pour me croire au-
torisé à porter un jugement sur un si savant ouvrage ; et cet article n'est qu'un témoignage de
sympathie que j'adresse à M. Crouslé, en lui rappelant le temps où, sous les ordres du capitaine
de Queux de Saint-Hilaire, nous allions à l'exer-

cice à feu dans le fossé des fortifications — une fois même, j'ai failli tuer le tambour — et où nous faisions, sur le trottoir du chemin de ronde, tant de patriotiques parties de bouchon.

6 septembre 1894.

La Mort d'un Exilé

ONNAISSEZ-VOUS rien de plus mélanco-
lique que la destinée de ce malheureux
comte de Paris?

Ces temps derniers, en lisant chaque jour dans
les journaux les détails de sa longue agonie,
j'éprouvais un sentiment singulier, complexe, où
il y avait beaucoup de pitié et aussi un peu de
honte. Je sais bien que, lorsque l'ignoble politique est en jeu, il ne peut être question d'humanité ni de justice. Mais c'est égal. Que le des-

cendant de tant de rois, qui, en définitive, ont
fondé notre nation, soit mort de tristesse, loin de
son pays, allons ! ce n'est pas brillant.

Ce qui caractérise les parlementaires décadents qui nous gouvernent, c'est la peur et l'absence de générosité.

Personne n'était moins effrayant que le comte
de Paris. Après la guerre, à sa rentrée en France,
il se laissa jouer comme un enfant par le petit
Thiers, dont la figure, aujourd'hui simplifiée par
l'éloignement, se dessine, décidément, comme
celle d'un intrigant de première classe. En resti-
tuant au fils de Louis-Philippe des millions, qu'on
lui devait, après tout, mais qu'il eut grand tort
d'accepter, le vieux serpent à lunettes savait fort
bien ce qu'il faisait. Il rendait le prince absolument impopulaire.

A cette époque, je voyais tous les jours les
photographies du comte de Paris dans les vitrines
des papetiers bien pensants de la rue du Bac.
Sous son modeste uniforme de lieutenant-colonel
de l'armée territoriale, il ne faisait nullement figure de prétendant, je vous assure.

Si l'on m'avait demandé de tirer alors son
horoscope, j'aurais volontiers prédit qu'il se bor-
nerait à publier des articles très distingués dans

la *Revue des Deux-Mondes* et qu'il serait de l'Académie avant moi.

Eh bien! pas du tout. Il paraît qu'il était formidable.

On lui passa bien encore sa visite à Frohsdorf; mais, quand il se permit d'ouvrir ses salons, ce fut un *tolle* général.

Dans le monde de la politicaille exclusivement, bien entendu. Quant à la majorité des citoyens français, ils ignoraient qu'on servît, tous les soirs, rue de Varennes, un thé subversif et des petits fours séditieux, et les paysans continuaient à se lever de bonne heure pour aller déplacer le piquet de leur vache dans l'herbage, sans se douter que la patrie fût en danger.

Les dîners et les réceptions du comte de Paris avaient mis le monde officiel dans tous ses états. Le père Grévy, qui ne portera pas, dans l'histoire, le surnom de « Magnifique », fut particulièrement choqué, dit-on, qu'on prodiguât à tel point les verres de champagne et les petits pains au foie gras. La police était sur les dents, passionnément occupée à compter les équipages qui stationnaient près de l'hôtel Galliera, et à tirer les vers du nez des larbins. Considérez comme historique que les bombes glacées qui parurent au dessert, dans cette demeure princière, jetèrent plus d'inquiétude en haut lieu que n'en devaient répandre par la suite les bombes plus énergiques de Ravachol. Il n'y avait pourtant là que des messieurs qui avaient mis leur habit n° 1, et des belles qui montraient leurs épaules. On les représenta comme des Catilinas qui faisaient d'exécrables serments et buvaient à la ronde dans une coupe du sang humain.

Pour parler sérieusement, tous les gens de bonne foi sont persuadés que le comte de Paris n'a jamais conspiré. Qu'il ne crût point impossible le retour de la monarchie; qu'il se considérât, lui, chef de la maison de Bourbon, comme une réserve en cas de malheur, — hélas! tous nos gouvernements, depuis un siècle, sont nés d'une catastrophe, — je n'en disconviens pas. Mais quoi? C'était un espoir aussi légitime que chimérique. Loin de conspirer, le comte de Paris, par éducation, par tradition de famille, avait — comment dirai-je? — la naïveté de croire à la volonté librement exprimée du pays, au roi qui règne et ne gouverne pas, au jeu de balançoire des assemblées, à toutes les chinoiseries parlementaires. Enfin, comme les princes ses parents, comme notre admirable duc d'Aumale, comme le brave duc de Chartres, qui se brûle les sangs de n'être plus colonel de cavalerie, il était un honnête homme et un bon Français, incapable de songer même à un coup de force, à une aventure.

Cependant, Grévy, qui était le maître bien plus qu'on ne le croyait, excita ses ministres, obtint l'expulsion. La République prouva, une fois de plus, — ainsi qu'elle continue de le faire, du reste, — qu'elle avait recours, comme les camarades, aux lois de circonstance et d'exception ; et, de plus, cette iniquité fut une faute. Hors de France, les chefs des familles ayant régné étaient contraints, en quelque sorte, au rôle de prétendants, et, quoi qu'on en dise, ils devenaient plus incommodes qu'avant. Le comte de Paris n'accepta ce rôle, je crois bien, que par devoir, pour ne pas abandonner ses amis. Mais ce second exil le désespéra. Le pauvre prince, qui était, en somme, plein d'honneur et de vertus, et qui aimait la France, languit et s'étiola, loin d'elle. Il vient d'expirer, en regardant le drapeau. Grévy, dont on se rappelle la fin peu glorieuse, — ah ! quel malheur d'avoir un gendre ! — triomphe, à présent, en bronze, à Mont-sous-Vaudrey. C'est même la première fois qu'on érige la statue d'un vieux grigou.

Espérons, du moins, qu'on ne refusera pas à la dépouille du petit-fils de Henri IV quelques pieds cubes de terre française.

Pour excuser toutes ces vilenies, on invoquera sans doute la raison d'État, le salut de la République. Mais ce qu'on a sauvé, — si l'on a sauvé quelque chose, — c'est huit années de crises dégoûtantes et de trouble profond. La honteuse affaire Wilson, l'agitation boulangiste, les abjects tripotages du Panama et les attentats anarchistes, voilà le bilan. Ajoutez-y la menace constante d'un cataclysme social qui sera parfaitement justifié, d'ailleurs, par l'imperméable égoïsme de la bourgeoisie et par l'impuissance, manifestement prouvée désormais, des moulins à phrases du Parlement à se conformer à leur programme et à réaliser une seule des réformes cent fois promises; et — pour quiconque ne se paie pas de mots — il faut bien avouer, devant ce joli résultat, que la loi qui a proscrit le comte de Paris ne fut qu'une injustice et un scandale de plus.

Je ne partage pas les illusions des royalistes. A aucun moment, je n'ai cru qu'il fût possible de rétablir le prétendant sur le trône, et je m'imagine que lui-même ne s'en souciait guère. Mais enfin,

si la mélancolique effigie de Philippe VII avait
brillé sur les pièces de cent sous, les cœurs au-
raient-ils été moins durs et les politiciens plus
honnêtes ? Vous n'en savez rien, ni moi non plus.
Il n'avait rien du « bon tyran » rêvé par Renan.
Il eût été sans doute un roi très respectueux des
institutions établies, très constitutionnel, c'est-à-
dire une espèce de Carnot, et les choses auraient
probablement aussi mal marché.

A mon humble avis, pour ramener l'ordre et
la paix dans notre politique intérieure, il faudrait
l'action et la volonté d'un seul, — et d'un gaillard autrement râblé que l'infortuné prince qui
s'est éteint, l'autre jour, à Stowe-House.

Non ! ce qui me navre, dans la circonstance
présente, c'est la hideuse monotonie de l'histoire,
c'est le peu de progrès qu'ont fait, après cent ans
de révolution, les idées de tolérance et de vraie
liberté, c'est cette douloureuse pensée que la
haine et la peur des hommes de partis étouffent
le généreux génie de la France et lui ont défendu
de donner asile au premier de ses gentilshommes,
au fils de ses anciens rois. Ce qui me désole, à
un point de vue plus général, c'est qu'elle existe
encore chez nous, cette loi du bannissement, qui,
appliquée à certaines natures, est la peine de

mort fixée à brève échéance, la peine de mort
hypocrite et dissimulée.

Car on ne peut juger des choses que par soi-
même, et je sens bien que, si l'on m'exilait demain, — tout arrive, — je n'y survivrais pas longtemps.. Ah! non, mille fois non, je ne suis ni
international, ni cosmopolite! Naguère, je fus
contraint, par ma très médiocre santé, de passer
tout un hiver en Algérie. C'était pourtant la
France encore, et le pays est admirable. Eh bien!
j'ai connu la nostalgie sous ce trop bel azur, vers
lequel ne s'élançaient pas nos vieux bonshommes
de clochers. Ah! ne m'exilez pas, de grâce! la
prison plutôt. J'ai justement une grande machine
sur le chantier, que je pourrais terminer là, loin des
« raseurs ». Mais je ne puis me passer du bien-
aimé ciel de France, de ce ciel tendre et clair
comme étaient les yeux de ma maman, comme
sont les yeux de mon amie!

Aussi ma sympathie et ma pitié vont-elles vers
tous les proscrits. Les sénateurs et les députés qui
ont voté la loi d'exil, en 1886, croyaient-ils vraiment obéir à un devoir patriotique? C'est l'affaire de leur conscience. Mais qu'ils le sachent
bien. Ils ont tué ce pauvre prince. Il ne s'agit pas
ici de monarchie ou de république; il s'agit d'hu-

manité. Le comte de Paris est mort, dans sa
somptueuse résidence, comme je mourrais, moi,
j'en suis sûr, si l'on me chassait de mon pays,
dans quelque chambre meublée de Bruxelles ou
de Genève; il est mort de chagrin.

13 septembre 1894.

Propos de Convalescence

DANS le spirituel et amical article que Jules Lemaître m'a consacré tout récemment, à propos de la reprise de *Severo Torelli,* il a bien voulu dire quelques mots très flatteurs de mes causeries du *Journal,* et je ne suis pas médiocrement fier de savoir qu'elles plaisent à ce charmant dilettante et qu'elles l'amusent. Il constate que je m'y « raconte », et il ajoute que je le fais avec bonhomie et sincérité. Le compliment m'est allé au cœur, mais il m'a inspiré quand même une certaine inquiétude; et je me suis demandé si je n'abusais pas quelquefois du « haïssable moi », et si je n'entretenais pas trop souvent le public de mes petites affaires.

Le malheur, c'est que je ne me sens guère capable de faire autrement. Je ne suis qu'un pauvre « objectif », constamment et vivement impressionné par le monde extérieur et me fiant beaucoup plus à l'instinct qu'au raisonnement. De plus, mon éducation philosophique est nulle, ou à peu près. Il y a tout un outillage intellectuel, tout un vocabulaire de grands mots qui me font défaut pour donner à la moindre de mes pensées — que dis-je ? à la plus fugitive de mes sensations — un air de profondeur et de solennité ; et je ne sais pas faire de synthèse à propos de bottes.

Beaucoup de pédants excellent à ce jeu ; et quiconque dit « l'espace » et le « temps », au lieu de dire « l'étendue » et la « durée », est considéré par eux comme un ignorant et un frivole. Le reproche que j'entends le plus souvent adresser par la critique haute sur cravate à tout esprit simple et sans prétention, est celui-ci : « Il manque d'idées générales. » Ce verdict, dans certains milieux, tombe lourdement sur une réputation littéraire comme le couteau de la guillotine sur la nuque d'un condamné à mort, et voilà un écrivain décapité.

Or, c'est terrible à avouer, mais j'ai bien peur de manquer d'idées générales. J'ai beau me tâter, me fouiller. Il n'y a pas à dire. J'en manque.

Je pourrais, sans doute, répondre qu'il existe aussi des idées particulières, qu'elles peuvent présenter peut-être quelque intérêt, et que, d'ailleurs, n'en a pas qui veut. Seulement, pour les exprimer le moins mal possible, il faut recourir fatalement à la première personne du singulier et « se raconter », comme dit l'aimable Jules Lemaître.

Racontons-nous donc.

Je viens d'être assez sérieusement malade, et c'est la troisième fois que cela m'arrive depuis un an. Même à un poète, c'est-à-dire à un esprit léger et superficiel par définition, — du moins selon les gens sérieux, et brevetés comme tels, — de pareils accidents de santé, si rapprochés les uns des autres, donnent à réfléchir ; et, l'autre jour, tout en gémissant de douleur et en grelottant de fièvre, j'ai pensé — quoique indigne — à une « idée générale », et même à la plus générale de toutes, à la mort.

Aujourd'hui, je suis debout. J'ai pu regagner mon asile de campagne. J'écris cette page devant le ciel d'or d'une pure après-midi de septembre, devant de grands arbres dont la verdure garde encore sa fraîcheur après ce pluvieux été. Je suis dans cet état de faiblesse physique, mais de calme, que procure la convalescence, et qui n'est pas sans douceur; car on y éprouve comme un réveil, un rajeunissement des sens. Tout à l'heure, faisant les cent pas le long des plates-bandes, je respirais avec volupté le parfum des résédas et, devant les dernières « malmaisons », je me murmurais ce vers délicieux, qui étonne et détonne chez ce farouche huguenot d'Agrippa d'Aubigné :

Une rose d'automne est plus qu'une autre exquise.

Elles se dissipent donc un peu, en ce moment, mes idées funèbres.

Mais, il y a trois semaines, j'étais beaucoup moins tranquille, je vous assure, dans mon lit à colonnes, entre mes deux médecins, qui, après m'avoir tripoté, s'écriaient avec une fausse bonne humeur : « Ne nous affaiblissons pas, saperlotte! Nourrissons-nous! » et faisaient ensuite un tas de façons pour m'accorder trois pruneaux ou un œuf à la coque.

Je me disais : « Si c'était pour cette fois, tout de même?... Est-ce que, par hasard, d'ici à quelques jours, il y aurait encore un fauteuil vacant à

l'Académie?... » Soyons franc. Je n'ai rien d'un
stoïque et je riais jaune.

Cependant, je puis le dire, ce qui me tour-
mentait alors, ce n'était pas l'idée de la souffrance
physique, ce n'était pas l'idée de la mort. Souffrir dans mon corps, j'en ai un peu l'habitude ;
et je m'imagine qu'on doit sortir de la vie comme
on y entre, inconsciemment. Si mon testament
n'eût été déjà fait, je l'aurais dicté, j'en réponds,
avec un parfait sang-froid. Oui, le ciel est beau.
Quelques êtres m'aiment tendrement et me l'ont
prouvé. C'est une grande douceur. Pourtant, je
ne regrettais pas la vie, n'ayant plus grand'chose
de *nouveau* à attendre d'elle. J'avais, sans doute,
une tristesse en songeant qu'il y avait un petit
nombre de personnes à qui ma perte causerait un
chagrin réel, qu'il en était au moins une qui con-
naîtrait le désespoir. Mais je me disais : « Après
tout, ce n'est pas ma faute. » Et cette pensée, si
pénible qu'elle fût, n'était pas celle qui m'obsé-
dait le plus.

Non, ce qui causait mon angoisse dans ces
heures sévères, c'était le mystère qui se dressait,
silencieux et redoutable, devant moi. Il avait posé
sur ma poitrine ses griffes de sphinx, m'oppressait
de son poids énorme, fixait sur mes yeux ses yeux

pleins d'ombre ; et le mot de l'énigme gonflait
ses lèvres impitoyablement closes, ses lèvres iro-
niques et féroces. Mais, malgré son silence, jamais,
jamais plus que dans ces instants douloureux, mon
instinct n'a protesté contre l'idée que je cesserais
d'être ! Jamais ne se sont si violemment révoltés
en moi l'horreur du néant et le besoin d'une justice définitive !

A l'ordinaire, j'en conviens, je ne me préoccupe
qu'assez rarement de l'autre vie. Je m'en tire par
cette formule : « Ce n'est rien ou c'est mieux. »
Ayant, en somme, malgré bien des défaillances,
vécu selon l'honneur, j'ai confiance ; et même
je me demande quelquefois tout bas pourquoi
l'homme, de qui le libre arbitre est subordonné
à tant de forces indépendantes de sa volonté, serait comptable de toutes ses actions dans une
existence dont il n'a pas sollicité le douteux bienfait. Et de là à croire que tous, même les plus coupables, sont absous devant une vérité supérieure,
il n'y a pas loin.

Pourtant, l'autre jour, dans les oreillers, malade
de corps, mais sain d'esprit, — ainsi qu'écrivent
les notaires sous la dictée des moribonds, — je
n'avais plus la moindre envie de faire ainsi le malin
et l'esprit fort ; et il se posait impérieusement dans

ma pensée, le terrible problème de la responsa-
bilité humaine. Oh! j'étais sans lâche épouvante.
Cette idée absurde et barbare d'un Dieu implacable, infligeant des peines éternelles, n'a jamais
pu se loger dans mon cerveau. Non, mais un de
ces fulgurants éclairs de la mémoire, qui n'éclatent qu'aux heures solennelles de la vie, illuminait
les plus lointaines perspectives de mon passé; et,
machinalement, j'ai établi mon inventaire, dressé
mon bilan, — pourquoi ne pas dire le vrai mot?
— fait mon examen de conscience. C'était celui
de presque tous. Peu de mal; pas assez de bien.
Je me repentais de mes fautes, je regrettais tant
d'occasions de bien agir que j'avais perdues. Et le
prêtre qui aurait alors reçu mes aveux, — et qui les
recevra sans doute, un jour, car je ne sais rien de
plus beau, de plus touchant et de plus *naturel* que
la confession chrétienne, — ce prêtre, dis-je, eût
prononcé les paroles du pardon, en découvrant
en moi, après tout, un homme de bonne volonté,
humble devant Dieu, et, pour rappeler l'admirable
expression de Bossuet, — doux envers la mort.

Dans cet état d'âme, n'est-il pas vrai? j'aurais
dû me sentir rassuré en présence du Mystère? Eh
bien! non. Et voici le cruel, l'amer souci qui me
troublait profondément.

8.

En revivant tout mon passé par le souvenir, j'avais dû reconnaître que malgré ma part de peines et de souffrances, j'avais été très libéralement traité par la nature et par la destinée, que j'avais plus joui et moins souffert que tant d'autres, et que, tout en coudoyant tant de douleurs et de misères, j'avais été ce qu'on appelle un heureux. Me croyant sur le point de quitter cette vie qui me fut clémente, je songeais à mes innombrables frères pour qui elle se montre si dure.

Cette mort, que je me faisais presque un mérite d'accepter avec résignation, combien de malheureux la désirent et l'implorent ainsi qu'une délivrance! Les formidables questions se posent alors. Est-ce que l'autre vie, si elle existe, ne leur doit rien? Est-ce qu'ils n'auront pas une compensation, tous ces douloureux, tous ces vaincus? Et toi, le privilégié, qui as toujours eu ton pain quotidien; toi, dont le père et la mère étaient de braves gens; toi qui n'as même pas toujours pratiqué les vertus essentielles, bien qu'on te les ait enseignées dès ton enfance par l'exemple et par la parole; toi qui as eu le loisir d'écouter ton cœur, de cultiver ton intelligence, et qui n'as été pourtant ni assez bon, ni assez sage, — prends garde! — tu n'as pas payé ta dette au malheur;

et peut-être est-il là qui t'attend, créancier exact et sans pitié, au delà du tombeau!

Telles sont les pensées qui me torturaient, sur mon lit de malade, dans mes draps trop chauds de fiévreux, tant est indestructible au fond de l'homme l'instinct, le besoin de l'équité absolue. Elles me poursuivent encore aujourd'hui, dans mon bien-être de convalescent, parmi cette apaisante et tiède atmosphère, sous ce ciel triomphal de la fin de l'été.

O mort, tu gardes ton secret! Mais quand viendra pour de bon l'agonie, je sais bien maintenant dans quel sentiment mon âme s'élèvera vers la justice éternelle, et j'ai préparé d'avance ma suprême prière :

« Mon Dieu, pardonnez-moi mon bonheur! »

20 septembre 1894.

Les Jaunes

« QUE ceux qui se passionnent pour la guerre entre la Chine et le Japon veuillent bien lever la main. »

Un petit nombre de mains se lèvent. Quelques diplomates, quelques marins, quelques collectionneurs, Edmond de Goncourt, Félix Régamey, le commis voyageur en bibelots du *Bon Marché*. Pas grand monde, en somme. Ils sont rares, chez nous autres, Barbares de l'Ouest, ceux qui se sont procuré une carte du théâtre de la guerre, pour y suivre les opérations navales et militaires et l'épingler de petits drapeaux.

Il ne faut pas s'étonner de tant d'indifférence.
La Corée est trop loin, que voulez-vous ? On a
beau se sentir « citoyen du monde », selon la généreuse expression de Schiller, il est impossible de
se monter la tête pour les querelles de ces peuples dont nous séparent de si énormes distances.
En vain essaye-t-on de prendre un parti, de
s'exciter contre cette Chine immobile, cruelle
et mystérieuse, de s'intéresser à ce Japon, qui
nous charme par son art délicat, encore que
bien monotone, et qui s'est fait, tout récemment,
expédier d'Europe une civilisation de toutes
pièces, avec tous ses accessoires, depuis le régime
parlementaire, hélas! jusqu'au « complet sur mesure » à cent francs des petits tailleurs, pantalon,
gilet et jaquette.

Malgré tout, nous ne parvenons à devenir ni
franchement nipponophiles, ni carrément sino-
phobes. De loin et en gros, tous ces petits
hommes à peau jaune, se formant en bataillons,
ne nous paraissent pas plus différents les uns des
autres que les moutons de divers troupeaux; et,
la main sur la conscience, il nous est absolument
égal que les troupes du Mikado se couvrent de
gloire ou que l'armée de l'Empire du Milieu reçoive une épouvantable brûlée.

La faute en est aussi à ces noms exotiques que,
par manque d'habitude ou paresse d'esprit, notre
mémoire se refuse à retenir. Que demain trois
cents Japonais périssent héroïquement dans un
défilé, je parie que ces nouvelles Thermopyles
et leur Léonidas aux yeux bridés ne deviendront
pas populaires en Europe. Et si, le soir d'un grand
désastre, la garde impériale du Fils du Ciel aime
mieux mourir que de se rendre, nous ne pourrons
jamais nous rappeler le mot chinois qu'un Cam-
bronne à plume de paon aura jeté à la face des
vainqueurs.

Enfin, pour une raison ou pour une autre,
cette conflagration de l'Extrême-Asie nous laisse
froids.

Eh bien, nous avons tort, et moi-même, qui,
en ce moment, me permets d'en badiner, je donne
une nouvelle preuve de notre légèreté nationale.
Quand l'Orient secoue ses tapis, c'est toujours
une chose fort inquiétante, et le moindre fléau
qui puisse en tomber, est la peste ou le choléra.
Mais ce qui se passe aujourd'hui là-bas me semble
tout particulièrement grave et chargé de consé-
quences redoutables.

N'est-il pas, en effet, effrayant de constater
que ce Japon, si prompt à s'assimiler ce que notre

civilisation a de plus compliqué, que cette Chine
obscure et monstrueuse, que cette fourmilière
humaine qui compte, dit-on, quatre cents millions
d'habitants, soient déjà devenus des puissances
militaires égales à celles de l'Europe et pourvues
comme elles de tout l'arsenal moderne des machines à tuer? Artillerie à longue portée, fusils à
tir rapide, vaisseaux cuirassés, torpilles, toutes ces
inventions diaboliques que nous perfectionnons
sans cesse, mais dont, malgré nos haines entre
nations et entre races, nous hésitons à nous servir,
ils les connaissent, ils les ont à leurs ordres, les
Jaunes, et, vous le voyez, ils ne sont pas arrêtés
par nos scrupules, eux, et tout de suite ils ont
joué le grand jeu de la mort.

Vous avez lu les dépêches. Une bataille rangée.
Un combat naval. Deux massacres à grand orchestre, où ne manque aucun des instruments de
la musique de guerre de l'avenir, où les gueules
des canons crachent les boulets à trois lieues, où
les fusils égrènent en quelques secondes leur chapelet de balles, où les volcans sous-marins font
éruption, où les citadelles flottantes vomissent
le meurtre et l'incendie! Quel début! Un Sedan!
Un Trafalgar! Savez-vous bien que ce n'est pas
trop mal, pour ces petits Asiatiques aux doux

yeux de velours sombre, aux hanches de fille, qui n'ont que trois poils de barbe au menton?

Il y a là, — je ne dis pas pour demain, mais que sait-on? — il y a là un grand péril. Grâce au bouddhisme, qui défend l'action, l'Extrême-Orient demeurait tranquille et inoffensif. Mais voici que s'introduisent et se développent chez lui les instincts guerriers, la science militaire. Cette énorme fraction du monde, si longtemps fermée, si rebelle à tout ce que l'Occident pouvait lui apporter de bon, et qui a, en somme, repoussé le christianisme, est désormais ouverte à tous les aventuriers, à tous les *mercantis,* qui lui donnent des chefs, qui lui fournissent des armes pour ses troupes. C'est triste à dire, mais les officiers de fortune et les courtiers de Krupp ou d'Amstrong réussissent aujourd'hui brillamment là où saint François Xavier et ses pieux successeurs ont jadis à peu près échoué. Les Asiatiques sont restés sourds à la parole d'amour; ils font accueil aux marchands de carnage, aux industriels en tuerie.

Prenons-y garde. Ne soyons pas dupes de cette singerie d'une société policée dont le Japon nous amuse. Songeons surtout à cet immense Empire chinois, où l'on se touche les coudes, où l'on étouffe, où l'on meurt de faim. En ce moment,

vainqueurs et vaincus, ils apprennent comment
se fait la grande guerre, ces myriades d'hommes,
et leurs progrès sont effrayants. C'était il y a
trente ans, c'était hier, qu'une poignée de Français allait au pas de charge, baïonnette au canon,
jusqu'à Pékin. Essayez de recommencer! C'est à
peine si nous pouvons venir à bout des pirates
du Fleuve Rouge. Supposez, dans cinquante ans,
— dans vingt, dans dix peut-être, — la race
jaune, aguerrie par ses luttes intestines, devenue
belliqueuse, prise de notre folie d'armement.
Quelle force! Qu'il surgisse alors, le Conquérant,
le Conducteur de peuples, celui qui se dresse, à
de longs intervalles, dans l'histoire, suscité par
le destin pour bouleverser le vieux monde et ra-
jeunir le sang des races épuisées, — et qu'il
pousse contre l'Europe ses masses formidables!

De l'Est à l'Ouest! Ne l'oublions pas, c'est
l'antique route des invasions; c'est toujours de
ce côté qu'accourt le flot irrésistible des Barbares,
qui semble poussé par une loi naturelle, comme
un mascaret humain. Il ne s'agira plus, cette fois,
de hordes confuses, de cavaliers en désordre pareils à ceux que firent reculer les aigles d'Aétius
ou qu'écrasèrent la masse d'armes de Charles-
Martel; il ne s'agira pas davantage de marins

sauvages, entassés dans de lourdes barques et
ravageant la côte. Non, le futur Conquérant, le
Chef aux ongles longs et à la natte dans le dos,
sera sans doute un barbare, mais il connaîtra le
« dernier cri » de la tactique et de la stratégie.
Les trois ou quatre millions de « tigres de guerre »
qu'il traînera derrière lui, sous l'étendard jaune
brodé du dragon bleu, sauront se former en colonne, se déployer en tirailleurs, aussi bien que
nos pantalons rouges aux dernières grandes manœuvres. Le nouvel Attila, tout en gardant la férocité du mandarin, aura la science d'un Moltke.
Pour exterminer les Occidentaux, il tirera le
meilleur parti de la vapeur, de l'électricité, de
l'aérostation, des explosifs, et peut-être un Turpin yankee viendra justement de découvrir pour
lui, dans la mécanique ou dans la chimie, un
procédé plus sûr et plus rapide de coucher par
terre, d'un seul coup, tout un régiment, depuis
le tambour-major jusqu'à la carriole de la canti-
nière. Est-ce que cela ne vous donne pas un petit
frisson, dites-moi, l'idée d'un Orthogrul breveté
par l'école d'état-major de Paris ou de Berlin, d'un
Rollon arborant son pavillon amiral sur un cui-
rassé de premier rang, d'un Timour ayant dans sa
jeunesse suivi les cours de l'École Polytechnique ?

Qu'en pensez-vous, respectables membres de la Ligue de la Paix, qui croyez qu'on supprimera la guerre par un bulletin mensuel et une cotisation de dix francs par an, et qu'on empêchera l'homme d'être un loup pour l'homme à l'aide de brochures fadasses et de discours sirupeux ? Et vous, précurseurs de la République idéale, esprits plus fougueux, mais non moins chimériques, qui rêvez la fin des patries, les États-Unis d'Europe, on ne sait quelle Thélème démocratique sans armées et sans arsenaux ? Qui sait si ce déluge d'Asiatiques ne choisira pas précisément, pour nous surprendre et nous engloutir, l'heure que vous appelez de tous vos vœux, honnêtes philanthropes, que vous voudriez hâter, tribuns populaires, même au prix d'un cataclysme, l'heure d'enthousiasme et d'attendrissement où les deux plus guerrières nations du vieux monde, enfin réconciliées, auraient proclamé la paix définitive, brisé leurs épées, jeté bas leurs drapeaux ?

Hein ? Quel réveil, cette irruption de la barbarie au milieu de la civilisation désarmée !

Mais je vous entends d'ici : « A quoi pense ce prophète de malheur ? Terreurs absurdes ! L'Asie est trop loin. »

Soit. J'étais le jouet d'un cauchemar.

Cependant, voici que je me rappelle un très ingénieux et très émouvant tableau du bon peintre Georges Rochegrosse, devant lequel je me suis arrêté longtemps, à l'avant-dernier Salon des Champs-Élysées. Il représentait le pillage d'une villa gallo-romaine par les Huns.

Oh! l'aimable maison des champs, avec son seuil hospitalier, sa jolie et grêle colonnade, son jardinet aux massifs de fleurs, aux bordures de buis, tout pareil aux jardinets d'à présent, dans nos paisibles banlieues! C'était vraiment l'asile de l'épicurien et du sage. Bien sûr, il devait y avoir ici des outres de vieux vin dans le cellier, et dans la bibliothèque quelques bonnes copies des poètes et des philosophes. Qu'il devait être bien, chez lui, le Gallo-Romain, sous cette treille rougie par l'automne, assis sur ce banc de marbre rose, et lisant une ode amoureuse d'Horace ou de Tibulle, une page sereine de Marc-Aurèle, tandis que, couchée aux pieds du maître, une belle esclave attendait son regard et son caprice.

Mais un vent sinistre s'est levé, brusquement, et, rapides comme lui, ils sont accourus au galop vers la blanche demeure, les hideux cavaliers mongols, aux pommettes saillantes, aux yeux d'oiseaux de proie, au teint de safran, les Huns

vêtus de peaux de bêtes, armés de lances, de flèches et de coutelas. Agiles comme des singes,
ils ont sauté de dessus leurs haridelles, se sont
rués dans le jardin et dans le logis... Et maintenant, regardez. Le maître égorgé gît sur la mo-
saïque de sa porte, tombé en travers du « salve »
de bienvenue. Sur le sable, le butin — or répandu,
riches étoffes, vases précieux — s'entasse, maculé
par des mains sanglantes ; et les femmes de la
maison, patronnes et servantes, se tordent en
hurlant de désespoir, emportées par les massacreurs dans une étreinte de brute obscène.

Il nous ressemblait, ce Gallo-Romain de la décadence. Il était comme nous, sceptique, délicat,
voluptueux, et devait hausser les épaules devant
la brutalité militaire. Je me demande si — quand
les bandes d'Attila se sont abattues sur sa pro-
vince — il n'a pas maudit la folie des consuls
et des empereurs, qui, jadis, s'enfonçaient avec
leurs légions dans les contrées de l'Est, pour y
combattre le Dace ou le Pannonien, et qui, en
vainquant les barbares, leur avaient enseigné
l'art de vaincre.

Oui, ils sont très loin de nous, les Jaunes.
Voici pourtant qu'ils secouent leur antique indo-
lence, qu'ils prennent les armes, — ces armes que

nous leur avons fournies. Ils sont très loin ; mais cela va vite, les trains blindés et les navires à double machine. Et, tandis que, dans notre petite Europe, sensibles fils de Japhet, nous demandons le désarmement et attendons l'Avril d'un impossible âge d'or, les Jaunes, là-bas, les innombrables Jaunes, apprennent à faire la guerre et à conquérir.

27 septembre 1894.

Place Saint-Sulpice

L'AUTOMNE est la saison des souvenirs. L'atmosphère, soudain rafraîchie, excite la mémoire, lui donne une sorte de coup de fouet, et l'odeur humide des feuilles mortes pénètre jusqu'aux plus secrets replis du cerveau, ressuscite le passé lointain.

J'ai toujours beaucoup aimé, par ces claires et déjà froides après-midi de l'arrière-saison, à me promener par la grande ville, au hasard, dans l'espoir d'y retrouver quelque sensation d'enfance ou de jeunesse. Mais plus je vais, et moins il m'est loisible de m'accorder le plaisir mélan-

colique de traîner ainsi, à travers Paris, ma rêverie
et ma canne. D'abord, bien plus qu'autrefois, je
reste au logis à noircir des pages. Pas toujours
par goût, vous savez. Aujourd'hui, par exemple,
j'aimerais bien mieux semer mes bouts de cigarettes sur les trottoirs que de les jeter dans la cheminée, où pétille la première flambée d'octobre.
Eh bien! non. Il faut faire mon article.

On n'arrange pas sa vie comme on veut; elle
s'organise d'elle-même, indépendamment de votre
volonté; et le plus sage est encore celui qui l'accepte telle quelle et la subit. Une fois, je me suis
défini en ces termes : « Un paresseux qui a beaucoup travaillé ». C'est l'exacte vérité. Entre nous,
j'étais créé et mis au monde pour ne pas faire
grand'chose entre mes repas, sinon cette espèce
de chasse aux papillons, où le poète attrape de
temps en temps une pensée, une image, une rime.
Néanmoins, j'ai accepté des besognes régulières,
je ne me suis pas refusé à bien des devoirs pério-
diques. Et voilà maintenant que le temps me
manque pour la chère flânerie.

De plus, il existe, pour le Parisien en tournée
de souvenirs à travers sa ville bien-aimée, une
cause de tristesse, sans cesse renouvelée, qui lui
fait souvent rebrousser chemin et abréger sa pro-

menade. C'est que, tandis qu'il vieillit, la cité se renouvelle, et que son pays natal change continuellement d'aspect autour de lui, cependant que son cœur reste le même. Certes, j'admire le Paris moderne, mais ce n'est pas celui devant lequel se sont ouverts mes yeux d'enfant, celui où ma pauvre et chimérique jeunesse a tant erré.

Ce large boulevard, où, sous les platanes qui se dépouillent au vent du Nord, circule une foule enfiévrée, où glissent d'innombrables voitures, où gémit la corne des tramways, ces maisons monumentales où flamboient de grosses lettres d'or, ces colonnes couvertes d'affiches aveuglantes, ce ne sont pas pour moi de très anciennes connaissances. Je leur préfère mes vieilles amies, les rues d'autrefois, celles que j'ai toujours vues, où tous les pavés sont mes camarades.

Mais elles aussi se transforment ou disparaissent. Je n'oublierai jamais mon douloureux crève-cœur, naguère, devant une maison en démolition. Je reconnaissais là, au deuxième étage, éventrée par la pioche, ouverte au grand air et à la lumière crue, une certaine petite chambre!... Hélas! c'était là qu'à vingt ans, aux genoux de la blonde qui, pour me jeter du paradis en enfer, n'avait qu'à sourire ou à faire la moue, j'ai si sincèrement pleuré d'amour ! Jadis, c'était toujours un délicieux battement de cœur, quand je passais devant cette maison. Il n'en reste plus trace. A la place où elle s'élevait, il y a maintenant un refuge, avec une lampe électrique, qui ressemble à un gros œuf où l'on aurait condensé tout le clair de la lune.

Quelle faiblesse, dira-t-on, d'attacher son âme aux choses ! Je suis ainsi ; ce n'est pas ma faute. Tenez ! Quelques-uns de mes plus doux et plus purs souvenirs de petite enfance seront peut-être dissipés et perdus pour moi, quand disparaîtra une certaine boutique de marchand de vin vieux style, avec thyrse et barreaux verts, où l'on aperçoit, derrière les carreaux, une réduction de l'Arc de Triomphe de l'Étoile, faite avec des coquilles d'escargots de Bourgogne. Nous passions tous les soirs devant ce cabaret, mon père et moi, quand il me menait promener, en me tenant par la main, et que je me faisais traîner, paresseux petit bonhomme de cinq ans que j'étais.

Donc, je suis devenu moins flâneur, d'abord parce que je n'ai guère le temps, et puis parce que les coins du vieux Paris, où s'évoque pour moi le passé, se font de jour en jour plus rares.

Pourtant, jeudi dernier, en sortant de l'Institut,

toujours un peu faiblot, mais ragaillardi par une
bonne petite séance de dictionnaire, ayant deux
heures devant moi avant de prendre mon train
pour retourner à la campagne, et le ciel d'automne — un ciel à la Véronèse, bleu tendre avec
des nuages en écume d'argent — semblant me
dire : « Allons, il fait beau, marche un peu, ça te
fera du bien... » j'ai flâné comme au bon temps,
en prenant, d'instinct, par les vieilles ruelles.

D'abord, par la rue Mazarine, où j'ai l'idée
qu'on pourrait se loger très confortablement —
en vue d'un suicide; puis par le passage du Pont-
Neuf, illustré par Zola, dans *Thérèse Raquin,* le
sinistre petit passage qui sent le beurre rance, à
cause de la marchande de brioches, et le plâtre
frais, à cause du mouleur, chez qui les bustes antiques vous regardent avec leurs yeux blancs. J'ai
enfilé ensuite la rue de l'Échaudé, dont le nom
ne rappelle pas, comme vous pourriez croire, la
pâtisserie au blanc d'œuf, mais bien un sorcier
moyenâgeux qui fut plongé là dans l'huile bouil-
lante. Après un regard aux deux ou trois bric-
à-brac, — entre parenthèses, on n'y voit plus d'i-
mages napoléoniennes; depuis que l'Empereur est
à la mode, les amateurs ont tout raflé, — et après
avoir traversé vivement le bruyant boulevard

Saint-Germain, j'ai fait le zigzag dans le pâté des gothiques venelles, par les rues du Four, Princesse, Guisarde et des Canettes, et je suis tombé sur la place Saint-Sulpice.

Là, j'étais sûr de mon affaire. Quand j'arrive place Saint-Sulpice, par un temps comme celui de jeudi dernier, — air vif, soleil à peine tiède, ciel clair avec des nuages en marche, — toujours une bouffée de souvenirs me monte au cerveau.

Elle a pourtant un peu changé, elle aussi, la vieille place cléricale. Au coin de la rue Bonaparte, je ne retrouve plus les murs peints en jaune du déménageur Bailly, ni les grands tableaux soigneusement brossés, où un conducteur coiffé d'une casquette en accordéon levait son fouet sur une bataille de chevaux, où de longs trains s'engouffraient sous des tunnels, où les lourdes tapissières, traînées par six percherons, filaient le long de routes à peupliers. Combien de fois, allant au lycée Saint-Louis avec la bande des élèves de la pension Hortus, n'ai-je pas admiré ces grossières peintures! Elles m'ont révélé la poésie du voyage.

Il y avait encore sur le seuil du déménageur, dans un petit enclos de fil de fer, un sanglier, qui servait d'enseigne à la maison. Les écoliers, en passant, lui jetaient des croûtes de pain.

Tout cela est remplacé par une énorme maison et un superbe magasin de bondieuserie.

Disparu aussi, le petit café — oh! grand comme la main et presque toujours vide — où, plus tard, avec de jeunes camarades, débutants comme moi en littérature, je suis entré quelquefois, non sans respect, sachant que le fameux bohème Gustave Planche avait écrit, là, en face d'un petit verre, maint article d'une cuistrerie magistrale, qui faisait trembler les plus glorieux.

N'importe, malgré quelques changements, je retrouve ma place Saint-Sulpice d'autrefois, celle que j'ai tant de fois traversée, gamin ou jeune homme. Je suis souffleté, comme jadis, par le terrible courant d'air de la rue Férou. Voici la Fontaine des Prédicateurs, la grise façade de l'illustre séminaire. Voici l'église de Servandoni, grandiose et ratée, avec son imposante colonnade et ses tours absurdes et disparates. Enfant au cœur brûlant de foi naïve, j'ai descendu les marches de cette crypte où se tenait le catéchisme de persévérance, et je vois encore le maigre et doux visage, j'entends la voix suave de l'abbé Cantel, dont j'ai souvent servi la messe. Plus tard, en de belles nuits d'hiver, parmi les légers brouillards que bleuissait la lune, j'ai passé par ici, jeune

poète enivré par les bravos, en sortant de l'Odéon,
les premiers soirs du *Passant*.

Mais ce n'étaient point ces souvenirs qui m'as-
saillaient, jeudi dernier, par cette pâlissante fin
de journée d'octobre. Je venais d'apercevoir, devant la mairie, les quatre ou cinq tentes du petit
marché aux fleurs et, machinalement, je m'étais
dirigé de ce côté. Oh! l'étalage était maigre : des
bouquets mesquins, des pots de réséda entourés
d'un papier à frange découpée. Ce qu'on trouve
chez les pauvres gens, le jour d'une fête sou-
haitée avec de gros baisers sur les deux joues. Les
dernières roses, sans doute, et aussi les premières
violettes. Mais surtout des fleurs sans parfum,
géraniums insignifiants, glaïeuls rigides, dahlias
banals.

Cependant, devant ces humbles fleurs, voici
que mon cœur bat, comme dans ma jeunesse.
C'était ici que j'achetais de pauvres bouquets, il
y a trente-deux ans, par des soirs pareils à ce soir
nostalgique. Oui, pour la blonde dont je parlais
tout à l'heure, pour celle dont j'ai couvert les
mains de si douces larmes dans cette maison que,
depuis, j'ai vue tomber sous le pic des Limou-
sins. Elle n'était pourtant ni bien jolie, ni bien
tendre, ma première amie. Le roman fut court,

ne me donna guère de bonheur et finit misérablement. Ce que j'aimais en elle, je le vois bien aujourd'hui, c'était ma chimère, mon illusion. Soit, mais elle fut la *première!*

Et ce décor retrouvé, la saison, l'heure, l'état du ciel et de l'atmosphère me troublent, me font défaillir presque, au seul souvenir de l'ancien désir et de l'ancienne émotion.

J'ai vécu, l'autre soir, sur le marché aux fleurs de la place Saint-Sulpice, quelques minutes délicates. Soudain, le ciel s'empourpra. C'était le crépuscule. Les maisons s'assombrirent ; le vent fraîchit... Allons, vieux sentimental, tu viens d'être malade. Gare au rhume! Relève le col de ton pardessus... A-t-on jamais vu ? A cinquante-deux ans, sans compter les mois de nourrice, songer à des folies pareilles!... Et en sortant d'une séance du dictionnaire!...

Mais, plusieurs jours après, je la respire encore en imagination, cette odeur amère des fleurs d'automne, qui m'a rendu — oh! si fugitive! — la sensation du premier amour.

4 octobre 1894.

Guillaume II à Paris

EST-CE vrai?

Vous avez tous lu, comme moi, — car elle a fait le tour des journaux, — cette conversation entre l'empereur d'Allemagne et un Français de passage à Berlin, dans laquelle Guillaume II a exprimé son intention de venir à Paris en 1900, et de visiter notre prochaine Exposition universelle. Il n'y a là, sans doute, qu'une nouvelle à sensation, inventée par quelque gazetier; mais elle n'est pas tout à fait invraisemblable. Et, dans tous les cas, en l'apprenant, un Français qui a le cœur à sa place sent sa peau se crisper sous le frisson de la « petite mort ».

Non! L'empereur d'Allemagne à Paris, assis, dans le landau de gala, à la droite du Président de la République, allant voir nos monuments, confrontant son casque à pointe avec le dôme des Invalides, comparant, devant la Colonne Vendôme, le poids de l'airain conquis à Iéna et celui du bronze pris à Sedan; l'empereur d'Allemagne passant, en qualité d'hôte, sous l'Arc de Triomphe de la Grande Armée, par le chemin triomphal que parcourut, il y a vingt-trois ans, son victorieux aïeul! Non! Cette pensée est insupportable; et, j'en suis convaincu, elle n'est pas venue à l'esprit du jeune souverain, qui, tout au contraire, depuis quelque temps, semble chercher un terrain d'entente, de conciliation, un *modus vivendi,* entre son pays et le nôtre; qui, tout récemment, envoyait, le premier, à la veuve du malheureux Carnot, des condoléances pleines de tact et d'émotion, et, dans cette heure douloureuse pour la France, lui donnait une joie, lui rendait deux de ses enfants, ces braves officiers de vaisseau saisis là-bas, sur les côtes brumeuses, dans l'accomplissement du plus obscur et du plus ingrat des dévouements patriotiques.

Non! Respectons-nous en respectant nos ennemis. Ce ne peut être avec un sentiment de fanfa-
ronnade et de provocation que Guillaume II aurait manifesté son désir d'assister, dans la capitale
du monde civilisé, à la grande fête de la paix et
du travail par laquelle nous voulons saluer l'aube
du vingtième siècle.

Seulement, il faut le dire, et bien haut. Tant
que les martinets qui nichent dans les clochers
lorrains, tant que les cigognes qui reviennent au
printemps dans les houblonnières d'Alsace, ne
déploieront pas leurs ailes dans un ciel français,
ne s'abattront pas sur une terre française, l'Empereur d'Allemagne ne pourra pas franchir paci-
fiquement la nouvelle frontière, que son grand-
père traça jadis avec l'épée. Cette frontière, c'est
une blessure qui ne se cicatrise point, une plaie
qui suppure et saigne toujours. Qu'il n'y touche
pas; il nous arracherait un hurlement de rage et
de douleur.

Sans doute, ce n'est pas sa faute. Il n'était qu'un
enfant quand ce Bismarck — dont il a, d'ailleurs,
secoué le joug — nous mutila. Qu'importe? Le
mal est fait. Nous souffrirons toujours dans le
membre amputé. Qu'on ne nous parle pas de
temps écoulé, de fait accompli. Quand bien

même — et, grâce au ciel, il n'en est rien — nos malheureux frères d'Alsace et de Lorraine oublieraient et se résigneraient, nous n'oublierions pas, nous ne nous résignerions pas.

Certains diront qu'il est absurde et criminel d'entretenir ainsi la haine entre deux races, de condamner l'Europe à vivre sous un ciel noir et tragique où toutes les étoiles ont la forme menaçante d'un glaive, que toute l'histoire nous donne tort, que toujours les vaincus ont raisonnablement accepté leur défaite, que, dans ce regret que rien ne console, dans cette espérance qui ne veut pas mourir, on reconnaît bien la France et son incorrigible orgueil.

Parfaitement. Tout ce qu'on voudra. Mais quand nous entendons dire que la question d'Alsace-Lorraine est résolue, que c'est bien fini, que nous devons en prendre notre parti, passer l'éponge sur le passé, et que les deux chères provinces sont pour toujours allemandes, nous frémissons, et ce qu'il y a de meilleur en nous — le sang des aïeux, l'instinct national, la conscience du citoyen — se révolte et proteste. C'est de la folie, soit. Mais cette folie-là, c'est notre honneur!

D'après les on-dit, l'Empereur allemand, après avoir annoncé son futur voyage et remarquant

la muette surprise de son interlocuteur, aurait
ajouté, ou à peu près :

« Quand j'ai formé un dessein, toujours je
l'exécute... et je fais tout ce qu'il faut pour que
la chose devienne possible. »

Est-elle possible?

On ne sait trop que penser de Guillaume II.
Depuis six ans qu'il règne, il a vécu dans une agitation constante, que d'abord on aurait pu croire
fiévreuse et maladive, mais qui ne semble pas le
fatiguer. On sent en lui un très grand besoin d'action, une force qui, jusqu'à présent, ne s'est dé-
pensée et même prodiguée qu'en des actes de
peu d'importance, mais une force. Ses discours,
parfois imprudents, contradictoires, ont un accent
d'originalité. C'est un intellectuel, tout l'intéresse. Au début, on craignait de sa part — même
en Allemagne — un coup de tête, une folie.
C'était une erreur. Ce hardi n'est pas un témé-
raire. En somme, il nous apparaît comme singulier, un peu inquiétant, non pas médiocre. Très
jaloux de son autorité, pénétré du sentiment de
sa puissance, il doit avoir le désir d'étonner un
jour le monde, d'accomplir quelque chose d'extraordinaire et de grand.

Eh bien! l'occasion est belle. Oui, s'il tient

absolument à venir à Paris en 1900, au milieu
des cris d'enthousiasme et par des routes jon-
chées de fleurs, il le peut. En offrant la restitution
à la France des provinces conquises en 1871
comme point de départ d'un désarmement général, Guillaume II donnerait un exemple de
magnanimité sans précédent dans l'histoire, assu-
rerait pour longtemps la paix en Europe, y serait
le premier pendant toute sa vie et laisserait un
nom à jamais glorieux et béni.

Mais, hélas! quand je dis : « Il le peut, » un
doute cruel se lève dans ma pensée. Quand même
il le voudrait, le pourrait-il?

Il n'est plus de roi tout-puissant, d'empereur
absolu. L'Allemagne, qui nous fut une ennemie
si impitoyable, permettrait-elle à son jeune souverain une telle générosité? Qui le sait?

La dure vérité, c'est que jamais l'Allemagne
n'a été mieux préparée pour la guerre, qu'elle
sait que nous ne sommes plus les vaincus de naguère, qu'elle considère nos ongles repoussés et
qu'elle aiguise les siens; c'est que demain, au
premier roulement de tambour, avec une simplicité et une promptitude effrayantes, elle peut mo-
biliser, concentrer et porter en avant, comme entrée de jeu, une armée de huit cent mille hommes.

Nous ne ferions pas moins, certes, et nous ne craignons plus personne. Mais qui donc — ô ironie! — parlait tout à l'heure de briser les armes et de réconcilier les drapeaux?

Ah! l'histoire sera sévère pour notre temps, condamnera ceux qui nous mènent, plaindra les peuples et dira que notre civilisation était bien barbare!

Quelle admirable action ce serait, cependant, pour un Empereur, pour un Chef militaire, de prouver que, se sentant le plus fort, il veut être aussi le plus juste et le meilleur, et, voyant osciller devant lui la balance du destin, de jeter son sceptre et son glaive dans le plateau de la paix et du travail! Car tout le mal du monde moderne vient de là, et c'est pour les massacres futurs que tout notre or se transmue en acier. Ruinées par leurs machines à tuer, les nations rivales ne se seront peut-être pas encore décidées à se ruer les unes sur les autres, quand éclateront chez elles de pires calamités, filles du désespoir et de la misère, les jacqueries et les révoltes serviles. Oh! quel bienfaiteur de l'humanité serait celui-là qui déciderait l'Europe à jeter bas toute cette ferraille, qui détournerait le cours de ce torrent d'or meurtrier et en féconderait la terre du blé et du pain, la terre

des pauvres gens! Disons-le tristement. Il ne fon-
derait pas la paix éternelle, — rien n'est éternel!
— mais au moins une paix durable. Il serait le
Dieu qui surgit dans la tempête, lance le *Quos
ego* aux lames furieuses, assure pour longtemps
aux marins une mer d'azur et des nuits d'étoiles.

S'il le voulait, pourtant, ce jeune Empereur!
Lui aussi, nous assure-t-on, se préoccupe de l'injustice sociale, entend les plaintes et les menaces
d'en bas, a la conscience de l'imminent péril. S'il
le voulait, s'il jetait au monde la promesse de
paix, s'il en donnait un gage en renonçant à la
récente conquête, la fin de ce sombre siècle serait
une suave aurore. Il y aurait, en 1900, moins de
fer dans les arsenaux et plus d'argent dans les
humbles logis et dans les chaumières, moins de
casernes et de citadelles et plus d'asiles pour la
vieillesse et pour l'enfance. Allons! donnons-nous
la main et déchirons les étendards de guerre pour
panser les plaies de l'humanité. Ah! j'en suis sûr!
Les morts des dernières batailles, Allemands et
Français, ceux qui sont tombés pour leurs patries,
mais qui les sauraient heureuses, tressailleraient
de joie dans leurs tombes et ne demanderaient
plus à être vengés!...

Mais où vais-je chercher toutes ces chimères?

Peut-être, en ce moment, le jeune Empereur songe-t-il à la sévère et dédaigneuse parole que la bouche en coup de sabre du vieux Moltke laissa tomber, un jour, du haut de la tribune du Reichstag : « La paix universelle est un rêve, et j'ajoute que ce n'est pas un beau rêve. »

Guillaume II ne verra pas la prochaine Exposition; et le temps est loin où nous pourrons planter nos canons inutiles, la culasse en l'air, le long des quais de nos ports, pour amarrer les bateaux.

11 octobre 1894.

Signaux dans Mars

L parait qu'il se passe, en ce moment, dans la planète Mars, des choses extraordinaires, et que dans ce monde voisin, qui s'approche actuellement du nôtre, les astronomes distinguent des lignes parallèles et tout à fait symétriques et observent aussi des projections lumineuses d'un aspect très singulier. Déjà, il y a une quinzaine d'années, l'astre se trouvant dans la même position qu'aujourd'hui, les mêmes phénomènes s'étaient offerts à l'investigation télescopique et avaient causé dans le monde savant une émotion pareille.

Et voici, maintenant comme alors, que d'audacieux esprits se demandent si les habitants de Mars — au moyen de feux énormes, de forêts incendiées, par exemple, et, ce qui serait encore plus troublant, à l'aide de figures géométriques tracées sur de vastes espaces — ne nous feraient pas des signaux, auxquels notre science arriérée et notre état de barbarie relative seraient incapables de répondre.

S'il faut en croire un très intéressant article de M. Camille Flammarion paru dans le supplément du *Figaro* de samedi dernier, nous devons faire notre deuil de cette supposition, et les phénomènes récemment observés dans Mars peuvent s'expliquer aisément sans nous donner l'espoir d'une future correspondance entre ce monde et le nôtre. *Magister dixit*. Nous n'avons qu'à nous incliner, d'autant plus que M. Flammarion n'est pas suspect de timidité scientifique et qu'il a dû écarter avec regret une aussi grandiose hypothèse.

Quant à moi, simple et très modeste ignorant, c'est avec peine que j'y renonce. Car tous les mondes furent, sont ou seront habités ; l'opinion contraire est absurde. Et je ne serais pas un poète, si je voyais sans douleur s'éteindre cette lueur d'espoir — oh! si faible! — d'une communication possible entre eux.

Ce sont là sans doute des pensées écrasantes; et j'ai toujours été stupéfié par l'élégante tranquillité, le calme philosophique de ce Fontenelle, qui animait tout le Zodiaque en faisant tomber d'une pichenette les grains de tabac de son jabot. Comme il éveille au contraire un écho profond dans mon âme, le poignant, l'admirable cri de Sully Prudhomme, en présence des sept diamants de la Grande-Ourse :

Tu n'as pas l'air chrétien!... C'est toi qui, la première,
M'as fait examiner ma prière du soir.

Oh! certes, il est dangereux de regarder les étoiles ; car, là-haut, nous attend et nous guette l'épouvante qui donnait le frisson à Pascal devant le silence des espaces infinis. Qu'importe, c'est la noblesse et le privilège de l'homme de lever les yeux au ciel et de contempler l'abîme d'en haut, qui est, de tous les abîmes, le plus effroyable et le plus vertigineux.

Il y a plus de vingt-cinq ans que ce pauvre Charles Cros — qui avait du génie — parla devant moi de communication interastrale. Il en a parlé le premier, comme il a découvert, le pre-

mier, avant Edison, le principe du phonographe,
ainsi que le constatent les procès-verbaux de
l'Académie des Sciences. Je demande pardon
d'avance aux savants des âneries que je vais probablement émettre; mais je voudrais tâcher d'in-
diquer ici quelle était l'idée de Charles Cros.

Les mathématiques étant absolues, toutes les
intelligences, dans tous les mondes imaginables,
doivent concevoir de la même façon les figures
géométriques. En traçant l'une d'elles, la plus
simple, un carré, un triangle, — et je me rappelle
fort bien que Cros parlait aussi de *lignes parallèles,* — dans un espace immense; en donnant à
cette figure une dimension prodigieuse, un éclat
extraordinaire, — et Cros proposait de gigantesques canaux dans le centre de l'Afrique, — il
n'était pas impossible que ce signe frappât l'attention des habitants d'une autre planète; car
rien n'empêchait d'admettre qu'ils eussent des
connaissances astronomiques et des procédés
d'observation égaux, sinon supérieurs aux nôtres.
Et si, un jour, — après combien d'années, de
siècles? peu importe! — si, un jour, les Terriens
voyaient apparaître le même signe sur un des
astres du système solaire, la communication in-
terplanétaire serait créée.

Imagination de fou! dira-t-on. Chimère de poète! Prenez garde. C'est toujours ainsi qu'on répond d'abord à Colomb et à Galilée.

En apprenant que des lignes droites, des *lignes parallèles,* sont visibles aujourd'hui dans Mars et préoccupent certains savants au point qu'ils se demandent si elles ne seraient pas un signal fait à nous par les Martiens, je n'ai pu m'empêcher de me rappeler l'étrange et ingénieux rêve de Charles Cros.

Je l'évoque, le pauvre et génial compagnon, assis, bien après minuit, à quelque table de café, devant des piles de soucoupes. — Hélas! c'est de cela qu'il est mort, l'incorrigible noctambule! — Je le revois, avec ses yeux de flamme, son masque tourmenté, ses cheveux secs et crépus, sa peau de Mexicain, roulant entre ses maigres doigts couleur d'olive une éternelle cigarette. De sa voix cassée de phtisique, en phrases brèves et coupantes, avec une sèche et bizarre éloquence, il nous expose négligemment, il nous jette, pour ainsi dire, sa prodigieuse théorie; et, sur le marbre taché de bière, indiquant la position des astres avec des allumettes, il nous entraîne dans les solitudes illimitées du firmament, parcourt les distances fabuleuses, aborde aux mondes inconnus, viole le secret du Ciel.

10.

C'était un bohème, ce malheureux Cros. Moitié savant, moitié poète; car il faisait des vers, — ce qui ne vaut rien, pour être pris au sérieux. — Entre deux bocks, il écrivait quelques charmantes strophes de son *Coffret de santal*. Puis, ressaisi par sa folie scientifique, il s'embarquait pour les étoiles, à l'heure de l'absinthe. Il nous inspirait de la pitié, à nous, ses jeunes camarades, à cause de sa vie et de ses dons de premier ordre, si misérablement gâchés. Nous l'admirions cependant, car nous sentions palpiter en lui quelque chose de supérieur, — tranchons le mot, — de sublime.

Un bohème, un irrégulier. Soit. — Mais voici qu'on prétend que Mars s'efforce d'entrer en relations avec la Terre et les autres mondes habités. Or, il y a un quart de siècle, Charles Cros voulait que ce fût la Terre qui commençât. Ne sourions pas de son délire. Savons-nous jusqu'où ira le génie humain ? Il a peut-être été prophète, cet astronome de brasserie.

Je serais heureux qu'un homme de science et d'autorité retrouvât — où sont-elles égarées ? dans quelle feuille de chou, dans quelle revue mort-née les repêcherait-on ? — les quelques pages de Charles Cros, intitulées : *Projet de communication interastrale*. Oh ! que les mandarins officiels ne haussent pas les épaules. Ils ne furent jamais, ils ne sont pas infaillibles. Au commencement du XVIIe siècle, on montrait, aux Petites-Maisons, dans une cage d'aliéné, un certain Salomon de Caus, qui avait découvert les propriétés de la vapeur comme force motrice; et Sauvage, le mécanicien de Boulogne-sur-Mer, l'inventeur de l'hélice, a roulé de banqueroute en banqueroute et est mort dans la misère.

Si c'était vrai, tout de même? Si Mars nous faisait des signes?... Je n'ai pas voix au chapitre, c'est entendu, sur ces formidables questions. *Ignorantus, ignoranta, ignorantum,* comme dit Toinette déguisée en médecin, dans l'immortelle farce de Molière.

Cependant, l'autre jour, me promenant dans mon jardin, par une très pure et déjà froide nuit d'automne, mes regards et ma pensée se sont élevés vers le firmament. Les planètes brillaient, éclatantes comme des phares. Les étoiles fixes, les innombrables étoiles, scintillaient avec leur inquiétant clignement d'œil; et la Voie Lactée roulait sa poussière lumineuse, pareille à un torrent dont chaque goutte d'eau serait un monde.

O mystère insondable! Un imperceptible bacille, que ne soupçonne même pas le plus puis-

sant microscope, a des parasites ; et il en est dans
l'infiniment grand comme dans l'infiniment petit ;
et notre Soleil, avec son harmonieux cortège de
planètes, n'est peut-être, par rapport à telle né-
buleuse à peine devinée de nos télescopes, qu'un
microbe couvert de vermine.

Comment oser s'aventurer dans un tel infini ?
A le concevoir seulement, à y penser, la tête
tourne et le cerveau s'affole.

Mais le rêve de l'homme est sans limite, lui
aussi, dans la puissance et dans l'audace. Si l'un
de ces mondes parvenait à se mettre en communication avec un autre, avec tous les autres ? Si
telle planète, plus proche que nous du soleil,
plus proche de la lumière et de la vérité, nous
disait son secret, inondait soudain de clarté notre
ignorance ? S'ils étaient supérieurs à nous, comme
organes et comme facultés, ces habitants de Mars,
qui peut-être, à cette heure, pour solliciter notre
attention débile, pour attirer nos yeux presque
aveugles, ont exécuté de babéliques travaux, mis
le feu à tout un continent ? S'ils voulaient nous
livrer le mot de l'énigme, nous dire le pourquoi
de l'injustice, de la souffrance et de la mort ?

Je suis resté, une heure entière, l'âme tendue
vers les splendeurs du ciel nocturne. Mais à la

longue, il m'a semblé que les silencieuses, les impassibles étoiles se fixaient toutes ironiquement sur moi et je n'ai pu supporter plus longtemps leurs regards. Et, seulement parce que ma pensée a tenté ce coup d'aile vers l'infini, je me sens encore, à l'heure où j'écris ces lignes, fatigué comme après un combat et brisé comme par une chute.

18 octobre 1894.

Paul Arène

N 1865, la rue du Luxembourg n'existait pas, et, de ce côté, l'on pénétrait dans le beau jardin Médicis par une grille située au bout de la rue de Fleurus. Là, se trouvait le théâtre Bobino, qui est mêlé à tous mes souvenirs d'enfance et de jeunesse et dont, si vous le voulez bien, je vous parlerai un de ces jours, car il me donnera l'occasion de vous conter une ou deux petites histoires. Mais aujourd'hui, c'est seulement du café de Bobino — disparu comme le théâtre — que je voudrais rallumer les becs de gaz et rétablir les tables en plein vent.

A cette époque lointaine, ce coin de Paris, par les tièdes soirées d'été, avait une physionomie charmante. Quand la retraite était sonnée et quand les voltigeurs de la garde — dont je crois voir encore, sous les sombres quinconces, éclater dans la nuit les épaulettes et les galons jaunes — avaient fait évacuer le jardin, un groupe de jeunes gens, rapins, étudiants, poètes, s'attablaient sous les maigres acacias du café de Bobino, afin d'y continuer les discussions de science, de politique et d'art, longuement promenées par eux dans le Luxembourg, jusqu'au dernier crépuscule, *more peripatetico*.

Sauf pendant les entr'actes, l'endroit était très paisible. Il ne passait pas trois fiacres rue Madame pendant toute la soirée, et la grille fermée du Luxembourg faisait de ce tronçon de la rue de Fleurus une sorte d'impasse. Tout au plus, un baryton ambulant, coiffé d'un feutre aux larges ailes, et faisant sonner d'une main nerveuse les cordes d'une énorme guitare couleur bouillon gras, — encore un type aboli, — venait parfois chanter sa romance et quêter dans une soucoupe. Les jeunes camarades installés au café de Bobino se trou-

vaient donc à merveille, les écoliers rhythmeurs
pour se communiquer leurs poèmes, les carabins
pour se raconter des opérations chirurgicales à
donner la chair de poule, et les profonds politiques pour donner des conseils à l'Europe.

Le beau sexe n'était pas exclu de ces réunions.
D'heureux coquins y amenaient des épouses
morganatiques, en frais chapeau et en robe
claire, qui presque toutes étouffaient de petits
bâillements derrière deux doigts gantés, dès
qu'on se mettait à réciter des strophes. Quelques-
unes de ces jeunes personnes appartenaient pourtant au monde des arts. C'étaient les cabotines
du petit théâtre. Mais les couplets des vaudevil-
listes leur avaient sans doute perverti le goût, et
elles préféraient certainement les poètes sans le
sou aux rimes millionnaires. Et c'était encore
bien gentil de la part de ces demoiselles.

Je demeurais alors très loin de là, vers Montmartre. Pourtant, une fois par semaine au moins,
je prenais l'omnibus de l'Odéon pour passer quelques heures au café de Bobino, avec deux poètes
amis, Albert Mérat et Léon Valade, qui venaient
de publier un volume collectif de jolis sonnets
sous ce titre printanier : *Avril, Mai, Juin*. Disons-
le en passant. Je n'ai jamais vu se renouveler

cette action de deux poètes, confondant à ce
point leurs rêves et leurs espérances qu'ils offraient
leur œuvre au public sans que l'un ni l'autre
indiquât sa part de paternité. Remarquez bien
qu'il ne s'agissait pas ici de collaboration. Tel
sonnet était de Mérat, tel autre de Valade;
mais les lecteurs n'en savaient rien et voyaient
seulement sur la couverture du livre les deux
noms unis. Rien de plus touchant et de plus
fraternel.

C'est dans la compagnie de Valade et de Mérat que j'ai connu Paul Arène, qui était très lié
avec eux.

Il avait alors vingt-deux ou vingt-trois ans et
se présentait, tout comme maintenant, — car rien
n'a changé en lui que la couleur de la barbe, —
sous les traits d'un petit bout d'homme, sec comme
une pierre à fusil, mais, comme elle, au moindre
choc, jetant une étincelle. Personne n'a plus d'esprit qu'Arène. Et ce n'est pas, chez lui, la verve
facile, le bouillonnement intellectuel de certains
Méridionaux. Non, son esprit est celui d'un poète
intime, d'un observateur très fin, et aussi d'un
lettré délicat et nourri de fortes humanités. Aucun causeur n'a plus d'amusement, de surprise,
de variété, de gracieuse malice. S'il se permet

une citation, elle est toujours exquise. Chacune
de ses phrases fait image, chacun de ses mots fait
balle. Certes, il est du Midi, et il s'en vante. Un
jour qu'il m'embauchait pour présider, à Sceaux,
la fête des Félibres, et que je lui demandais quel
était le but de cette Société, il me répondit :
« C'est pour la conservation de l'accent. » Il est
du Midi, mais cet enfant de Sisteron s'est fait tout
de suite naturaliser gamin de Paris. Il y a en lui
du moineau et de la cigale. Comme elle, il s'en
va souvent chanter dans sa chère Provence, mais
non pas tout l'été, et il rentre toujours avec joie
dans la Grand'Ville, dont il connaît les moindres
ruelles, et où il aime à vivre dehors, à flâner avec
un ami tout en causant, en observant, en philo-
sophant — à la façon de Diderot.

Dès notre première rencontre, Paul Arène
exerça sur moi la séduction la plus vive. Comme
il faut gagner sa vie, il vendait alors son latin —
il en sait beaucoup — dans quelque collège. Mais
déjà il avait fait applaudir, à l'Odéon, *Pierrot
héritier,* un acte funambulesque de la plus aimable
fantaisie. Je m'y rappelle Géronte recevant un
coup de pied au derrière, et répondant, sans se
troubler : « Qui me parle ? » et j'entends encore
notre ami Pierrot chantant de poétiques couplets

à la lune, qui, elle aussi, fait mûrir la vigne et qui, comme disait le poète enfariné,

Donne à l'ivresse du bon vin
Sa pointe de mélancolie.

Et tout de suite après cette jolie chose, Arène publiait un petit chef-d'œuvre, *Jean des Figues*.

Pourquoi ce délicieux conte n'est-il pas dans toutes les bibliothèques? Pourquoi cette fleur du génie latin n'a-t-elle été cueillie et respirée que par une élite? C'est une grande injustice; et, quand on songe au succès de tant de niaiseries et de boursouflurès, on s'en indigne. Mais le livre a paru, si je ne me trompe, aux environs de la guerre de 1870, de l'invasion allemande. Et alors tout s'explique. Vienne un nouveau déluge, et Noé, s'il a le temps de composer, pour son arche, une bibliothèque choisie, oubliera peut-être d'y mettre *Don Quichotte* ou *Robinson Crusoé*.

Paul Arène, qui est un sage, ne s'étonna point que *Jean des Figues* n'eût point obtenu les nombreuses éditions qu'il méritait. Ayant la passion des lettres, aimant son art comme une grisette aime son petit homme, pour lui-même, il continua d'écrire en vers et en prose, de faire son chemin à pied et à cheval.

Les vers? Jugez vous-mêmes comment il s'en
tire :

SONNET DE MARS

C'est un matin de mars qu'elle m'est revenue,
Éveillant le jardin d'un bruit de falbalas,
L'enfant toujours cruelle et toujours ingénue,
Que je n'ai point aimée et qui ne m'aimait pas.

Le givre s'égouttait aux branches; mais plus bas
La neige ourlait encor les buis de l'avenue;
Et le frisson d'hiver, sous leur écorce nue,
Emprisonnait le rire embaumé des lilas.

Un clair rayon parut : « Bonjour, c'est moi! » dit-elle.
Dans l'air moins froid passa comme un cri d'hirondelle;
Je la vis me sourire et crus avoir seize ans;

Et depuis, quelquefois, je me surprends à dire,
Songeant à ce rayon, songeant à ce sourire :
« C'était presque l'Amour et presque le Printemps! »

Trouve-t-on beaucoup mieux que cela, voyons,
dans les florilèges? Je vous promets une douce
surprise, le jour où ce négligeant Arène se déci-
dera à recueillir ses vers épars et à nous fourrer
sous le nez l'odorant bouquet. Il y aura là des
fleurs qui sommeillent depuis un quart de siècle,
mais qui se réveilleront, toujours jeunes et em-
baumées, comme la Belle au bois dormant.

Pour qualifier Paul Arène prosateur, il n'y a qu'un mot qui convienne. C'est un maître. Que de grâce légère, d'humour charmante, d'ironie sans fiel, de bonhomie souriante; quels tableaux pittoresques, quels paysages d'un ferme dessin et d'une franche couleur, dans *la Gueuse parfumée, Au bon soleil, Paris ingénu, la Chèvre d'or!* Et quelle langue surtout! Claire, simple, naturelle, et pourtant si savante, si évocatrice des sensations! Quel style puisé aux sources pures, aux sources classiques, dans tous les volumes, dans toutes les pages écrites par cette plume vraiment française, par cette plume de diamant!

En commençant cet article, je ne voulais vous annoncer que deux bonnes nouvelles : d'abord que mon ami Arène allait devenir notre collaborateur au *Journal* et qu'il serait bientôt un de vos causeurs préférés; et puis que l'éditeur Ernest Flammarion venait de publier *Domnine.* Je comptais vous parler un peu longuement de ce dernier livre, m'attarder avec le cher conteur dans son pays natal, dans ce coin de Provence, sans farandoles ni tambourinaires, mais âpre, montagnard, un peu sarrasin, et parcourir avec lui la cité féodale, aujourd'hui peuplée de bourgeois égoïstes, aussi féroces en présence de leurs jouissances et de leurs

intérêts que les anciens maîtres, la ville en ruine
où le caprice d'Arène a niché sa douloureuse
Domnine, comme une hirondelle sauvage dans
un vieux rempart.

Mais vous connaissez et vous aimez comme
moi, pour l'avoir lue ici même, cette histoire
touchante, tragique et passionnée. Il vaut mieux
que le hasard de la causerie m'ait conduit à vous
entretenir de toute l'œuvre de Paul Arène. Ne
vous y trompez pas, c'est celle d'un de nos meilleurs écrivains. Dans le tumulte littéraire d'à présent, elle n'est pas, je le répète, assez connue,
assez populaire. Qu'importe? Elle demeurera.

Et voici que je songe au papillon de la barri-
cade dans *les Misérables*. Insurgés et soldats
échangent des feux de bataillon. Puis la fumée se
dissipe, découvre la rue jonchée de cadavres.
Mais, au-dessus des morts, voltige toujours le
petit papillon, fleur ailée, fleur vivante de rêve
et de poésie.

25 octobre 1894.

Requiem!...

E vent de la Toussaint, qui chasse les feuilles mortes, les larges feuilles de nos platanes, et les accumule aux bords des trottoirs et dans les angles de murailles, suggère les pensées funèbres; et voici la fête annuelle de la Commémoration des Trépassés. Ne cherchons pas plus longtemps matière à philosopher.

Aussi bien ce culte des morts est-il pratiqué par la population parisienne avec la plus touchante fidélité. Que ceux qui nous accusent d'être frivoles aillent visiter nos cimetières; ils y trou-

veront à chaque pas les preuves émouvantes que
nous savons éprouver des sentiments durables et
profonds. Demain, comme d'habitude, les journaux publieront, à cet égard, de convaincantes
statistiques et nous diront quelle foule immense
s'est portée auprès des tombes, quel chiffre énorme
a atteint le commerce des fleurs et des emblèmes
de deuil.

Un peuple qui conserve à ce point cette piété
spéciale, peut avoir perdu toute foi religieuse ;
son instinct demeure quand même spiritualiste.

Interrogez votre cœur, vous tous qui regrettez
un être aimé avec une si fidèle tendresse. Ne dé-
couvrez-vous pas au fond de vous-mêmes, malgré
le désespérant silence de la nature, un secret
espoir de retrouver tôt ou tard le cher disparu ?
Ce n'est pas à un nom sur une pierre, à un ca-
davre qui achève de se décomposer, que nous
allons porter des fleurs et des couronnes. C'est à
ce qu'il y avait dans le mort de plus pur, de supérieur, — disons le mot, — c'est à son âme. Si
nous étions bien persuadés que celui qu'on a
enterré là n'existe plus, absolument plus, que
signifieraient nos pèlerinages et pourquoi nous
ferions-nous un devoir de lui prouver que nous
ne l'oublions pas et que nous l'aimons encore ?

Non, non. Quand nous entrons dans un cimetière, le cœur lourd de souvenirs, les mains chargées de présents symboliques, nous confessons,
bon gré mal gré, notre espoir en une autre existence ou, du moins, notre désir d'une survie personnelle.

J'irai plus loin. Ce mort, à qui nous appor-
tons notre hommage fleuri, n'apparaît pas à
notre pensée tel qu'il était de son vivant. Nous
ne pouvons nous empêcher de nous dire qu'il
a franchi le seuil d'un monde inconnu, qu'il en
sait maintenant plus que nous sur le Mystère,
qu'il est désormais d'une essence autre que
la nôtre, supérieure à la nôtre. Si nous lui parlons, si nous osons nous adresser directement à
lui, c'est avec une émotion, un respect qui nous
font trembler. Misères de l'homme! Il se révolte orgueilleusement contre l'Infini et montre
au ciel un poing chétif. Mais son pied se heurte
au tombeau des siens; il trébuche, il tombe à
genoux.

Penser aux morts, c'est prier.

Voilà, dira-t-on, de bien sérieuses réflexions.
Que voulez-vous? Cette date de la Toussaint est
de nature à les susciter, et d'ailleurs elles m'ont

11.

assailli, plus impérieuses que jamais, l'autre jour, à un enterrement.

Je ne connaissais pas la personne qui venait de mourir, et je n'étais venu que pour témoigner ma sympathie à l'un des membres de la famille, qui est mon ami. Comme il occupe une haute situation, il y avait là l'élite de la société parisienne, et cette élite — vous le savez — est une cohue.

C'était un de ces enterrements qui sont une distraction pour le quartier, un de ces enterrements où le menu peuple s'ameute au seuil de l'église, où les badauds montrent du doigt, en les nommant, les gens célèbres qui descendent de voiture.

Ils arrivaient en très grand nombre, montrant leurs visages connus de tous et depuis longtemps, leurs visages, pour ainsi dire, usés à force d'être vus et pareils aux effigies des monnaies qui ont trop circulé. Tous s'efforçaient, sans doute, de donner à leur physionomie un caractère de gravité décente. Néanmoins, des amis se reconnaissaient, échangeaient, à distance, un coup d'œil soudain plus clair, un demi-sourire. Presque aucun — il faut le dire — n'avait jamais vu la défunte, et malgré les sombres draperies aux franges d'argent et les corbillards à panaches, on ne lisait, sur ces bouches fermées et dans ces yeux calmes, qu'un deuil de politesse.

Le luxe et la foule, dans une cérémonie funèbre, me donnent toujours une sensation pénible, et je suis, malgré moi, un peu choqué de voir, derrière un cercueil, ce long cortège d'indifférents. Certes, ce sont là des rites facilement explicables. Je conviens très volontiers que le sentiment est respectable qui fait déployer par la famille tant de pompe et de solennité, et qui groupe un si grand nombre de sympathies — plus ou moins sincères — autour des affligés. Néanmoins, dans ces circonstances-là, je ne sais pourquoi je pense toujours à une bière sous un drap noir, tout simplement posée sur deux tréteaux, dans une pauvre paroisse de village, — à la bière d'un brave homme de mort, entourée seulement par quelques parents et amis ayant pour de bon les yeux rouges, et derrière laquelle une vieille servante agenouillée égrène, en pleurant, son chapelet.

C'est très beau, si vous voulez, le Père-Lachaise, la colline encombrée de monuments triomphaux. Mais il me semble qu'on doit mieux dormir dans un coin champêtre, abrité du vent par le contrefort d'une église gothique dont le clocher vous berce de ses angelus, — dans un cimetière mal clos, plein d'herbes folles, qui se confond avec la campagne, et où les enfants viennent faire des bouquets des champs au mois de mai et cueillir des noisettes en septembre. Que dis-je? Je trouverais même tout naturel que le bedeau y cultivât quelques planches de salades ou de pommes de terre, et y mît sa chèvre au piquet.

Pour revenir à l'enterrement tumultueux et magnifique de l'autre jour, je vous avouerai que j'entrai dans l'église et que je pris place sur ma chaise à housse noire sans aucun recueillement. Comment aurais-je pu me recueillir? Tout de suite mon voisin, se penchant à mon oreille et abritant sa bouche avec sa main gantée, me demanda : « Eh bien! mon cher, quand votre pièce entret-elle en répétition à l'Odéon? »

Cependant, l'orgue gémit, les chants éclatèrent, et la sublime et poignante musique de la liturgie romaine produisit son effet accoutumé. Les physionomies devinrent graves, les chuchotements s'éteignirent, un silence imposant régna. On se souvint qu'il y avait une morte dans ce cercueil qui disparaissait sous les roses et les chrysanthèmes; et, mêlé aux plaintes déchirantes de la maîtrise et aux parfums entêtants et amers des fleurs d'automne, on sentit flotter dans l'espace

on ne sait quoi de formidable et de majestueux.
Me suis-je trompé? J'eus alors le sentiment que
tous ces hommes réunis par un simple devoir de
civilité, que tous ces Parisiens sceptiques pensaient
à la mort.

Moi, j'écoutais les chants, les admirables
prières, dans lesquelles revenait à chaque instant
le même mot: *Requiem... Requiem æternam... sempiternam...*

Le Repos!...

Qu'elle est touchante, — et qu'elle est profonde, — cette pensée de l'Église chrétienne qui,
lorsqu'elle prie pour les morts, supplie Dieu de
leur accorder, avant tout et surtout, le repos!
Quelle sagesse! Quel jugement définitif porté
sur la vie, où tout — même ce que nous appelons
le bonheur — est une fatigue!

Celle qu'on enterrait ce jour-là était morte
pleine d'années et avait droit à ce repos que les
prêtres et les chanteurs demandaient pour elle.
Mais, sur tous les visages qui m'environnaient,
sur ces visages d'âge différent, même sur ceux
des jeunes gens, sur ceux des jeunes femmes en
pleine éclosion de beauté, je voyais distinctement
les traces de l'usure et de la lassitude. Tous, ils
étaient épuisés déjà par leurs travaux, par leurs

passions, par leurs douleurs, par leurs jouissances.
Chez tous, — chez cet homme de génie comme
chez cette mondaine, chez ce soldat comme chez
ce penseur, — je retrouvais le signe fatal, — à
peine apparent quelquefois, visible toujours, —
cette moue de la lèvre, cette tristesse du regard,
qui trahissent, dans toute physionomie qui s'a-
bandonne, la faillite quotidienne de la vie, la
déception ou l'assouvissement.

Le repos! Combien la belle prière avait raison
de demander le repos pour eux, pour moi, pour
nous tous!

Mais ce qu'elle implore avec tant d'insistance
et d'ardeur, ce qu'elle promet aux justes et aux
hommes de bonne volonté, ce n'est pas, ce ne
peut pas être le repos dans le néant. Car la vie,
cette vie à laquelle nous nous cramponnons avec
désespoir, parce que nous ne connaissons qu'elle,
la vie n'est qu'une lutte sans trêve et une longue
souffrance; et les plus insouciants d'entre nous,
ceux que peut encore endormir l'opium éventé de
l'optimisme, se réveillent parfois couverts d'une
sueur froide d'épouvante. Non, ce n'est pas vrai!
Nous ne nous résignerons jamais à croire que la
vie n'a pas d'autre but qu'une chute dans un
gouffre et que nous n'avons vu la lumière du so-

leil que pour vider jusqu'à la lie cette coupe de
misères et d'iniquités! Et, à des dates fatidiques,
une angoisse nous étreint, nous voulons en savoir
davantage. Humbles et pieux, nous allons vers
les morts qui nous aimèrent, nous nous inclinons
sur leurs tombeaux et nous leur demandons le
secret de l'éternité.

Moi aussi, à la veille de cette fête des Morts,
moi aussi je me penche sur des tombes vénérées.
Hélas! elles restent muettes; mais, auprès d'elles,
je retrouve un peu de mon âme d'enfant.

La foi y coulait comme une source fraîche sous
de grands arbres. Puis les saisons ont passé. Le
doute, sombre et triste automne, a laissé tomber
sur l'eau vive les feuilles jaunes et les branches
sèches, et l'a couverte de débris. Lève-toi, vent
froid de la Toussaint qui balaies toutes les impu-
retés! Débarrasse la source de cette dépouille
flétrie et m'y laisse boire! Oui, que je me désal-
tère, car j'ai soif d'espérance! Que cette eau délicieuse me rende la foi naïve de mes quinze ans,
la foi sereine, exempte de terreurs et de supersti-
tions! Qu'elle me permette de croire encore que
mes bien-aimés ne sont pas anéantis à jamais,
qu'ils m'attendent dans la lumière, et que cette
mort, dont chaque minute me rapproche, n'est

pas le repos dans les ténèbres, mais un repos divin, le repos dans la certitude, où nous saurons enfin ce que c'est que le bonheur et ce que c'est que la justice !

1ᵉʳ novembre 1894.

En deuil d'un Ami

———

L A France est en deuil d'un ami.

Aujourd'hui je me reporte, par le souvenir, et avec une grande tristesse, aux inoubliables « fêtes russes » de l'année dernière, et particulièrement au magnifique banquet offert à l'amiral Avellan et aux officiers de son escadre par le Conseil municipal de Paris. C'est la seule fois de ma vie que j'ai regretté de n'être pas vêtu d'une robe de brocart agrémentée de gemmes et de pierreries ; car la salle des fêtes de notre Hôtel de Ville est un décor à la Véronèse, et la plupart des convives, qui, comme moi,

portaient le frac noir et mesquin, y faisaient assez
piètre figure.

Ce n'était pas, d'ailleurs, dans cette réunion
solennelle, le seul détail de nature à exciter l'ironie. Par exemple, quand les chœurs du Conservatoire, installés dans une galerie supérieure, firent
éclater les accents de l'hymne russe, il était assez
amusant de voir les vieilles barbes démocratiques
et sociales du Conseil écoutant, debout et d'un
air de componction, la solennelle prière pour le
salut du Tsar orthodoxe.

N'importe, cela même faisait plaisir. Et ces farouches francs-maçons, qui n'auraient pas franchi
le parvis d'une église, à l'enterrement de leur
meilleur ami, avaient raison d'abjurer pour un instant leur fanatisme à rebours. D'ailleurs, les marins de l'autocrate du Nord n'écoutaient pas avec
de moindres signes de respect notre *Marseillaise*. En somme, on sentait qu'un pacte d'amitié
se scellait définitivement entre deux grandes nations, et, lorsque nous levâmes avec enthousiasme,
pour les toasts d'alliance, nos coupes de vin de
Champagne, l'âme même de la patrie flottait au-
dessus de nos fronts.

Alphonse Humbert, alors président du Conseil
municipal, fut charmant, et — ce qui est tou-

jours rare — dit précisément ce qu'il fallait dire.
D'une voix éclatante et chaude, il lança quelques
mots ardents, vraiment dérobés à la flamme de
son cœur. Bravo! l'ancien révolutionnaire! On a
pu se jeter, par bouillonnement de jeunesse, dans
la pire des guerres civiles : on a pu en être châtié,
— avec quelle rigueur! — Bah! Jamais de rancune contre la maman. Vive la chère France et
vivent ses amis!

Il y eut encore une minute admirable, une
minute où cela valait la peine de vivre. Ce fut
lorsque le Président Carnot et l'amiral Avellan
parurent devant la place de l'Hôtel-de-Ville enflammée, se montrèrent à la foule ivre de joie.

Là-haut, une splendide nuit d'octobre, criblée
d'étoiles; et, de toutes parts, un incendie de
triomphe et d'allégresse. Gouttes d'or du gaz,
éclairs de l'électricité, fumées bariolées des feux
de Bengale, torches rouges de la retraite aux flam-
beaux. J'entends encore l'immense clameur d'a-
mour, étouffant les voix des chœurs et le bruit
des fanfares de cuivre; je revois, dans une brume
de pourpre, les milliers de visages aux bouches
ouvertes et hurlantes.

Que dites-vous? Que la foule souveraine est
folle de divertissements et de spectacles; que,

cette nuit-là, recommençait la grande Kermesse
de 1889; que c'était une suite aux embrasements
de la Tour Eiffel et aux fontaines lumineuses, un
nouveau prétexte à trains de plaisir; qu'il suffit
de quelques lampions et de quelques banderoles
pour encombrer nos trottoirs de badauds le nez
en l'air, avec du cervelas dans la poche, et de
paysannes portant un panier dont un goulot de
bouteille soulève l'anse ?

Non, non! Le patriotisme proteste! Non! Il
n'y a pas eu, dans les fêtes de l'automne dernier,
la moindre exaltation de décadents. La France et
Paris ont donné alors, bien au contraire, un
spectacle qui fut et doit rester pour nous une
source de réconfort et d'espoir. Dans ces heures
délicieuses, l'aboyante politique se tut, les partis
acharnés firent trêve et cessèrent pour quelques
instants de se disputer l'os du pouvoir. Il n'y eut
plus d'ennemis, plus même d'adversaires. Un
sentiment unanime, et très pur, et très profond,
unissait tous les cœurs, et tous nous ne pensions
qu'à la France bien-aimée, qui enfin n'était plus
seule contre trois devant l'Europe en armes. Et ce
qui était exquis, ce qui nous attendrissait davantage, c'était la pensée que, au moindre soupçon
de péril extérieur, nous retrouverions le même

esprit de concorde et d'unité, et que l'atmosphère de divisions et de haines — que nous respirons, hélas ! — serait balayée par le premier souffle des clairons de guerre.

Cette certitude, qui nous fait supporter les tristesses du présent et nous rassure sur l'avenir, à qui la devons-nous ? A la nation russe, sans doute, qui est désormais liée avec nous par des sympathies puissantes et des intérêts sacrés. Mais, la nation russe obéissant à un chef, nous devons surtout notre reconnaissance à ce chef, c'est-à-dire au noble, au juste, au magnanime empereur Alexandre III, dont la mort met nos cœurs en deuil.

A son règne trop court, l'histoire appliquera la belle parole de l'Écriture : *Transiit benefaciendo*. Elle dira que, ayant la toute-puissance, Alexandre III l'a mise au service du droit ; qu'étant le plus fort, il a voulu être le plus juste, et elle inscrira son nom, parmi ceux des bons et des sages, sur le livre d'or de l'humanité.

Que c'est beau, pourtant, la force, quand elle comprend et fait son devoir ! Quelle majesté dans ce Tsar, obéi et vénéré comme un père par tant de millions d'hommes, qui jette un regard imposant sur l'Europe, fronce ses formidables

sourcils devant l'immorale et lâche coalition de
trois contre un, dit : « En voilà assez! » et, jetant
sa lourde épée dans le plus léger plateau de la
balance, rétablit l'équilibre et maintient la paix
du monde!

En écrivant ces lignes, je n'oublie pas les
dangers que le pouvoir absolu peut faire courir
aux nations, ni quels abus, quels crimes même,
il est capable de produire, encore que, dans la
société moderne, sous l'œil méfiant et sévère de
l'opinion publique, le despotisme soit devenu à
peu près impossible. Mais je songe aussi à la cruelle
déception que nous donne, depuis si longtemps,
le gouvernement du peuple par lui-même. Je
songe au stérile bavardage, au vain tumulte des
assemblées, à tant d'hommes médiocres ou in-
dignes, choisis par le caprice du nombre, chefs
éphémères, à peu près irresponsables, ne sachant
pas vouloir, ni quoi vouloir. Que de trouble, de dis-
corde, de désordre! Et que d'avortements! Quelle
impuissance!

Il ne faut jamais désespérer. Peut-être toute
cette agitation est-elle la fin de la tourmente sociale qui se déchaîna sur la France, il y a un
siècle. Ainsi, quand le vent est tombé et la tempête finie, on voit longtemps encore, sous le ciel

clair et purgé, les lames de l'Océan se heurter, furieuses, et secouer leurs embruns. Nous voulons croire qu'ils finiront par triompher, le calme et l'ordre, d'où naîtront la liberté dans le bien et la sincère fraternité.

Cependant, dans nos craintes et nos incertitudes, comment ne pas admirer cette grande chose, une volonté, — une volonté vraiment libre, une volonté fixe, ferme, immuable, que rien ne contrarie et n'arrête, comme celle qu'a pu manifester le tsar Alexandre III en établissant l'entente franco-russe et en plaçant ainsi les peuples de la Triple-Alliance entre les deux mâchoires de fer d'un redoutable étau? Quand il a conçu et exécuté ce grand dessein, non seulement il s'est fait bénir de tous à cause du maintien de la paix, — paix armée, paix précaire, hélas! notre barbarie relative n'en permet pas d'autre, — mais il a réparé une grande injustice et il a permis à la France de reprendre sa place légitime au premier rang des nations.

Cela, jurons de ne l'oublier jamais!

Et voyez les merveilleux effets d'une grande volonté. Ils durent, ils survivent à celui qui a dit : « Je veux! » Les premières paroles du jeune prince, qui sera bientôt couronné au Kremlin, sont pour affirmer de la façon la moins équivoque qu'il accepte comme un héritage sacré la politique de son père. Comme homme, Alexandre III lègue à son fils l'exemple des vertus les plus hautes et les plus touchantes; comme empereur, le souvenir d'un règne entièrement consacré au bien et à la justice. Aussitôt après avoir reçu le dernier soupir de son père, Nicolas II a voulu nous prouver que, lui aussi, il était notre ami, et tous les cœurs français ont partagé son deuil filial, ont tressailli à son généreux appel.

Un journal a proposé de lui offrir, par souscription, une couronne. Soit; mais la France la lui a déjà donnée. Elle est forgée d'un solide métal, l'or de notre amitié; elle est ornée des plus purs diamants, les larmes de notre douleur.

8 novembre 1894.

Sur les Aveugles

L'AUTRE jour, comme je parlais à Lucien Descaves de ses *Emmurés,* lui disant à quel point m'avait intéressé son livre si curieux, si substantiel, si poignant parfois aussi, et lui annonçant mon intention de le prendre pour sujet d'une de mes causeries, le romancier m'interrompit très vivement :

« Je vous en prie... Ne vous étendez pas sur mon livre... Parlez surtout des aveugles. »

A la bonne heure! Voilà qui fait plaisir et nous change un peu des auteurs fieffés.

J'imagine que l'aventure de Descaves est celle-ci. Il aura d'abord rêvé son roman en philosophe et en artiste, séduit par le projet vraiment nouveau — et si difficile — de pénétrer l'âme d'un aveugle-né, de démonter la sombre mécanique de son cerveau plein d'abstractions et de deviner comment le sens qui lui manque se transpose dans ceux qui lui restent et est suppléé par eux. Homme de conscience, travaillant d'après nature et n'admettant que l'observation directe, il a donc étudié de près les aveugles, il a vécu avec eux, et la pitié de son cœur a modifié alors le plan primitif de l'ouvrage. Il a découvert, dans ce monde-là, tant d'infortunes morales et matérielles, presque toujours supportées avec tant de patience et de courage, qu'il ne s'est plus contenté, comme vous et moi, de plaindre les aveugles. Il s'est mis à les aimer. Il est devenu — qu'on me passe le terme pédantesque — un ardent typhlophile. Il s'est intéressé passionnément à l'éducation de ces pauvres gens, à leurs travaux, à l'emploi possible de leurs facultés et de leurs talents, en un mot, à leur rôle dans la société et dans la vie.

Les Emmurés, qui représentent un travail énorme et qui ont coûté à leur auteur quatre années d'études assidues, offrent, sous la forme attrayante du roman, un véritable *compendium* de tout ce qu'on peut voir et dire sur ce vaste sujet.

Les aveugles — Descaves l'a parfaitement compris — ne nous demandent plus maintenant de sympathie platonique ni de stérile compassion. Grâce aux admirables efforts de leurs éducateurs, ils sont aujourd'hui tous, ou presque tous, en état de gagner modestement, mais suffisamment, leur pain. Ils repoussent l'aumône avec fierté et n'attendent plus de la société qu'une aide bienveillante pour trouver la place et le moyen d'exercer leurs aptitudes spéciales. Telle est la cause que Descaves a généreusement plaidée dans son livre, sans dissimuler les obstacles qui restent à franchir, mais en montrant les merveilleux progrès qu'on obtient chaque jour dans l'éducation des aveugles et en attaquant le préjugé qui les fait encore considérer par la multitude comme des non-valeurs sociales.

Le bon combat où se jette Lucien Descaves m'intéresse d'autant plus vivement que j'ai eu personnellement quelques relations avec les aveugles et que, de plus, j'ai connu deux de leurs principaux bienfaiteurs.

Dès ma première jeunesse, je fus admis dans l'intimité de M. Guadet, qui était alors chef de l'enseignement à l'Institution du boulevard des Invalides. Retenez bien ce nom : Joseph Guadet. C'est celui d'un homme de travail, de devoir et de dévouement, celui d'un homme d'or. Petit-neveu du fameux conventionnel, il a laissé, entre autres ouvrages très distingués, une *Histoire des Girondins*, rendue tout particulièrement précieuse par des documents et des souvenirs de famille. Mais c'est son rôle d'éminent et paternel éducateur des jeunes aveugles que je veux surtout rappeler ici. Le nom de Joseph Guadet est associé à tous les perfectionnements de cette pédagogie si malaisée; il l'est aussi à toutes les œuvres de protection et de bienfaisance qui accompagnent et guident dans la vie les anciens élèves de l'Institution, et la plupart des ingénieux procédés d'enseignement inventés par M. Guadet rendent encore de grands services aujourd'hui.

Camarade d'un de ses fils, je me suis parfois rencontré chez lui avec les professeurs aveugles dont il était moins le chef que l'ami et qui l'entouraient de leur affectueux respect. J'ai vu ces braves gens assis à sa table hospitalière, avec l'émouvante lenteur de tous leurs gestes, avec leurs mains prudentes et pleines de physionomie, et laissant éclater, dans ce milieu cordial, leur gaieté un peu puérile. Cette bonne humeur ne s'accordait pas mal, d'ailleurs, avec l'aspect de vieux collégiens que leur donnait la tunique d'uniforme.

Ils étaient gais, les pauvres professeurs aveugles; ils étaient très curieux aussi et nous interrogeaient, nous, les clairvoyants, sur mille choses, avec tant de vivacité que nous finissions par oublier leur infirmité. Mais ils ramenaient toujours la conversation sur les travaux de l'Institution, ou, très souvent, parlaient musique. J'entends encore sonner leur bon rire, qui m'avait un peu effrayé, d'abord; car c'est assez terrible, en somme, la grimace de ces visages où tout s'épanouit joyeusement, excepté les yeux clos ou vides.

M. Guadet, qui est mort dans un âge très avancé, plein de jours et de vertus, était déjà presque un vieillard, au temps dont je parle; et les aveugles, s'abandonnant autour de lui à cette bonne humeur facile, semblaient des enfants, bien que plusieurs eussent des cheveux gris. C'est ainsi que j'aime à évoquer la noble et douce figure de cet homme de bien; car, pour ses hôtes aux regards éteints, il était vraiment un père.

M. Maurice de la Sizeranne — Sézanne dans *les Emmurés* — est un jeune homme qui m'ho-

nore de sa sympathie. Ce grand ami des aveugles
a lui-même perdu la vue à l'âge de neuf ans. Son
intelligence, qui est de premier ordre, son savoir
qui est très étendu, son influence qui est grande,
son activité qui est infatigable, son temps, sa
fortune, son cœur, sa vie, il a tout consacré à ses
frères en infortune. C'est un homme incomparable.

Il possède d'abord un rare talent d'écrivain.
Son principal ouvrage, *les Aveugles, par un aveugle,* que l'Académie française a été heureuse de
couronner, est une étude psychologique de la
plus haute portée et un plaidoyer plein d'éloquence et de force, qui prouve qu'un grand
nombre d'aveugles peuvent et doivent devenir,
dans une société bien organisée, des hommes
actifs et *utiles.* La manière dont l'aveugle, à l'aide
de l'ouïe, du toucher et de l'odorat, se met en
relations avec le monde extérieur, est analysée,
notamment, dans le premier chapitre de ce charmant livre, avec une profondeur et une délicatesse extraordinaires.

M. de la Sizeranne a, d'ailleurs, beaucoup écrit,
toujours dans le même but de propagande. Ses
Notes — un gros volume — sont, pour la typhlo-
philie, une source abondante et précieuse d'idées,

de projets, de renseignements, d'indications, de
matériaux de toutes sortes. J'ai encore lu de lui
un délicieux article de sensations notées sur les
plaisirs de l'aveugle en voyage ; et, dans son étude
sur Lebel, le Gilquin de Descaves, — encore un
grand aveugle, un organiste de génie, paraît-il,
— on sent passer un très beau souffle d'inspiration chrétienne.

Mais M. de la Sizeranne se soucie fort peu, sans
doute, de mes éloges. Il n'a aucune vanité littéraire. C'est, avant tout, un homme d'action, et
les services qu'il a rendus aux aveugles ne se
comptent plus.

Il dirige deux journaux spéciaux, le *Valentin
Haüy* et le *Louis Braille*. Il a fondé une bibliothèque déjà nombreuse, qui s'enrichit sans cesse,
et dont les livres et les partitions, imprimés en
points, sont prêtés, gratuitement, bien entendu,
à quiconque en a besoin. Mais l'*Association Valentin Haüy* est son œuvre capitale. Il en est l'âme.
C'est de là que part, c'est là qu'aboutit tout ce
qui peut être utile aux pauvres aveugles. Tous
accourent chez Maurice de la Sizeranne, quand
ils sont dans l'embarras ; tous, les artistes et les
artisans, l'accordeur de pianos comme l'ouvrière
en brosserie, le maître de musique comme le

vannier, l'organiste comme le rempailleur de
chaises. Et Maurice de la Sizeranne se remue, se
met en quatre, trouve de l'ouvrage pour celui-ci,
un emploi pour cet autre, les encourage, les aide,
les tire de la misère. Car il est indomptable, vous
savez, et il ne dira : « Ouf! » que lorsque tous
les aveugles auront un gagne-pain honorable et
qu'on ne trouvera plus sur aucun pont un seul
mendiant avec un caniche entre les jambes et les
doigts écarquillés sur les clefs d'une clarinette.

Voilà un brave homme!...

Comme il demeure dans mon quartier, je le
rencontre quelquefois sur le large trottoir de la
rue de Sèvres. Il va toujours comme le vent, donnant le bras à son guide; mais c'est lui qui entraîne le gamin. Je me garde bien d'arrêter ce
marcheur intrépide, sachant qu'il se hâte vers
quelque bonne œuvre. Seulement, quand il passe
devant la chapelle des Lazaristes, je lève les yeux
vers le saint Vincent de Paul en pierre, qui est
là-haut, dans sa niche, au-dessus de la porte, et
il me semble alors que le père des enfants trouvés
sourit au bienfaiteur des aveugles.

Je connais encore une personne bien touchante,
Mme Bertha Galeron de Calonne, qui non seulement a été frappée de cécité complète, mais qui,

par une férocité exceptionnelle de la nature, est de plus presque absolument sourde. Cette pauvre femme, qu'un homme au grand cœur a épousée et entoure de tendresse et de soins, a naguère chanté son malheur en des vers d'une forme très pure. Le livre, publié par Lemerre, est intitulé : *Dans ma nuit*. Vous serez certainement émus par ces quatre strophes, où vibre un accent déchirant de sincérité :

RÊVE D'AVEUGLE

Quand le sommeil béni me ramène le rêve,
Ce que mes yeux ont vu jadis, je le revois ;
Lorsque la nuit se fait, c'est mon jour qui se lève,
Et c'est mon tour de vivre alors comme autrefois.

Au lointain du passé, le présent qui se mêle
Laisse dans ma pensée une confusion.
C'est une double vie étrangement réelle,
C'est une régulière et chère vision.

Êtres mal définis, choses que je devine,
Tout cesse d'être vague et vient se dévoiler.
C'est la lumière, c'est la nature divine,
Ce sont des traits chéris que je peux contempler.

Et quand je me réveille encor toute ravie
Et que je me retrouve en mon obscurité,
Je doute, et je confonds le rêve avec la vie :
Mon cauchemar commence à la réalité.

Eh bien! mon cher Descaves, vous m'aviez recommandé de parler très peu de votre roman, beaucoup des aveugles, et, vous le voyez, je vous ai peut-être trop bien obéi. Encore me reproché-je de ne pouvoir que mentionner ici l'un des professeurs actuels de l'Institution, M. Edgard Guilbeau, dont j'ai lu d'intéressantes poésies, qui a réuni un très curieux musée d'objets fabriqués par les aveugles, et que de bons juges tiennent pour un homme du premier mérite.

Vous voyez, je n'en finis plus. Cela vous apprendra, une autre fois, mon camarade, à être généreux et modeste. Mais je plaisante, et je suis sûr que le typhlophile convaincu que vous êtes se déclare satisfait.

Cependant, je veux y revenir, à votre livre. Il n'est pas sans défauts. J'en trouve le style, par places, trop travaillé pour mon goût, et je ferais même disparaître quelques pages du volume, afin qu'il pût être mis dans les mains de tous et de toutes. Mais c'est un labeur imposant. Sans insister sur le tour de force accompli par vous en vous restreignant aux pensées, aux images, au vocabulaire même des aveugles, je dirai que vous avez fait là une œuvre d'art subtil et d'admirable persévérance et, ce qui vaut encore plus à mes yeux, une œuvre de bonté. Elle eût réjoui l'âme chaleureuse du vieux Diderot, qu'il faut toujours nommer à propos des aveugles ; car, n'est-ce pas ? c'est encore lui la Loi et les Prophètes, bien que nous ne soyons plus au temps où l'on s'émerveillait de voir l'homme de Puiseaux enfiler des aiguilles.

Votre livre sera bienfaisant pour les pauvres disgraciés que vous encouragez virilement à vivre dans le devoir et dans le travail. Malgré le mur qui les sépare de vous, ils entendront votre voix amie raconter avec tendresse leurs misères et leurs vertus, et la chaleur de votre sympathie pénétrera dans leur cœur et le caressera doucement, comme un rayon de soleil sur leurs mains nues.

15 novembre 1894.

Pour les Polonais de Sibérie

AU TSAR NICOLAS II

Sire,

UN groupe de Polonais s'est adressé publiquement à moi, me priant de demander à Votre Majesté la délivrance de ceux de leurs compatriotes qui gémissent encore dans les bagnes de la Sibérie. La lettre, fort touchante, m'est allée au cœur. J'ai promis.

Au moment où j'accomplis cette promesse, les habiles vont, sans doute, me trouver bien

---

* Cet article a été motivé par une lettre que nous reproduisons à la fin du volume, en *appendice*.

maladroit, les malveillants bien présomptueux, les
sceptiques bien naïf. Soit, j'aurai cette gaucherie
de prouver que nous ne savons pas, en France,
renier nos amis; j'aurai cette audace de croire
que c'est le droit du premier venu de prononcer
le mot de clémence devant un souverain; j'aurai,
Sire, cette simplicité de vous dire, à l'heure où
vous souffrez et où vous pleurez, qu'il y a des
malheureux qui, eux aussi, souffrent et pleurent,
et de vous rappeler que, d'un seul mot, vous
pouvez arrêter leur torture et sécher leurs larmes.

Votre âme Royale, j'en ai le ferme espoir, me
comprendra. Elle jugera plus précieuse l'amitié
des Français, en reconnaissant combien ils sont
fidèles; elle écoutera cette voix qui lui conseille
le pardon et l'oubli; elle se souviendra que le
meilleur tempérament à la douleur, c'est la bonté,
et qu'il est noble, quand on est en deuil, de faire
des heureux.

Votre aïeul, qui abolit le servage et rendit la
dignité humaine à tant de millions d'individus,
votre auguste père, qui, pour avoir maintenu la
paix du monde, laisse une mémoire plus glorieuse que celle d'un conquérant illustré par cent
victoires, vous ont laissé, à cet égard, de beaux
exemples à suivre; car ils furent, l'un et l'autre,

1;

cléments et miséricordieux. Néanmoins, étant
les maîtres absolus, ils durent remplir parfois le
terrible devoir des rois, le devoir de punir, et,
tout en exerçant largement leur droit de grâce,
ils n'ont pu détruire tous les effets de leur première sévérité. Il existe encore, au Nord de votre
Empire, relégués loin de leurs foyers, loin de leurs
familles, des infortunés, seulement coupables,
hélas! d'avoir cru que leur patrie n'avait pas
rendu le dernier soupir sur le champ de bataille
de Maciejowice, par la bouche de Kosciuszko.

Ces coupables-là, — ma franchise est forcée
de le déclarer, — ce sont des victimes, les victimes
d'un sentiment sacré; et sur leur compte, j'en
suis sûr, le puissant Tsar et l'humble poète sont
du même avis. Vos ancêtres les ont frappés, mais
en les estimant. Hélas! telles sont les exigences
de la politique et de la raison d'État que, souvent, le juge admire le condamné.

Ils sont aujourd'hui, m'assure-t-on, peu nombreux, peu redoutables, ces Polonais de Sibérie.
Mettez un terme à leurs misères. Effacez ce dernier
vestige de tant de guerres, de tant de répressions
sanglantes.

Vous régnez. Il vous faudra quelquefois obéir
— le moins souvent possible, je le souhaite —

à ce devoir de punir dont je parlais tout à l'heure. Mais c'est une antique et douce tradition que l'avènement d'un monarque soit une trêve à ce cruel devoir. Jouissez de cette heure délicieuse.

Chez nous, jadis, sur le passage du nouveau roi, on ouvrait des cages d'oiseaux en signe d'allégresse, et l'espace s'emplissait de leurs chansons et de leurs battements d'ailes. Faites mieux. Délivrez ces captifs, ces proscrits, et que votre jeune front, paré de la couronne, se dresse d'abord sous un ciel plein de bénédictions.

J'irai plus loin. Mettons les choses au pire. Supposons que, parmi ces hommes, plusieurs ne vous sachent aucun gré de votre acte magnanime, et que, dans l'obstination de leur cœur, ils se fussent laissé couper le poing plutôt que de signer cette lettre, par laquelle leurs compatriotes m'ont poussé à vous implorer en leur faveur. Supposons même qu'ils en rougissent, de cette lettre, et que mon intervention, bien légitime pourtant, — car elle n'est que la réponse d'un appel fait à mon cœur, — leur soit une amertume de plus. Qu'importe? A ceux-là aussi, faites grâce. Il est vraiment digne d'un Empereur de comprendre la beauté de ces âmes opiniâtres et de les vaincre à force de générosité.

Faites grâce sans conditions, sans espérer même de reconnaissance, simplement pour votre satisfaction, pour cette joie d'entendre le bruit des fers qui tombent répondre aux cloches du Kremlin sonnant à toutes volées pour votre couronnement.

Sire,

Je vous adresse cette prière dans les instants les plus solennels de votre vie. Vous versez en ce moment vos larmes filiales, placé entre votre admirable mère, au cœur percé de tous les glaives de la douleur, et la jeune princesse que vous élèverez dans quelques jours au rang d'impératrice. Le spectacle de ces deux femmes en deuil vous emplit, j'en suis certain, de douceur et d'attendrissement. Laissez-moi donc évoquer devant vous ces Polonaises vêtues de noir, non pas à cause d'un mort, mais à cause d'un absent dont elles n'espèrent plus le retour. Ce sont des épouses qui ne pourront pas, elles, veiller près de leur époux mourant ni lui fermer pieusement les yeux; ce sont des jeunes filles qui ne pourront pas s'agenouiller auprès du lit d'agonie de leur père, ni sentir sa main se poser une dernière fois sur leur front.

C'est au nom de votre mère et de votre fiancée que je vous implore pour ces femmes en noir qui ne sont ni des veuves, ni des orphelines. D'un trait de plume, vous pouvez leur rendre le pauvre exilé dont elles se croient à jamais séparées par d'infranchissables espaces. Au lendemain du jour où la mort, que nul n'arrête au seuil du palais des rois, a frappé le Chef de votre impériale maison, vous pouvez faire rentrer, dans des centaines, dans des milliers de tristes demeures, le père de famille! Rien ne serait plus grand.

Sire,

Tous les cœurs français vous ont suivi, avec une sympathie profonde, à travers votre immense Empire, derrière le cercueil du Tsar votre père, et à l'heure où cette page sera publiée, vous serez en présence du tombeau où le cercueil descendra pour toujours. On devine aisément les sévères pensées qui vous absorbent au milieu de cette pompe religieuse. Car celui de qui vous saluez pour la dernière fois la dépouille est déjà placé par l'histoire au premier rang parmi les bienfaisants et les justes, et, sentant peser sur vos épaules le poids d'une énorme puissance, vous demandez au grand Empereur le secret de sa force et de sa sagesse.

Ah! puissiez-vous l'interroger sur le sort des malheureux, à qui sa mort prématurée n'a pas permis d'éprouver sa clémence et qui restent accablés par toute la rigueur des lois. La tombe n'est pas muette ; elle entend les prières qui lui sont adressées, et il sort d'elle un langage mystérieux qui pénètre l'âme. Interrogez votre père. Il vous répondra, j'en suis sûr : « Grâce pour les prisonniers ! Grâce pour les proscrits ! » et fera flamboyer dans votre esprit ces mots de la belle prière des Chrétiens : « Pardonnons à ceux qui nous ont offensés. »

Et vous écouterez le bon Empereur, le Tsar de la Paix, et vous lui obéirez comme un fils tendre et soumis, vous rappelant combien son âme était pieuse et haute, songeant qu'il possède aujourd'hui les vérités éternelles et qu'il vous parle, assis à la droite du Père céleste, dont la seule loi est la pitié et la miséricorde, et qui, selon cette loi, tôt ou tard, — pour employer la grandiose expression de l'Église, — jugera toutes les justices.

19 novembre 1894.

Un Indépendant

PAUVRE Magnard! Il a eu une « bonne presse », comme on dit dans l'argot des bureaux de rédaction ; et certes, ma vive et déjà ancienne amitié pour cet homme de tant d'esprit — et de si libre esprit surtout — en a été heureuse. Néanmoins, quand je me le rappelle, si discret, si simple de mœurs, si sincèrement modeste, cachant sa vie intime, évitant toutes les occasions de se mettre en évidence, je ne puis m'empêcher de me demander si, de son vivant, un pareil concert d'éloges lui eût fait plaisir.

Comme les confiseurs qui ont horreur, dit-on,

des sucreries, le rédacteur en chef du *Figaro,* le
premier mécanicien de cette puissante machine
à gloire, détestait la réclame pour lui-même et re-
cherchait l'obscurité. Ses petits chefs-d'œuvre de
trente ou quarante lignes, auxquels le Parisien
courait d'abord, dès le matin, après avoir fait sauter
la bande du journal, ces brefs articles où Magnard
sertissait, dans l'or pur de son style, les diamants
de son bon sens et de son ironie, il ne les signait
même pas de son nom tout entier, il se bornait à
les faire suivre de ses initiales F. M., témoignant
ainsi, une fois de plus, de sa répugnance pour
toute publicité.

Il faut pourtant que la mémoire de ce délicat
— je dirais presque de ce dédaigneux — en
prenne son parti. Dès que sa mort a été connue,
il s'est produit une explosion de regrets et c'est
d'une voix unanime que justice a été rendue à
l'homme et à l'écrivain. Des centaines de pages
furent tout de suite imprimées, où, malgré la
hâte, palpitait une émotion vraie ; et, le jour de
ses obsèques, sur la colline derrière le Trocadéro,
dans ce cimetière aérien de Passy où il semble
qu'on doive dormir d'un sommeil plus doux, nous
étions encore quatre ou cinq de ses confrères et
amis à lui dire bien haut, à lui répéter avec in-

sistance combien sa perte nous était sensible et combien nous éprouvions pour lui d'estime et d'affection.

Non, de bonne foi, on n'a pas entendu, autour de ce cercueil, les clichés ronflants, les formules outrées, l'ordinaire « raplapla » de l'oraison funèbre. On avait le sentiment que quelque chose de très rare et de très précieux disparaissait avec ce journaliste, et qu'il y aurait désormais, dans l'atmosphère parisienne, un élément de moins, et un élément essentiel.

J'emportais cette impression, au retour de l'enterrement, et je l'ai un peu ruminée. Je me suis demandé sérieusement quel était, en dehors de toute question de forme et de talent, — il y en a pléthore, de gens de talent, — le mérite spécial, exceptionnel, de Francis Magnard, et pourquoi nous sentions tous que son petit bout d'article quotidien — oh! tout petit, souvent pas plus long que le doigt — allait nous manquer à ce point.

Eh bien! je crois avoir trouvé une réponse satisfaisante. C'est que Magnard nous servait, chaque matin, un peu de vérité, et qu'il était, en matière politique, tout à fait indépendant.

Oh! parbleu, nous croyons tous l'être; car,

par le fait, rien ne nous gêne et nous avons de la liberté jusque par-dessus les oreilles. Seulement, je constate que nous n'avons jamais été plus embrigadés que depuis que nous sommes si libres.

Tous ou presque tous, — pas moi pourtant, s'il vous plaît! — nous sommes d'un parti, et nous en adoptons le programme. Il se modifie à chaque instant, bien entendu; il est même quelquefois mis sens devant derrière, par l'ordre et dans l'intérêt des chefs, et alors, girouettes que nous sommes, nous nous conformons au programme nouveau.

Il y a quelques années, par exemple, tout bon républicain de gouvernement mangeait du prêtre. C'était la consigne. Il en mangeait, absolument comme un dévot fait maigre le vendredi. Brusquement, révolution de cuisine. C'est du socialiste qu'il faut manger à présent; et on en mange toujours, par discipline. Quiconque, dans la majorité, ferait la grimace devant sa tranche de Jules Guesde et redemanderait du jésuite, serait aujourd'hui traité comme un traître et un renégat.

Ah! qu'elle est vraie, profondément vraie, dans son ironique cynisme, cette maxime froidement écrite par le cardinal de Retz : « Il faut souvent changer d'opinions pour rester de son parti. »

Et ces gens-là se croient indépendants! Oui,
comme les grenadiers du Grand Frédéric sous la
schlague.

Magnard était indépendant pour de bon, lui;
car il n'avait aucune ambition, et la basse farce
qui s'appelle la politique lui faisait pitié. Il suivait
d'un regard allumé par la moquerie tous les sau-
teurs parlementaires, et les voyait exécuter leurs
volte-face et leurs palinodies, comme on s'amuse
à regarder, dans un cirque, un clown, déguisé en
gros cocher anglais et debout sur un cheval sans
selle, dépouiller successivement une vingtaine de
gilets de différentes couleurs.

Magnard n'était pas dupe de tout ce monde-
là, il ne le prenait pas au sérieux; et comme on
s'y rengorge beaucoup, comme on y enfle son
jabot, cela l'énervait parfois, et il dégonflait d'un
coup d'épingle toute cette baudruche. Il avait des
façons irrespectueuses de parler des camelots politiques qui nous vengeaient d'eux.

Tout récemment encore, quand il fut question
d'envoyer une délégation de députés aux funérailles du Tsar, — on frémit à la pensée qu'ils
auraient peut-être été choisis par le sort, et qu'on
eût pu voir derrière le cercueil d'Alexandre III la
blouse de Thivrier et le caleçon de peau de tigre

de l'Homme-Canon, flanqués de quelques panamistes, — quand ce projet monstrueux fut lancé,
Magnard, d'un seul mot, qui était une charmante trouvaille, rappela à nos législateurs qu'ils
n'étaient pas présentables et leur fit comprendre
que, dans le cortège chamarré et parmi le luxe
asiatique des généraux, ils auraient l'air « d'inex-
plicables insectes ».

Ces jolies boutades faisaient plaisir à tout le
monde, même aux électeurs, lesquels, en dehors
des jours de vote, entendent la plaisanterie. Elles
nous manqueront, je le répète.

Je sais bien que pour traiter comme ils le
méritent les maîtres du « doux pays », Forain nous
reste, et c'est évidemment une grande consolation. N'importe, dans le concert, ou, pour mieux
dire, dans la cacophonie de la presse parisienne,
nous regretterons plus d'une fois la petite flûte
aigrelette de Magnard, qui sonnait, fine et claire,
et tranchait sur la monotonie des soli de trom-
bone exécutés dans les journaux graves.

La parfaite indépendance de Magnard l'a souvent fait accuser de scepticisme. Voilà un bien
gros mot. Dans tous les cas, ce brave homme
n'était sceptique ni en morale, ni en sentiment.
Mais si l'on entend, par là, qu'il haïssait dans

tous les partis l'esprit de secte et d'intolérance, qu'il se méfiait, devant tous les programmes, des principes inflexibles et des formules absolues, et que Torquemada lui était aussi odieux que Robespierre, à la bonne heure, c'était un sceptique, et, grâce au ciel, nous sommes encore un certain nombre de bons esprits qui pratiquons ce scepticisme-là.

Enfin, le voilà parti, mon pauvre ami. Nous ne ferons plus ensemble, avec, pour troisième compagnon, le pénétrant moraliste Louis Dépret, ces bonnes promenades, par les matins d'hiver, à travers le grand Paris dont Magnard connaissait si bien l'histoire, et où, devant un monument, une vieille maison, un coin de rue, il évoquait, du fond de sa mémoire si sûre et si richement meublée, les hommes et les événements du passé. Nous n'aurons plus, tous les trois, assis à la table de quelque restaurant, dans le frais parfum des huîtres, ces jolies causeries où il nous amusait tant par ses soudaines explosions, par ses brusques colères contre l'hypocrisie et la sottise. Ils sont rares, les camarades avec qui l'on peut parler en toute franchise et qui sont incapables de trahir une confidence faite dans l'abandon de la conversation intime, *sub rosa*. Je pleure en Magnard un de ces compagnons-là et des plus discrets, des plus sûrs.

Tous ceux qui s'intéressent à la politique s'apercevront aussi de son absence. Car, dans les phrases creuses des satisfaits aussi bien que dans les grossières diatribes des mécontents, on sent, presque toujours, on ne sait quel fétide relent de charlatanisme et de mensonge. Magnard, le sceptique et libre Magnard, nous rendait du moins ce service de nous mettre, tous les matins, sous le nez, comme en un flacon de sels anglais, l'odeur parfois désagréable, mais toujours saine et ragaillardissante, de la vérité.

22 novembre 1894.

Guerre lointaine

Nous voici donc en guerre avec la reine des Hovas. Il paraît que Sa Majesté — laquelle porte un nom à coucher dehors et que je n'ai pu caser encore dans ma mémoire — s'est mal conduite envers nous et que notre honneur exige qu'elle reçoive, ainsi que son peuple, un prompt et sévère châtiment.

Vous sentez-vous outragés ? Éprouvez-vous la noble colère du Cid, quand don Diègue, la joue chaude encore du soufflet reçu, lui jette le fameux cri : « Rodrigue, as-tu du cœur? »

Je vous en prie, ne parlez pas tous à la fois et

dites-moi, la main sur la conscience, si vous êtes vraiment enflammés d'indignation contre cette sauvagesse que je m'imagine parée d'une arête de poisson dans les narines, les jours de grande cérémonie, et contre ses sujets qui m'apparaissent, de loin, sous l'aspect de nègres au ventre ballonné, le dos tout nu, les manches pareilles?

Pour ma part, je vous l'avoue, mon courroux patriotique est nul, et je crains fort qu'un très grand nombre de gens raisonnables ne soient dans mon cas.

On m'objecte que je n'y entends rien, que ces Hovas, sur qui nous allons expérimenter nos fusils à magasin, nous sont aussi indifférents qu'un certain Colin-Tampon, et que c'est uniquement pour être désagréables aux Anglais que nos vaisseaux vont suivre la route de mer sillonnée jadis par les caravelles portugaises et appelée par les anciens navigateurs « le Chemin du Poivre », parce qu'il les conduisait vers l'Inde et ses précieuses épices. Mystère et diplomatie! Ainsi, ce n'est pas à la reine couronnée de plumes d'autruche que nous faisons la guerre; c'est à la reine Victoria que d'authentiques photographies représentent coiffée d'un bonnet de veuve plus décent.

Mon Dieu! je veux bien fulminer, comme les

camarades, contre la perfide Albion. Mais pourquoi, s'il vous plaît, l'avons-nous laissée naguère, sans dire ouf, s'installer en Égypte à notre barbe, et mettre dans sa poche la clef du canal de Suez, fait par nos soins et avec notre argent? C'était alors qu'il eût fallu envoyer de ce côté-là une escadre de cuirassés avec quelques milliers de pantalons rouges dans le ventre.

Il faut le dire, d'ailleurs. Quand se produisit cet abandon de l'Égypte, l'événement, si grave qu'il fût, émut médiocrement l'opinion. Depuis nos désastres de 1870, l'instinct populaire n'admet plus qu'une sorte de guerre, celle qui est un devoir sacré, celle qui a pour objet de défendre le sol de la patrie, — la guerre nationale, et nous ne nous passionnons plus pour les guerres politiques, d'autant plus que toutes celles qui furent entreprises récemment eurent pour théâtre des pays lointains. Certes, le peuple n'a ménagé ni son admiration pour l'héroïsme de nos soldats, ni sa pitié pour leurs souffrances; mais les triomphes coloniaux, dont il ne touche pas du doigt les résultats, lui laissent malgré tout le sentiment d'une gloire assez facilement conquise, et les noms barbares de ces victoires mal connues ne font pas battre son cœur.

Cela s'explique. Sur mille citoyens, il n'y en a peut-être pas deux qui sachent au juste dans quel but, dans quel intérêt, on se jette en ces aventures, et pourquoi l'on s'y obstine. Les copieuses explications de la presse, les discussions cicéroniennes du Parlement n'instruisent à cet égard que le très petit nombre. A l'heure qu'il est, vous rencontrerez beaucoup d'esprits — je parle des plus attentifs — qui n'ont encore rien compris aux causes fort obscures, du reste, et fort embrouillées de l'expédition de Madagascar.

Elle aura, j'en ai peur, dans l'imagination des masses, le même sort que les autres guerres coloniales. Le nom d'un chef victorieux se gravera peut-être dans les souvenirs, comme s'y sont gravés les noms de Courbet et de Doods. Le Malgache remplacera, pendant quelque temps, le Pavillon-Noir ou Béhanzin dans les fêtes foraines, comme tête de dynamomètre et comme cible de tir à la carabine. Mais ce sera tout, ou à peu près. Disons la vérité. Ce n'est pas au bout du monde, c'est sur notre frontière même que notre espoir rêve de plus grands faits d'armes et des victoires moins aisées.

Cependant, soyons justes. Ce besoin d'expansion, de lointaines conquêtes, ne se manifeste pas

seulement chez nous, et la plupart des nations européennes le partagent. L'Anglais l'a dans le sang;
l'Italien en est tourmenté; il s'impose comme
une nécessité à la prolifique Allemagne; et voici
que les Belges y cèdent à leur tour, non par habitude de contrefaçon, comme on pourrait le
croire, mais parce qu'ils pullulent, eux aussi, jusqu'à l'étouffement, dans leur étroit pays. Seulement, sommes-nous bien sages de nous abandonner à cette passion coloniale, nous que les
statistiques accusent de devenir malthusiens? Jusqu'à présent, nous n'avons peuplé nos possessions nouvelles, à ce qu'il semble, que de soldats
et de fonctionnaires.

Quoi qu'il en soit, le mouvement paraît irrésistible, et, depuis bien des années déjà, il se
porte vers le Continent Noir.

J'ai rouvert, tout à l'heure, mon vieil atlas de
collégien. Au centre de l'Afrique, s'étale une tache
large et blanche indiquant le vide, le mystère.
Notre Algérie, les alentours du Cap et une mince
bande sur le reste du littoral semblent seuls habités. Là seulement, des points noirs désignent
des villes, des traits courts et serpentins marquent
des amorces de fleuves. Au delà, plus rien. On
songe aux vieilles cartes de géographie, avec un

bel écusson dans l'angle de la gravure, et à leurs
légendes latines qui fixent, d'un mot effrayant,
les limites du monde connu. *Mare ignotum!... Hic
sunt leones!... Ultima Thule!...*

Prenons maintenant le dernier atlas d'Hachette.
Plus de désert central. Partout des rivières, des
lacs, des forêts, des montagnes. Le mystérieux
continent a été pénétré de toutes parts. D'audacieux explorateurs, un apôtre, Livingstone, un
aventurier, Stanley, bien d'autres après eux, ont
violé sa solitude, lui ont arraché tous ses secrets.

Maintenant, ce sont les soldats d'Europe qui
s'enfoncent dans les profonds espaces. Les ca-
nonnières remontent le fleuve; les fusils brillent
sous la brousse; la poussière fauve du désert se
soulève sous les sabots des attelages d'artillerie.
Que leur apportons-nous, à ces singes à voix humaine, fétichistes et cannibales, qui s'enfuient
devant nos éclaireurs? La civilisation, la lumière?
Grands mots! Nous n'avons même plus l'Évangile dans nos fourgons. En attendant, nous leur
imposons le droit de la force, à ces demi-gorilles,
et je crains bien que nous ne nous impatientions
avant de pouvoir leur offrir les bienfaits de l'instruction laïque et obligatoire. Modérons désormais nos malédictions rétrospectives contre

Pizarre au Pérou et contre Cortez au Mexique. Les Yankees, avant-garde du progrès, ne sont-ils pas, à cette heure même, en train d'anéantir les derniers Indiens ? Triomphe des lois de Darwin, après tout. Quels agents plus efficaces de sélection pour la race humaine que les paquets de mitraille et les feux de salve ?

Cette pénétration de l'Afrique par les armes prouve, hélas ! que l'Européen, le civilisé, conserve, intacts au fond de lui-même, les instincts nomades et guerriers de l'homme primitif, de celui que Frémiet nous montre dans sa belle statue du Jardin des Plantes, dansant de joie, sa hache de silex au poing, paré d'un collier de crocs de bêtes féroces et brandissant une tête d'ours fraîchement coupée. Mais quoi ? l'histoire est monotone, et le prochain siècle pourrait bien assister à une chose horrible, — et peut-être nécessaire, — à l'extermination des fils de Cham.

C'est une scène épisodique de ce drame que, sans nous en douter, nous allons jouer à Madagascar. C'était écrit, comme disent les Musulmans ; et nous n'avons plus qu'à saluer le drapeau qui part et à souhaiter à nos soldats victoire et santé. Pour la victoire, elle ne fait pas de doute ; mais la fièvre et la dysenterie, voilà le revers de

la médaille de ces guerres aux pays lointains, dont
les noms sauvages sonnent si bien à la tribune,
dans une phrase ronflante de ministre ou de
député.

Il y a quatre ans, me trouvant à Alger, — encore une colonie, et à notre porte, et qui n'est pas
trop prospère, et dont nous ferions peut-être mieux
de nous occuper que d'aller combattre les Hovas,
— me trouvant donc à Alger, je vis entrer en rade
un transport de l'État, venant de l'Indo-Chine,
qui rapatriait des soldats malades. Le navire avait
un air sinistre. C'était une ancienne frégate à
vapeur, transformée en hôpital flottant, naguère
peinte en blanc, au départ, mais que la longue
traversée avait écaillée, souillée, et qui semblait
couverte de lèpre. Elle ne mouilla que peu d'heures
devant Alger, le temps de débarquer, discrète-
ment, à la nuit close, ceux des malades qui
n'avaient plus la force d'aller jusqu'à Toulon, afin
de leur donner ce soulagement de mourir dans
un lit, à l'hôpital du Dey.

J'étais là. La poitrine gonflée par l'angoisse,
j'ai vu défiler les civières aux rideaux fermés. Il y
en avait plus de vingt. Chacune contenait un
agonisant.

C'est toujours hideux, les dessous de la guerre.

Pourtant, j'ai songé alors que j'aurais eu le cœur moins gros, si j'avais vu passer ce lugubre cortège, en France, le soir d'une bataille gagnée, avec la flèche de Strasbourg à l'horizon.

29 novembre 1894.

Pour une Mère en deuil

—

EPUIS plus de deux ans que je cause librement avec le public, je ne l'ai jamais entretenu des nombreuses lettres que m'attirent mes causeries hebdomadaires. Presque toutes me montrent une sympathie qui m'est très précieuse, mais elles le font en des termes tels que le bon goût et la modestie m'interdisent de leur accorder la publicité qu'elles mériteraient quelquefois.

Par exemple, à propos de ma lettre au Tsar sur les Polonais de Sibérie, j'ai reçu, de tous les points de l'Europe, des marques touchantes de gratitude. Elles m'ont été bien douces. Mais que mes correspondants le sachent : ils n'ont à me féliciter que d'une bonne intention. Les récentes mesures de clémence prises par Nicolas II en faveur des derniers condamnés de 1863 sont dues à la paternelle intervention du Pape, et le cri de pitié de l'humble poète n'est probablement pas parvenu jusqu'au puissant Empereur.

J'ai parlé le premier, il est vrai, et ma lettre a fait rapidement le tour de toute la Presse européenne. Cependant, je n'ai même pas eu le mérite de l'initiative, puisque c'est à la sollicitation publique d'un groupe de Polonais que j'avais écrit cette page. Si je la rappelle aujourd'hui, c'est uniquement pour dire merci aux âmes généreuses qui m'en surent gré et qui m'en récompensèrent par les témoignages de leur émotion.

Je le répète. Je suis décidé, en principe, à garder pour moi seul la volumineuse correspondance que m'adressent mes lecteurs. Néanmoins, par exception, je ne veux point passer sous silence une lettre que j'ai reçue l'autre jour et qui m'a touché jusqu'au fond du cœur. Elle est admirable, cette lettre, et signée « la mère de Lili », par une pauvre femme qui vient de perdre une

petite fille de six ans, une enfant adorée. Ah!
combien je regrette, pour les motifs indiqués
plus haut, de ne pouvoir reproduire ici ces lignes
où brûle et palpite la pire de toutes les douleurs,
celle d'Hécube et de Niobé!

Du moins, je ne me sens pas la force de ré-
sister à la prière qui termine cette lettre.

« Si je vous écris tout ceci, monsieur, c'est
pour vous dire : consoler les affligés est une
œuvre de miséricorde. Vous trouverez, j'en suis
sûre, les paroles qui calmeront et apaiseront ma
douleur. Vous que j'aime à entendre, je vous en
prie, dites-moi ces mots qui m'aideront à me
résigner. Cela doit vous être égal de remettre à
une autre fois ce que vous comptiez nous dire à
tous dans *le Journal*. Faites un petit article pour
une mère qui a perdu son enfant. Ce sera une
bonne action. Il y a encore d'autres mères qui
pleurent aussi, comme moi, un ange envolé...
Et pardonnez-moi ce que j'ose vous demander,
sans vous connaître, sans aucun titre que celui-
ci : « Je souffre, et vos paroles me feront du
« bien... »

Hélas! pauvre femme, votre plainte me bou-
leverse l'âme. Mais vous me demandez l'impossible.

Il y a une vérité profonde dans ce beau vers de Lamartine :

Oublier, oublier ! c'est le secret de vivre.

Car telle est l'infirmité de la nature humaine que toute douleur morale, qui demeurerait à l'état aigu, serait mortelle ; et l'oubli est une loi fatale, mais bienfaisante. Cette loi, on ne peut pourtant pas l'invoquer devant une mère qui pleure son enfant. Lui dire que le coup qui vient de la frapper n'est pas irréparable, c'est l'outrager.

Ne lui montrez pas d'autres femmes, jadis accablées du même malheur, dont l'âpre et violent désespoir se transforma lentement en chagrin profond, mais plus calme, puis dont le chagrin devint peu à peu une supportable tristesse, et qui, maintenant, ne gardent plus, pour le petit être disparu, qu'un souvenir mélancolique. La mère en deuil a horreur de ces molles âmes où tout s'efface aussi facilement que les signes tracés avec le doigt sur une vitre, dans la buée d'une haleine. Dans son cœur à elle, l'image de son enfant est gravée, incrustée comme un nom sur le marbre d'un tombeau.

Ne parlez pas non plus à la désespérée de ses autres enfants. Quand elle les avait tous là,

ils étaient égaux dans sa tendresse; mais il lui
semble aujourd'hui que celui qu'elle n'a plus
était le mieux aimé. Et si, dans le lugubre logis,
elle pleure devant un berceau vide, n'essayez pas
de lui donner l'espérance qu'un autre nouveau-né
pourrait y dormir un jour, qu'un autre enfant
pourrait venir, « revenir » plutôt, et que cet enfant, comme dans l'adorable fiction du poète,
serait le cher mort ressuscité et lui murmurerait
à l'oreille : « C'est moi, ne le dis pas. »

La mère douloureuse repousse toutes ces chimères avec amertume. Les paroles de douceur
qu'on lui adresse timidement sont pareilles à ces
éclaircies de ciel pur et de chaud soleil, qui, dans
les pluvieux étés, ne font qu'amonceler des nuées
plus sombres et préparer de pires orages. Comme
Rachel dans la Bible, elle ne veut pas être consolée. Chaque heure de sa vie, lourde comme
un coup de marteau, enfonce plus profondément
en elle le clou de sa douleur. Non, elle n'oubliera
pas, elle ne se résignera pas. Elle ne mourra pas
non plus. La mort, le repos lui seraient si délicieux! Non, elle est pleine de force et sent qu'elle
vivra longtemps encore pour pleurer et pour
souffrir.

Vous voyez, mère de Lili, que je mesure toute

l'étendue de votre douleur. Mais — j'avoue mon impuissance — je n'ai pas d'opium moral pour l'engourdir.

Il en existe un, cependant, un seul, l'espoir en une autre vie, en un monde supérieur où l'on n'assistera plus à cette négation de la justice, car la mort d'un enfant dans les bras de sa mère, c'est la condamnation de l'innocence sous la forme la plus pure et la torture infligée à l'amour dans ce qu'il a de plus sublime. Oui, il existe, ce népenthès qui fait oublier tous les chagrins; il existe, à l'état de foi chez un grand nombre, à l'état de rêve persistant chez presque tous.

Félicitez-vous, maintenant, vous qui prétendez détruire toutes les croyances surnaturelles et tous les espoirs infinis, félicitez-vous et soyez fiers de votre œuvre. Il existe encore, ce remède à tous les maux, cet espoir en une existence meilleure; il pourrait calmer le supplice de la mère de Lili. Soyez satisfaits, esprits forts. La malheureuse femme n'y a même pas songé.

Je viens de relire sa lettre, j'y devine son caractère. C'est évidemment une créature très douce. Elle se plaint; mais, en elle, nulle trace de colère contre la destinée, de révolte contre le Dieu cruel qui permet la mort des petits enfants. Elle est courageuse, elle se résigne, elle accepte sa souffrance. Elle sait qu'elle doit vivre pour le pauvre père dont elle sent, à ses côtés, la douleur silencieuse; pour les deux enfants qui lui restent, mais dont les caresses ne la consolent pas. Pourtant, tel est notre temps. Cette femme de devoir et de bonté, cette tendre mère s'est trouvée, un jour, face à face avec la Mort sous l'apparence de son enfant adorée, et elle n'a pas un instant pensé à la vie éternelle. Au fond de l'étroit cercueil, elle a baisé pour la dernière fois le front de sa petite fille, immobile et glacé parmi les fleurs, et elle a cru, sincèrement, que c'était fini pour toujours.

N'est-ce pas que c'est extraordinaire ?

Oh! ne prenez pas ces paroles pour un re-proche, pauvre mère de Lili. Je n'ai le droit d'en faire à personne, et, moi qui ose prononcer de-vant vous les mots de foi et d'espérance, je ne suis chrétien que de cœur, spiritualiste que de sentiment. Mais, au nom de la pitié que m'ins-pire le cœur sanglant et déchiré que vous me montrez avec tant de confiance naïve, je vous le dis. Le bonheur et la justice n'existent pas et n'existeront jamais dans un monde où les enfants meurent sans autre raison que de mettre les mères au désespoir, et c'est ailleurs qu'il vous faut chercher une consolation.

Ailleurs! Je ne sais où! Mais là peut-être où est, à présent, celle que, par instinct maternel, vous appelez votre ange. Est-elle un ange? Non. Les anges possèdent, dit-on, le bonheur absolu, et vous ne sauriez imaginer votre petite Lili parfaitement heureuse loin de vous. Supposez plutôt qu'elle vous attend, mais sans souffrir de la séparation, plongée, par exemple, dans un calme et doux sommeil d'où votre baiser aura seul le pouvoir de la tirer un jour.

Oui, un poète peut faire ce rêve idéal. La mort ne serait qu'un exil; et les mères en deuil, les mères crucifiées de douleur auraient, plus tard, cette compensation de retrouver leur enfant tel qu'il était quand elles l'ont perdu. On le leur rendrait pour toujours. Quelle étreinte! Et ce serait la récompense de tant de souvenirs pieusement gardés, de tant de larmes répandues sur des tombes fidèlement fleuries!

Oh! quelle douceur, quel rafraîchissement pour vous, pauvre femme, d'oublier les iniquités de la vie d'en bas, d'espérer en un Juge réparateur par qui votre enfant doit vous être rendue et de penser à votre chère petite, comme si elle

n'était pas morte! Ces pensées-là s'appellent des
prières. Priez ainsi! Toutes les prières sont bonnes,
car toutes elles partent du cœur et montent dans
l'infini. Dites celles que votre mère vous fit apprendre jadis; dites-les dans une église pareille à
celle où l'on vous menait quand vous étiez petite. Adressez-les au mystère qui vous environne,
et qui est Dieu! Qu'elles s'envolent à travers
l'immensité du firmament constellé, et qu'elles
aillent, vos prières maternelles, bercer, plus doucement qu'un chant de nourrice, le sommeil de
votre Lili bien-aimée dans une de ces innombrables étoiles!

6 décembre 1894.

Fétichisme

C'EST un tic, chez moi, si vous voulez, mais, de temps en temps, j'éprouve le besoin de parler du Grand Napoléon. Je ne désire pas, pour cela, croyez-le bien, voir recommencer les guerres de l'Empire. Non, mais que voulez-vous? Le souvenir de cette glorieuse époque me console un peu de l'histoire contemporaine. Plus nous allons, moins je les trouve brillantes, nos annales. Je ne sais dans quel esprit seront rédigés les futurs manuels du baccalauréat. Cependant, quand on y rencontrera, par exemple, après la chute de Grévy et le trafic du ruban rouge, la question traditionnelle : « Qu'arriva-t-il ensuite ? » et qu'on verra défiler les scandales du Panama, les crimes anarchistes, l'assassinat de Carnot, et, plus récemment, quelque menus épisodes de haute trahison et de chantage, — dites tout ce que vous voudrez, — on sera bien forcé de reconnaître que Marengo, Austerlitz, Iéna et Wagram sont des événements plus présentables et dont les noms sonnent moins désagréablement aux oreilles françaises.

Nous sommes, je le sais bien, au pays des girouettes. Tenez. On m'assure que, l'autre jour, au Chat-Noir, les plaisanteries contre les politiciens ont été froidement accueillies. Grand Dieu ! Reviendrions-nous au respect de ce joli monde ? Et qui sait si, maintenant, les héroïques silhouettes de Caran d'Ache retrouveraient leur ancien succès ?

Qu'on me permette, du moins, de rester fidèle à l'Épopée. Une victoire électorale — si j'en crois les derniers échos de la cour d'assises de Toulouse, cela ressemble beaucoup à une partie de bonneteau — me paraîtra toujours très inférieure à une journée comme celle de Montenotte ou des Pyramides. C'est même un écœurement pour moi d'entendre constamment appliquer des métaphores guerrières aux petits hommes et aux basses œuvres de la politique. La « discipline républicaine », les « soldats de la démocratie », les « vétérans de nos luttes », etc., quels clichés nauséabonds !

La vérité, voyez-vous, c'est qu'il y a deux courages, bien distincts. Le premier, le courage militaire, est suffisamment connu. Il consiste à empoigner le drapeau de la 32e demi-brigade, et à s'élancer sur le pont d'Arcole à la tête des grenadiers, à travers une grêle horizontale de balles et de mitraille. Le second, le courage parlementaire, se manifeste tout différemment. On en fait preuve, par exemple, en montrant le poing à ce pauvre zéro sans chiffre de Boulanger, et en l'accusant de concussion pour quelques malheureux cigares, alors qu'on figure secrètement soi-même sur la liste des 104 et qu'on a bel et bien bu et digéré depuis longtemps, comme les « camaros », son petit pot-de-vin.

Le langage populaire désigne ces deux sortes d'intrépidité par deux locutions spéciales ; et cette phrase : « Il n'a pas froid aux yeux », ne signifie pas précisément la même chose que : « Il a un rude toupet ». Or, nous sommes tellement démoralisés que nous en arrivons à ne plus sentir cette nuance. Combien de fois, devant un coquin qui se carre dans sa mauvaise réputation et porte beau sous l'infamie, n'avez-vous pas entendu dire : « Il est crâne... Il a de l'estomac... »? Excusez un esprit arriéré. Je n'admire point les cyniques. Vous me demandez pourquoi je reviens volontiers aux gloires du Premier Empire? C'est pour oublier tant d'impudents triomphes que nous avons sous les yeux.

A bas les effrontés! Vivent les braves!

Il paraît, du reste, que nous sommes assez nombreux à penser de même et à nous rappeler, avec un regret nostalgique, l'Épopée impériale; car les livres continuent à se multiplier qui l'évoquent en l'exaltant. En voici deux que je vous signale tout d'abord, un roman et un drame. Dans *l'Enfant perdu*, M. Gustave Toudouze nous offre, sous la forme d'un entraînant récit, quelques épisodes très pathétiques de la Campagne de France; et le grand drame historique de M. Édouard Noël, *les Cent Jours,* nous montre une fois de plus, en une fresque largement brossée, le prodigieux retour du météore napoléonien, surgissant des flots bleus du golfe Juan, enflammant une dernière fois le ciel de France, et retombant, pour s'y éteindre, dans la plaine sanglante de Waterloo.

J'ai savouré ces deux lectures — vous n'en doutez pas — avec les sentiments d'un grognard de la Vieille Garde, d'un brigand de la Loire. Mais c'est surtout le livre de M. Armand Dayot, *Napoléon raconté par l'image,* qui a fait se hérisser de satisfaction le bonnet à poils que j'ai dans le cœur.

Cet ouvrage, comme son titre l'indique, est un recueil, accompagné d'un texte excellent, de ce qu'on peut choisir de plus remarquable, d'essentiel, dans l'énorme iconographie napoléonienne. Je résisterai au plaisir de feuilleter avec vous cet in-quarto de cinq cents pages, criblé de gravures. Car je me connais. J'éprouverais devant les David, les Gros, les Raffet, les Meissonier, de si violents transports d'enthousiasme, et je serais empoigné, en présence des abjectes caricatures datant de la Restauration, par de telles colères épileptiformes, que cet article atteindrait des dimensions démesurées et que le metteur en pages du *Journal* ne saurait plus où loger les annonces et le cours de la Bourse.

Arrêtons-nous seulement, s'il vous plaît, au curieux chapitre où M. Armand Dayot énumère les objets usuels qui ont revêtu la forme plus ou moins reconnaissable de Napoléon. Ils sont innombrables. Napoléon a été bouteille, pichet à cidre, encrier, enseigne de boutique, chandelier, flacon à odeurs, pot à tabac, pendule, moule à gaufres, blouse de billard, embrasse de rideau, assiette, plaque de cheminée, pincettes, etc. Il y a des Napoléon-porte-montre, des Napoléon-son-nette, des Napoléon-tournebroche, des Napoléon-cure-pipe, des Napoléon-veilleuse, des Napoléon-thermomètre, etc., etc.

C'est avec une sorte de stupéfaction que j'ai parcouru ces listes interminables, que j'ai consi-déré les estampes où sont représentés les spéci-mens les plus bizarres des objets en question.

Dieu sait si j'admire l'Empereur! Je suis pour-tant forcé de convenir que ces singuliers symboles — je ne dirai pas de sa gloire, mais du culte que lui vouèrent la plupart de ses contemporains — ont quelque chose de déconcertant et inspirent d'assez tristes réflexions sur la raison humaine. Il y a ici, positivement, du fétichisme. L'officier en demi-solde qui ne pouvait fumer que dans une pipe offrant le profil de son César, le vétéran de la Grande Armée qui ne prenait sa prise que dans une tabatière ressemblant au Petit Chapeau, étaient, dans toute la force du terme, des ido-lâtres.

Et ne faisons pas les malins; ne nous hâtons pas de déclarer que nous sommes désormais incapables de pareils enfantillages. Allez, l'homme est toujours le même, et rien de tout cela n'est fini. J'ai vu, quand j'étais petit, des chenets surmontés d'un double buste de Béranger, que de naïfs admirateurs plaçaient dans leur cheminée, ainsi que des dieux pénates. La religion des fourneaux de pipe est surtout digne d'attention. Dans ma jeunesse, les ennemis du second Empire ne culottaient que des images séditieuses. On a fumé tour à tour alors dans des Barbès, dans des Raspail, dans des Garibaldi, dans des Victor Hugo, dans des Rochefort.

Plus récemment, nous avons encore vu s'installer, pour peu de temps, il est vrai, quelques dieux inférieurs. Supposez notre civilisation détruite, tout entière et depuis longtemps, par un cataclysme. Mais voici qu'on retrouve un flacon de la liqueur du Bon Patriote représentant M. Thiers, un bout de brûle-gueule orné de la puissante face de Gambetta. On les prendra, n'en doutez pas, pour des divinités; on cherchera le sens mystérieux de leurs attributs, des lunettes du petit homme, de l'œil trop saillant du gros tribun.

Insensés qui rêvez une popularité durable, ne demandez pas qu'on vous érige des statues; on les déboulonne. Souhaitez plutôt de vous survivre en tête de pipe ou en bouteille d'apéritif.

L'été dernier, passant devant un cabaret de village, j'ai vu, dans la vitrine, un vieux flacon oublié, couvert de poussière, lamentable, dont la forme rappelait vaguement le « brav' général ». L'étiquette, rongée de poussière, souillée par les mouches, portait cette inscription mélancolique : « Guignolet Boulanger ».

Il fut aussi, celui-là, — et c'était hier, — un fétiche, un dieu lare. Et même, on ne sait pas bien encore au juste pourquoi. Dans un bourg perdu de la Basse-Normandie, j'ai trouvé, naguère, son portrait. Un chromo! Peinturluré, encadré, superbe! Cela valait au moins trente sous, et j'étais dans la chaumière d'un très pauvre paysan. Et, comme je l'interrogeais sur l'objet de son culte : « Oh! celui-là, me répondit-il, c'est lui qui chassera les Prussiens, à qui Jules Ferry nous a vendus. »

Eh bien! franchement, fétichisme pour fétichisme, j'aime mieux celui du Grand Empereur, de celui que Barrès appelle, par une expression si forte, le plus grand « professeur d'énergie » du monde. Chez Napoléon, au moins, il y a vraiment du héros, du demi-dieu. D'ailleurs, je ne m'en cache pas, il fait partie de ma mythologie personnelle.

En fermant le magnifique recueil de M. Armand Dayot, je me répète donc que l'homme est un animal religieux, j'ajouterai même superstitieux et idolâtre. Toutes les sonneries de téléphone n'y changeront rien. Ce cycliste qui passe, très moderne sous sa casquette de jockey, a le cerveau construit de la même façon qu'un Assyrien de la nuit des temps, adorateur d'un taureau à face humaine et coiffé d'une mitre. Franc-maçon, mon ami, tu as bien tort de hausser les épaules en voyant cette dévote glisser sous sa guimpe un scapulaire où flamboie le Sacré Cœur de Jésus; car, l'autre jour, on m'a montré une image anarchiste à la gloire du Christ Ravachol.

19 décembre 1894.

Un Anarchiste

UN jeune rédacteur de *la Cocarde,* M. Max Buhr, est venu, l'autre jour, me prier de demander, la plume à la main, la libération conditionnelle de Jean Grave, condamné à deux ans de prison pour son livre, *la Société mourante et l'Anarchie.* L'écrivain a déjà subi plus de la moitié de sa peine et, si on lui faisait grâce du reste, il n'obtiendrait qu'une faveur médiocre et qui est d'usage, paraît-il, en matière de délits de presse.

La démarche, je l'avoue, m'a d'abord un peu surprise. Quelle singulière idée de s'adresser à moi,

espèce de socialiste sentimental, un peu sceptique, pas mal réactionnaire au fond, partisan du
bon Dieu et du drapeau, qui ne crois point du
tout que toutes les libertés soient bonnes, admi-
rateur passionné du Petit Caporal, mais qui m'ac-
commoderais très bien du roi d'Yvetot, et même
d'une tyrannie moins paternelle, pourvu qu'elle
fût bien française, et qui ai vingt fois en toutes
lettres exprimé mon horreur pour les crimes anarchistes et ma stupéfaction devant l'imbécillité
des théories qui les inspirent!

Mais voilà. On me sait bonhomme. Et puis, il
m'est arrivé de dire, avec une candeur dont s'é-
tonnent mes cinquante-deux ans, que, si je con-
sidérais comme des aliénés très dangereux ceux
qui veulent détruire la société de fond en comble,
elle ne m'apparaissait pas pour cela comme le
paradis sur terre. J'ai reculé de dégoût et de
pitié devant la tête coupée de Vaillant, dont la
tentative de massacre avait, en somme, avorté;
et j'ai trouvé que la justice, si bonne personne
pour les voleurs influents, avait eu, ce jour-là, la
main bien lourde.

Ce sont, je le crois, ces imprudences pourtant
anodines qui m'ont valu la visite de M. Max
Buhr.

Il ne m'a pas déplu, ce jeune homme. D'abord, il est gentil garçon, et sa physionomie sérieuse et douce m'a laissé une bonne impression. De plus, c'est un sentiment généreux et naïf qui l'a poussé à faire cette démarche, et je me reprocherais, toute réflexion faite, de la laisser sans résultat.

Causons donc un peu, non de Jean Grave, que je ne connais point, mais de son livre, que j'ai lu.

Je ne l'ai lu — cela va sans dire — que depuis qu'il est interdit, tant est vivace le désir du fruit défendu, qui me faisait cacher dans mon pupitre, jadis, quand j'étais petit employé, un exemplaire des *Propos de Labienus*. Ces fameux *Propos*, autant qu'il m'en souvienne, étaient d'une rhétorique assez inférieure. Pas plus que l'admirable et injuste lyrisme des *Châtiments* et que les ironies au vitriol de *la Lanterne*, ils n'ont, à mon humble avis, sérieusement contribué à renverser le second Empire, lequel ne succomba, au lendemain d'un plébiscite triomphal, que par la vertu de douze cent mille baïonnettes allemandes. Ne l'oublions jamais.

Si la forme actuelle du gouvernement doit un jour disparaître et faire place à un état — fatalement provisoire et même très court — de désordre et d'anarchie, ce ne sera — j'en ai grand'-

peur, hélas! — qu'à la suite d'une catastrophe
du même genre; et c'est faire beaucoup d'honneur à M. Jean Grave et à son livre de les tenir
pour si redoutables.

Franchement, ce n'est pas énorme, cette *Société mourante,* et vous n'y trouveriez rien de bien
nouveau. Les opinions très violentes que M. Grave
soutient en style lourd, mais avec énergie et lo-
gique, sur la propriété, sur la magistrature, sur
l'armée, en un mot sur tout ce qu'on est convenu
d'appeler les forces sociales, je les avais déjà lues
un peu partout et, par exemple, — mon Dieu!
oui, — dans les premières pages des *Pensées* de
Pascal. Pas plus que l'anarchiste, le grand chrétien de Port-Royal n'est respectueux pour les
« trognes armées », pour les « chats fourrés »,
pour les enfants qui se disputent la possession
d'un chien, etc.

Pascal ayant reconnu, comme vous et moi,
d'ailleurs, et comme M. Grave, que le monde est
mal fait, ne trouve pas d'autre ressource que de
s'abîmer en Dieu, et, en vérité, c'est une solution. Mais M. Jean Grave, à sa manière, est plus
optimiste; car il propose de tout démolir, espé-
rant que les choses iront mieux après. Notez qu'il
n'en est pas bien sûr; il l'avoue. « Détruisons

d'abord, nous dit-il à peu près. Ensuite, on verra. » Évidemment, c'est ici que l'auteur s'embarrasse. Son livre, vigoureux dans la première partie, toute d'agression et de satire, faiblit alors et s'écourte. C'est presque timidement que M. Grave nous offre, en guise de conclusion, les vieux paradoxes de ce fou de Jean-Jacques sur l'homme naturellement bon, seulement dépravé par les conventions sociales, et sur la nécessité d'un retour à la nature.

S'il n'y avait que cela dans *la Société mourante*, nous pousserions tous des cris de paon, n'est-il pas vrai? à la pensée que, pour cette philosophie vieille comme le monde et pour ces chimères archi-connues, un livre ait été détruit et l'auteur mis en prison. Par malheur, il y a autre chose, et, comme disent les bonnes gens, c'est là le *hic*. M. Jean Grave revendiquant avec fierté le titre d'anarchiste, il est bien forcé de donner son avis sur la légitimité de la propagande par le fait, c'est-à-dire — parlons en bon français — du vol et de l'assassinat.

Eh bien! sur ce point, qui est pourtant essentiel, M. Jean Grave fléchit de nouveau. Sans doute, il essaie bien de faire encore les gros yeux, déclare que les compagnons sont libres, qu'il n'a pas à juger leurs moyens d'action révolutionnaire. Mais, visiblement, le malheureux utopiste est au bout de son rouleau. Il n'a pas — et je l'en félicite — d'atroce dilettantisme; il n'admire pas le « beau geste ». Ici, je reconnais, dans Jean Grave, un personnage que nous rencontrons à chaque pas dans la société moderne, l'homme du peuple qui s'est instruit trop tard et sans méthode, qui s'est indigéré de lecture, bourré d'idées fausses ou mal comprises, qui s'enflamme alors d'enthousiasme pour une théorie, mais qui, quand cette théorie l'amène en présence du crime, s'arrête et sent protester en lui son fonds de jugement et de sensibilité.

La publication de *la Société mourante* est antérieure aux attentats anarchistes et je voudrais espérer qu'ils ont suggéré à son auteur quelques réflexions salutaires. Dans tous les cas, je suis persuadé que ce livre a dû paraître fade aux lanceurs de bombes et aux massacreurs d'innocents, en admettant qu'ils l'aient lu, et ils n'y ont certainement pas puisé leurs abominables résolutions. Il faut que M. Jean Grave en prenne son parti, il doit passer, dans l'avant-garde de l'anarchie, pour un idéologue inoffensif, je dirais presque un bourgeois.

Et, sincèrement, il n'est qu'un théoricien. Sa doctrine est absurde, selon moi, mais mon opinion importe peu; et je trouve tout à fait injuste qu'on le traite avec une rigueur exceptionnelle.

Oui ou non, la date du 14 Juillet a-t-elle été adoptée par la République pour célébrer la fête nationale? Alors, comment se fait-il qu'on embastille encore un homme pour avoir écrit un livre, comme sous le règne de Louis XV, le Bien-Aimé?

Je demande la mise en liberté de Jean Grave.

La bourgeoisie, issue de 1789, et, sous diverses étiquettes, toute-puissante depuis un siècle, devrait cependant faire un peu son examen de conscience et se demander si elle n'est pas responsable des poussées d'en bas qui la menacent et qui la jettent, depuis quelque temps surtout, dans l'épouvante et dans la réaction. Pour ma part, je considère la liberté absolue comme la plus décevante de toutes les chimères, et je crois que l'homme, sous peine de retomber dans l'état de barbarie, doit admettre le principe d'autorité. Mais le pouvoir n'est respectable que s'il s'exerce dans un ferme et constant esprit d'humanité, de fraternité, de justice. C'est pour avoir méconnu ce devoir que tant de gouvernements ont été

brisés tour à tour et que la démocratie actuelle
est si misérable et si troublée. Car quel homme
de bonne foi oserait soutenir que les classiques
balances de Thémis sont égales pour tous, et
qu'un sacrifice sérieux, un seul, a été tenté en faveur des déshérités? Sachant que, depuis longtemps déjà, le peuple ne lève plus les yeux vers
un ciel d'où s'est, hélas! envolée l'espérance, on
l'a endormi tant qu'on a pu par des rêves et des
promesses. Mais voici qu'il se réveille et qu'il promène un regard effrayant sur les iniquités qui
l'entourent.

En vérité, l'heure est formidable. Est-ce en cachant un malheureux livre, en tenant captif un
rêveur, qu'on se flatte de rendre le calme et la
résignation aux désespérés?

Nos puissants du jour feraient peut-être mieux
de la lire, cette *Société mourante* de Jean Grave.
Elle leur serait un avertissement. Car, dans ces
pages que, par tempérament, par éducation, je
jugeais tout à l'heure trop sévèrement peut-être,
étincellent pourtant des vérités, non pas neuves,
mais éternelles, et qu'il est bon de rappeler sans
cesse aux privilégiés de ce monde.

Jean Grave — moins que ce terrible et infatigable Drumont, mais à peu près pour les mêmes

causes — me fait penser à l'homme qui courait autour des murs de Jérusalem en criant : « Malheur sur la ville! » et son livre confus et chaotique est traversé par des éclairs de prophétie.

On n'étouffe pas ces voix-là. Vainement Hérode-Antipas avait fait descendre Jean-Baptiste dans un cul de basse-fosse. On entendait toujours monter la voix menaçante du Mangeur de sauterelles.

En parcourant le livre de Jean Grave, comme en lisant certains articles d'Édouard Drumont, il me semble que le Précurseur est encore au fond de son puits, et que sa malédiction monte vers tous les égoïstes, vers tous les jouisseurs, vers tous les hommes d'argent, vers tous les politiciens pleins de phrases et de mensonges.

« Malheur à vous, Pharisiens et Saducéens, race de vipères, outres gonflées, cymbales retentissantes! »

20 décembre 1894.

Un Traître

'ÉTAIT donc vrai ?

Jusqu'au dernier moment, j'ai voulu douter de cette chose monstrueuse. Ce n'était pourtant guère possible. Comment pouvait-on croire que les chefs de l'armée eussent traduit devant un conseil de guerre, je ne dirai pas sur un simple soupçon, ni même sur des présomptions graves, mais sans une preuve accablante, positive, un officier français, en l'accusant d'un tel crime ? L'espérance que cet homme ne fût pas coupable était bien précaire, bien chétive,

certes. Néanmoins, je l'ai conservée jusqu'au bout,
car, dès qu'il a été seulement question de cette
abomination, un grand frisson m'a traversé le
cœur, et il m'a semblé que les couleurs du drapeau avaient pâli.

Mais maintenant, c'est fini. Le doute n'est plus
permis, malgré le huis clos diplomatique. Sept
intègres soldats, sept consciences inflexibles ont
prononcé le jugement; et le colonel-président,
à qui il a fallu, j'en suis sûr, un terrible courage
pour que le papier ne tremblât pas dans sa main,
ni l'aigrette sur sa tête, a lu la sentence.

C'est épouvantable, mais c'est ainsi. Un officier d'élite, un capitaine des armes savantes,
admis dans le conseil secret de la défense nationale, a livré nos plans à l'ennemi.

Ce monstre existe.

En vérité, l'on éprouve, à cette révélation, un
étourdissement d'horreur.

On avait dit à ce jeune homme : « Des ban-
dits sont là qui veulent violer ta mère; mais la
demeure est fermée à triple tour, et tu veilleras
devant la porte. » Alors, proxénète effroyable, il
a pris l'empreinte de la porte, il a forgé une
clef. Puis il est allé trouver ceux qui rôdaient autour de la maison de famille, il leur a donné cette

clef, et il leur a dit : « Ma mère ne se doute de rien, elle dort... Entrez et faites. »

Une telle action stupéfie encore plus qu'elle n'épouvante. Oui, je sais bien, l'argent, l'ignoble argent ! Oui, les cent mille francs, tendus à Deutz au bout d'une paire de pincettes par le ministre à qui le hideux juif livrait la duchesse de Berry ! Oui, les trente deniers de l'Iscariote ! Mais ce Dreyfus, ce n'était pas son maître, ce n'était pas sa bienfaitrice qu'il trahissait. C'était sa mère, vous dis-je, sa propre mère ! N'existes-tu donc pas, justice divine ? La main de ce scélérat n'a pas pris feu au contact de l'or qu'on y versait !

Depuis plus de vingt ans, les femmes de France sont tristes, et leur joie maternelle, quand il leur naît un fils, est empoisonnée. Elles se disent que cet enfant qu'elles nourrissent de leur lait, qu'elles veillent quand il est malade, qu'elles ont tant de peine à élever, la Patrie le leur prendra, dès qu'il sera un homme, et que, presque toute sa vie, jusqu'aux approches de la vieillesse, il devra se tenir prêt à s'élancer, sur un signal, à la bouche enflammée des canons. O sombre époque de barbarie à peine masquée, où toutes les mères sont si douloureusement pensives auprès des berceaux !

Mais cette guerre future, du moins s'y prépare-t-on avec une patience acharnée, dans un profond mystère ; et chacun donne son or, sans un regret, sans une plainte, comme chacun, quand il le faudra, donnera son sang. Et il y a des secrets militaires, des signes soigneusement cachés, des mots murmurés tout bas entre un très petit nombre de chefs ; et de tout cela dépendent la vie et la liberté de la nation, la résistance aux envahisseurs, la délicieuse espérance de la victoire !

C'est donc vrai ! Il s'est trouvé un homme, un Français — et un Français d'Alsace ! — qui a collé son oreille aux portes pour écouter ces mots mystérieux, qui a forcé des tiroirs pour lire les papiers sans prix ; et c'était un des gardiens à qui la Patrie avait confié son secret, et qui le lui a dérobé, pareil à un prêtre qui briserait le tabernacle pour y voler le ciboire plein d'hosties ! Il a porté ces choses sacrées chez l'ennemi et les a troquées contre des sacs d'écus ! Et demain, si son crime était resté inconnu et si les trompettes de guerrre avaient brusquement sonné, notre armée, deux millions d'hommes, allait vers un guet-apens ! Et c'est par centaines de mille que cet infâme aurait compté ses assassinats !

Ah ! qu'on nous montre donc l'immonde face

du traître, que nous crachions tous dessus l'un après l'autre !

Je devine votre honnête indignation, braves gens du Conseil de guerre, quand vous avez jeté loin de vous ce Code où la mort n'est pas inscrite pour punir un pareil forfait. Mais non, il vaut mieux peut-être que ce misérable vive. Il y a des cachots où les pierres lui crieront qu'elles sont moins dures que son cœur ; il y a des bagnes où les voleurs et les meurtriers se détourneront de dégoût sur son passage et se le montreront avec horreur, en murmurant : « C'est lui ! ».   .

.   .   .   .

Mais calmons notre fureur. Consolons-nous en songeant qu'un tel monstre n'était pas né depuis Judas, et que cet être abject ne peut plus nuire, et que son crime fut imbécile et vain.

Et vous, bien-aimés soldats de France, soyez consolés dans vos tristesses. Car, devant l'immense émotion dont a tressailli le pays tout entier à la pensée qu'on vous trahissait, vous avez mieux senti combien vous étiez son amour et son espérance. Non, vous ne serez pas troublés dans votre auguste devoir. Non, il n'est pas vrai — jurez-le ! — que vos cœurs vont défaillir et vos résolutions se décourager.

Chers enfants de la Patrie, voyez toutes les gloires du passé vous rassurer sur l'avenir. Accourez de tous les points du ciel, victoires aux ailes d'or ! Surgissez, héroïques ancêtres ! Guerriers chevelus de Tolbiac, géants de fer de Bouvines et de Marignan, gentilshommes en dentelles de Fontenoy, Mayençais en guenilles, impassibles grenadiers d'Eylau, chasseurs de Sidi-Brahim, zouaves de Malakoff et de Magenta ! Flottez sur nos fronts, drapeaux de notre admirable histoire, oriflamme de Saint Louis, bannière de Jeanne d'Arc, étendard fleurdelysé du Béarnais, loque tricolore des bataillons en sabots, aigles de l'Épopée ! Planez sur nos soldats, bénissez-les, exaltez-les ! Et si l'acte monstrueux — mais unique — de ce scélérat a fait une tache au drapeau, qu'elle soit aussitôt lavée par leurs larmes d'enthousiasme et d'amour pour la France !

23 décembre 1894.

Le Chat de l'Odéon

COMME voici mon dernier article pour 1894, je commence par vous la souhaiter « bonne et heureuse », selon l'antique formule. Que l'an prochain vous soit clément, lecteurs et lectrices du *Journal,* et à moi aussi. Je vous souhaite, bien entendu, des jours filés d'or et de soie et je ne vous demande en échange que vos vœux pour ma santé, toujours chétive. Car, dans ce moment-ci, j'ai besoin de toute mon activité afin de diriger les études de mon drame, *Pour la Couronne,* dont la première représentation aura lieu dans le courant du mois de janvier prochain.

Ce drame, en cinq actes et — circonstance aggravante — en vers de douze syllabes, fut écrit par votre serviteur, il y aura bientôt huit ans. Tenez-vous beaucoup à ce que je vous raconte pourquoi ce manuscrit est si longtemps resté dans son carton, cet « ours » dans sa caverne? Veuillez m'en dispenser. Si je vous disais que tous les théâtres de Paris se le disputaient et que je n'ai été arrêté que par l'embarras du choix, vous ne me croiriez pas plus que vous n'ajoutez foi — je l'espère, du moins — aux promesses des hommes politiques. D'un autre côté, vous trouveriez sans doute inélégant que je me plaignisse et que je récriminasse. Hein! Avec quelle facilité je manie l'imparfait du subjonctif!

D'ailleurs, je n'ai pas la moindre envie de me plaindre et de récriminer. Tout au contraire. Je constate aujourd'hui combien est sage le proverbe: « Tout vient à point à qui sait attendre ». Jouée plus tôt et dans d'autres conditions, mon œuvre n'eût très probablement pas réuni le concours de bonnes volontés qui l'entoure, à l'heure qu'il est, dans le théâtre de mes débuts, dans mon cher et vieil Odéon.

En vérité, je suis, pour l'instant, le plus heureux des auteurs dramatiques. Directeurs, artistes, tous, jusqu'aux plus humbles auxiliaires de cette grosse affaire qu'est la mise en scène d'un drame en cinq actes, rivalisent d'effort, de zèle, de dévouement. Aussi, le caprice me vient de vous parler un peu de tout ce monde-là, ne serait-ce que pour exprimer la reconnaissance dont je suis pénétré.

Je vous présente d'abord Marck et Desbeaux, les deux Émile. Directeurs de l'Age d'Or! Non seulement leur loyauté est parfaite et, quand ils vous ont dit oui, c'est oui, chose extrêmement rare au théâtre, où tout est un peu faux, même l'heure qu'il est, puisque, quand votre bulletin de répétition indique midi, cela signifie midi un quart, — non seulement, dis-je, Marck et Desbeaux sont les plus braves gens du monde, mais ils possèdent de plus cette vertu, — presque introuvable chez les entrepreneurs de spectacles, — la confiance.

Je sais bien que c'est un métier de joueur et qu'un impresario qui monte une pièce éprouve à peu près les sensations d'un clubman qui prend la main au baccara. Mais, en général, ces messieurs n'ont pas d'*estomac*. Tel ouvrage, reçu naguère avec enthousiasme, leur paraît, tout à coup, très douteux et plein de périls. Ils ont l'air de se dire : « Faut-il tirer à cinq ? » Alors ils demandent des changements à l'auteur déconcerté, prétendent bouleverser l'œuvre où le pauvre homme a fait de son mieux, ont des inspirations, des coups de génie, souvent désastreux. En vérité, ce sont les personnes de l'humeur la plus inégale, de l'esprit le plus changeant. Presque tous sont superstitieux. A l'un d'eux, qui me demandait un jour, le front soucieux, pendant le travail de préparation d'une de mes pièces : « Ferons-nous de l'argent ? » j'ai conseillé, sans rire, de consulter une somnambule ; et je crois bien qu'il y est allé.

Tout autres sont Marck et Desbeaux. Ils savent bien, parbleu ! qu'il y a de bonnes pièces qui tombent et de médiocres qui réussissent ; mais ils ont trop d'intelligence et de raison pour chercher à prévoir ou à corriger le hasard. Ils ont reçu une pièce. Tout est dit. Ils y mettent tous leurs soins, font ce qu'ils peuvent pour qu'elle se présente devant le public le plus avantageusement possible, et cela avec un touchant respect de la pensée de l'auteur et sans montrer jamais le moindre souci du résultat matériel.

Ah ! mon cher Marck, depuis quinze jours que

je suis assis à côté de vous dans le guignol de
l'Odéon et que je vous vois mettre mon drame
en scène si simplement, si rondement, sur le ton
du camarade, et avec tant de bon sens, de goût,
de décision et de clarté, vous me donnez un spectacle charmant, celui d'un directeur de théâtre
sans nerfs, communiquant sa vaillance à l'auteur
et aux interprètes, celui d'un serviteur de l'art
vraiment consciencieux et désintéressé.

Sous un pareil capitaine, — vous le devinez, —
c'est une joie d'obéir. Toute ma bande de comédiens, malgré ce travail si monotone, si pénible,
des premières répétitions, me réjouit l'âme par
sa belle humeur. Je ne parle pas seulement des
artistes expérimentés, ayant un long passé de
succès, comme Lambert et Mme Teissandier ; ni
des jeunes gens, comme Fénoux, Magnier et
Mlle Wanda de Boncza, qui représenteront — et
c'est toujours un vif plaisir pour moi de me fier à
la jeunesse — les personnages de première ligne
dans mon drame. Non, je parle de tous, même
des moins heureusement partagés, des très bons
acteurs, qui ont bien voulu accepter des rôles
fort au-dessous de leur mérite. En un mot, j'ai la
sensation que tout le monde est content, même
les machinistes et le garçon d'accessoires.

Moi-même, je présente le remarquable phénomène d'un auteur absolument enchanté, pas
grincheux une minute, faisant gaiement ses ob-
servations, — bien plus, — reconnaissant ses erreurs. Tenez, je me suis aperçu — le premier! —
qu'il y avait des longueurs dans mon quatrième
acte, et, *motu proprio,* j'ai coupé, çà et là, pas mal
de vers.

Convenez-en, des comédiens qui sont tous
satisfaits de leurs rôles, un poète qui sacrifie sans
regret ses alexandrins, voilà qui est extraordinaire
et bien fait pour inspirer confiance.

Pourtant — je dois le dire — un être animé,
un seul, qui se montre souvent aux répétitions de
Pour la Couronne, ne s'abandonne pas à l'entrain
général et garde une attitude pleine de réserve.

C'est le chat du théâtre.

On sait combien j'aime les chats, et la première fois que j'ai vu celui-ci, — un simple félin
de gouttière, à poil ras, de couleur neutre, mais
dodu et de bonne mine, — dès que je l'ai vu,
donc, sortir de la coulisse du second plan, —
côté jardin, — j'ai voulu lui présenter mes hommages. Mais c'est à peine s'il m'a permis, pendant
un moment, de lui gratter le dessus de la tête;
puis il s'est dégagé froidement, sans se frotter

contre ma jambe, sans m'honorer du moindre ronron, et j'ai compris que mes avances ne lui plaisaient qu'à moitié.

Ce n'est pas qu'il soit farouche; il semble plutôt sociable. Chaque jour, il traverse la scène, d'une allure majestueuse, nullement troublé par les cris et les gestes des comédiens. Souvent même, il s'installe sur son derrière, tournant le dos à la rampe, la queue arrondie le long du cuissot, et il daigne assister à quelques fragments de ma pièce. Mais il garde toujours un calme qui frise le dédain.

Rien ne l'émeut, ni les situations, ni les tirades sur lesquelles je fonde le plus d'espérances, ni les superbes efforts de mes interprètes. Il reste indifférent à l'admirable masque de Teissandier bouleversée par la passion, à la magnifique voix de Magnier, au jeu si pathétique de Fénoux, oui, même aux beaux yeux de Mlle de Boncza, à ces lacs de ténèbres où brillent des diamants et devant qui le voluptueux le plus assagi songe au Paradis musulman, au Ciel du Prophète. — Allons, je sais encore tourner un madrigal.

Je vous entends d'ici. Vous croyez me rassurer en me disant que ce chat appartient depuis longtemps à l'Odéon, qu'il possède à fond son réper-

toire, qu'il est las de voir larmoyer Iphigénie et
d'entendre Oreste accuser les destins, et que les
horreurs tragiques n'ont plus de secrets pour lui.
Soit, il n'en est pas moins vrai que son sang-froid
imperturbable et légèrement dégoûté m'est désagréable.

J'irai jusqu'au bout de ma confidence et je vous
avouerai que ce chat de l'Odéon symbolise pour
moi le public des « premières », si blasé, si rebelle
à l'émotion. Quelquefois, il replie ses pattes de
devant, se met en boule, baisse la tête et semble
dormir, absolument comme un critique influent
de ma connaissance; ou bien, il mouille une de
ses pattes avec sa langue et se bichonne le museau,
me rappelant alors les belles madames qui, à peine
assises dans leur loge, se saupoudrent de farine
et se beurrent les lèvres avec du rouge.

Quelles sont, d'ailleurs, les préférences littéraires de cet inquiétant animal? Il est peut-être
un chat du dernier bateau; que dis-je? du bateau
d'après-demain, fatigué déjà de la « pièce rosse »,
du cauchemar à la Mæterlinck, du drame scandi-
nave. Je me pose ces questions avec anxiété, et,
quand je songe que j'offre à ce chat flegmatique
un drame en vers, presque une tragédie, — c'est
plus fort que moi, — il me passe un petit frisson.

Mais chassons ces pensées sinistres. Je vous le répète. A l'Odéon, en ce moment, directeurs, comédiens, poète, tout le monde voit l'avenir en rose et fait des châteaux en Espagne. Ce pauvre minet n'est qu'un serviteur fidèle et casanier, ayant pour mission de répandre le carnage et l'effroi parmi les souris du troisième dessous, et je suis sûr que, demain, quand j'arriverai à la répétition, on me fera promettre de lui offrir un mou de veau tout entier, — le jour de la « centième ».

27 décembre 1894.

L'Habit vert

E soir de Saint-Sylvestre, mon cabinet de travail sent le camphre. C'est que demain, 1er janvier, je ferai partie du peloton d'habits verts chargé de présenter les hommages de l'Institut à M. le Président de la République; et la femme de chambre a eu la bonne précaution de faire prendre l'air à mon uniforme.

Elle en a posé, d'une main respectueuse, les différentes pièces sur le divan, où elles passeront la nuit et perdront, je l'espère, la forte odeur dont elles sont pénétrées.

Personnellement, j'aime assez le parfum du camphre. Dans ma prime jeunesse, Raspail le préconisait comme un remède à tous les maux, et j'ai, ainsi que tout le monde alors, sucé des tuyaux de plume d'oie. On attribue aussi à cette gomme aromatique la vertu de calmer les ardeurs amoureuses, et à ce point de vue, son usage ne m'est plus, hélas! indispensable. Néanmoins, l'odeur du camphre ne me déplaît pas; mais, par égard pour ceux de mes confrères à qui elle pourrait être désagréable, je tiens à ne revêtir demain que des vêtements tout à fait désinfectés.

Le voici donc, cet uniforme, objet de tant de convoitises et de tant de sarcasmes. Voici le bicorne à cocarde tricolore, qui, sans sa chicorée de plumes noires, rappellerait fâcheusement la coiffure des garçons de recette. Voici l'épée, le glaive inoffensif, dont la lame — c'est moi qui, jadis, eus l'imprudence de révéler ce détail à Alphonse Daudet—est creusée d'une rigole pour faciliter l'écoulement du sang. Voici surtout le fameux habit, tout brodé de palmes en soie verte.

A propos de ces palmes, je me suis laissé conter une petite histoire, que j'ai trouvée assez amusante.

Pendant de longues années, paraît-il, les dames

renoncèrent aux étoffes brodées à la main, et ce métier spécial fut à peu près complètement abandonné. Quand un membre de l'Institut, au lendemain de son élection, commandait joyeusement son uniforme, le tailleur avait toutes les peines du monde à découvrir une brodeuse en soie. Il n'existait plus dans Paris qu'un très petit nombre d'ouvrières, vieilles comme des Parques, qui fussent encore capables de faire éclore des lauriers verts sur du drap noir. Encore un peu de temps, et la profession de « brodeuse pour habits d'académiciens » serait devenue aussi chimérique que celle de « noircisseur de verres pour les jours d'éclipse » ou « de tourneur de bâtons pour maréchaux de France ». Heureusement, la mode changea. Depuis longtemps, les étoffes brodées sont rentrées en faveur auprès des élégantes; et je me plais à supposer que mon propre habit — vieux de dix ans déjà — fut orné par les doigts de fée d'une jolie grisette, qui roucoulait *la Chanson des blés d'or* en pensant à son petit homme.

Étendu sur le divan, basques et manches déployées, et faisant songer à quelque gigantesque perroquet qui va prendre son essor, mon habit réveille, au fond de ma mémoire, les plaisanteries irrespectueuses dont les jeunes tirailleurs de la

-Presse taquinent traditionnellement le confrère arrivé, le mandarin ayant obtenu son bouton de cristal et sa plume de paon. Loin de moi la pensée de leur en faire un crime, d'autant plus que, si je descendais dans ma conscience, je découvrirais certainement quelques gavrocheries du même genre.

Que voulez-vous ? On ne prévoit pas l'avenir, et je n'ai lu dans aucun livre qu'un gamin de Paris — je n'étais pas autre chose — se soit jamais écrié, à la façon de Sixte-Quint ou du Corrège : « Je serai académicien ! »

Comme tant d'autres, que dis-je ? comme plusieurs de mes confrères, j'ai dû jadis lancer quelques épigrammes contre l'habit à palmes ; et même, quand, pour me rendre à notre séance du jeudi, je passe dans la galerie des bustes, il me semble qu'il y en a quelques-uns — ce Royer-Collard engoncé dans sa cravate de doctrinaire, ce Viennet aux sourcils circonflexes — qui me regardent de travers et qui me reprochent ces péchés de jeunesse.

Cependant — je me hâte de le déclarer bien haut — il est très respectable, ce vieil habit de l'Institut. Ne le raillez pas, vous surtout, ô révolutionnaires ! car il date de l'époque que vous admirez comme l'aurore de la société moderne.

Dans sa fièvre d'organisation, la Convention fut prise d'une véritable folie pour les costumes et uniformes, et Louis David fut, comme on sait, chargé par elle de les composer tous. Deux seulement ont subsisté, celui de l'Institut, un peu modifié, et — faut-il le dire? — celui des Pompes funèbres, absolument intact.

Faites-y attention, la prochaine fois que vous assisterez à un grand enterrement. Le maître des cérémonies, qui paraît au seuil du logis mortuaire et appelle d'une voix pompeuse « messieurs les dignitaires porte-cordon », est vêtu du même ample manteau et de la même culotte courte que Gohier ou Larévellière-Lépeaux. Mettez les panaches du corbillard sur le chapeau du cocher, et vous obtenez la coiffure de Barras.

Quant à l'uniforme de l'Institut, il a subi des changements sensibles. Le bicorne, primitivement monstrueux, est réduit à présent à des proportions acceptables; l'habit n'a plus ses basques arrondies; et son col, jadis très haut et très rigide, n'engloutit plus le visage jusque par-dessus les oreilles. Enfin, la culotte et les bas de soie ont été remplacés par le pantalon, à la grande satisfaction de tous les mollets de coq.

Mais l'ensemble du costume et les ornements

imaginés par David sont restés les mêmes. La couleur aussi a été respectée, ce vert violent, tape-à-l'œil, ce vert Manet des broderies, qui — pardonnez-moi cet accès de coquetterie — ne va pas du tout aux bruns, mais qui sied, au contraire, fort bien aux cheveux blancs, ce qui explique peut-être le choix de cette couleur par l'artiste.

Enfin, tel que le voici, cet habit très illustre, je dois l'enfiler demain, tout de suite après le déjeuner et sans m'attarder au dessert; et bientôt après, il sera coudoyé, dans les salons de l'Élysée, par la graine d'épinards des généraux, l'hermine des magistrats, l'épitoge des professeurs, sans parler du frac des gentilshommes sans importance, comme, par exemple, les députés, simplement décorés d'une écharpe autour du ventre et d'un baromètre à la boutonnière. Avec tout un groupe d'autres habits de persil, il prendra le rang qui lui est assigné par le protocole et il aura enfin l'honneur de défiler devant le grand-cordon du Chef de l'État.

Voilà bien de la cérémonie, et, décidément, chez nous, les mœurs démocratiques ne font aucun progrès. A Berne, le premier citoyen de la Confédération touche vingt mille francs par an, — à peine de quoi rendre quelques dîners de politesse au corps diplomatique, — et va, tous les soirs, à la brasserie, fumer son cigare et boire sa chope. Je désespère de nous voir jamais adopter aucune réforme dans le sens de cette économie et de cette simplicité. Il nous faut du panache, et la vanité est notre défaut national. Surtout, au nom du ciel! ne comptons pas sur les révolutions pour nous en guérir. Je me rappelle les sinistres mascarades de la Commune. Quelle orgie de galons! Je n'ai jamais vu tant de colonels à la fois.

Le plus sage est encore de prendre notre pays comme il est, avec son respect de la tradition, son besoin de hiérarchie. Le décret de Messidor qui fixe, dans les dîners officiels, la place de tous les convives, depuis les gros bonnets, évêque, général, etc., jusqu'au plus humble fonctionnaire, est l'œuvre d'un législateur qui connaissait le fond et le tréfond de la sottise humaine. Le jour où l'on ne saurait plus au juste où mettre le couvert de l'inspecteur primaire et celui du conservateur des hypothèques, ces messieurs, au nom de la préséance, se jetteraient les assiettes à la tête et s'assommeraient à coups de carafe.

Au fond de tout homme civilisé, il y a un Caraïbe.

Ne méprisons donc pas l'étiquette; acceptonsen les bizarreries, les exigences, les corvées. Demain, je mettrai mon uniforme et j'occuperai ma place dans le *tchin*. Le membre de l'Institut a du moins cette fierté de ne coûter que très peu de chose au budget. Quinze cents francs d'indemnité, — et encore si l'académicien est exact et gagne ses jetons de présence, — ce n'est vraiment pas la peine d'en parler, n'est-ce pas? Et puis, malgré tout ce qu'on peut dire contre les académies, il n'en est pas moins certain que, si tous ceux qui ont le droit de porter le costume dessiné par David disparaissaient subitement, la France, aujourd'hui si grande encore par la science, par les arts, par les lettres, serait singulièrement amoindrie.

Allons, mon habit à palmes, tu n'es pas bien beau. Ta coupe est surannée, tes ornements sont de style « pompier », et la couleur en est peu harmonieuse. De plus, tu commences à te râper, et, ce soir, tu empestes le camphre. N'importe! Ceux qui te revêtent sont tous des hommes de pensée; sous tes broderies du côté gauche, peut battre un cœur indépendant, et, demain matin, je t'endosserai avec plaisir.

3 janvier 1895.

Les Parisiens de Paris

———

LE soir même du jour où paraîtront ces lignes, j'assisterai au banquet annuel de la Société des Parisiens de Paris, que j'aurai l'honneur de présider une dernière fois ; car, aux termes des statuts, je vais déposer le fardeau du pouvoir.

Il y a une quinzaine d'années qu'un groupe d'aimables gens nés dans ce pays dont les quatre points cardinaux sont Saint-Denis, Montrouge, Neuilly et Vincennes, fonda cette Société tout amicale et sans prétention. Pourquoi pas ? Les Pa-

risiens de race, les Parisiens pur sang sont tellement épars et disséminés dans leur propre ville
qu'ils ont senti le besoin d'une date et d'un lieu
de ralliement, où ils pussent se rencontrer, faire
connaissance, nouer des sympathies, se rendre
service au besoin.

Les provinciaux, venus à Paris pour jouer des
coudes dans la foule et y faire leur chemin, ont
des réunions semblables. Il y a *la Pomme* des
Normands, *la Soupe aux choux* des Auvergnats,
la Cigale des Méridionaux, bien d'autres encore.
N'avons-nous pas aussi, nous, les Parisiens, notre
pays natal, nos souvenirs d'enfance, nos traditions locales? Tout cela nous est très cher, et c'est
une grande douceur d'en parler entre nous.

Provençal, mon ami, une émotion t'envahit au
tutu-pampam du tambourinaire. Eh bien, nous,
c'est la trompette du marchand de robinets qui
nous fait battre le cœur. Habitué du dîner de
l'Est, tu ne peux pas trouver mauvais que nous
préférions l'odeur des pommes cuites de la frui-
tière à celle de ta choucroute. Breton de l'extrême-
Finistère, monte avec moi tout en haut du Père-
Lachaise ou sur la colline de Montmartre et dis-
moi, devant Paris qui fume et gronde à tes pieds,
si tu n'as pas ici, comme à la Pointe du Raz, en

face de l'Océan furieux, la poignante émotion
de l'abîme et de l'infini.

Notre banquet annuel, qui a toujours lieu le
deuxième jeudi de janvier, afin de coïncider, ou
à peu près, avec l'anniversaire de la naissance de
Molière, un Parisien immense, n'a — vous le
devinez — rien de gourmé ni de solennel. La
plupart des convives mettent la cravate blanche
et l'habit en queue de pie; mais cette grande
tenue n'est nullement obligatoire. Il n'est pas
interdit, au contraire, de parler haut et de rire
fort. Aussi, dès le potage, règne la gaieté la plus
bruyante, et, bien avant le champagne, on fait
des charges, on imite les vieux cris de nos rues.

Je sais un chef de division qui râle supérieurement: « V'là l'vitrier, » et nous possédons un
notaire honoraire qui n'a pas son pareil pour
glousser: « La moule au caillou. » Car au fond
de tout Parisien dort un gavroche. Il se réveille,
à notre banquet. Tel artiste à barbe blanche, tel
gros fonctionnaire à crâne d'ivoire redeviennent
les gamins qu'ils furent jadis, quand ils jouaient
au chat perché sur les bancs des Tuileries ou lorsqu'ils enlevaient un cerf-volant sur les « fortifs ».

Entre nous, tout ce monde-là ne constitue pas
toujours un public bien commode. Ils sont un

peu gouailleurs, les « pays », — car nous nous disons : « Mon cher pays, » ce qui est gentil, n'est-ce pas ? — Il faut se méfier, à l'heure des speechs. Orateurs du dîner des Parisiens, prenez garde aux phrases pompeuses et au style filandreux. Je vous conseille l'éloquence pédestre. Sans cela, vous pourriez très bien être interrompus par un « Chand de parapluies » ou par un « Hareng qui glace ».

Pour le prochain banquet, du moins, je suis bien tranquille. Notre président d'honneur, celui de qui nous attendons un bout d'allocution, sera Léon Cléry, un maître du barreau, et je sais combien il a la parole aimable et le tour familier. Ce n'est pas la première fois que je le vois se lever au dessert en posant sa serviette sur la table, et je suis sûr qu'il va nous offrir un compliment plein de bonne humeur et de grâce. Peut-être en relèvera-t-il la sauce par les fines herbes de l'ironie, avec même une gousse de malice. C'est un peu son habitude. Mais nous aimons la plaisanterie piquante, et, pour le goût du sel, Paris a hérité d'Athènes. Arrêtez plutôt cet apprenti qui passe, tenant à la main son cornet de pommes de terre frites, et voyez. Il a exigé que la marchande secouât consciencieusement la salière et poudrât à frimas les « frites » blondes.

Donc, Cléry ne m'inquiète pas. Mais, moi, pour mes adieux au fauteuil présidentiel, n'est-il pas convenable que je leur pousse aussi mon petit *laïus,* à mes chers « pays » ? Que pourrais-je bien leur raconter ? C'est que je n'ai guère le temps de préparer mon discours, absorbé que je suis par les répétitions de *Pour la Couronne.*

Eh ! parbleu ! je leur en parlerai. Ils adorent le théâtre, les Parisiens. Ils ont tous un peu l'âme de ce titi, fidèle abonné du poulailler de l'Ambigu, qui, brûlant d'amour pour la jeune première, lui adressait une déclaration terminée en ces termes : « Du reste, mademoiselle, vous me reconnaîtrez facilement. Mes jambes pendront. »

Bien entendu, je n'aurai pas le mauvais goût de leur parler de ma pièce et de les « raser » de littérature, les pauvres gens. Nous allons au banquet des Parisiens de Paris pour nous amuser. Non, c'est de la cuisine de théâtre, c'est du monde pittoresque et mystérieux des coulisses que je compte les entretenir. Tenez, je leur dirai, par exemple, tout le mal que nous nous sommes donné ces jours-ci, Marck et moi, pour faire manœuvrer nos comparses. Oh ! je ne me plains pas des figurants de l'Odéon. Ils sont très bien. J'ai remarqué surtout un certain Alexandre, le chef

du peloton, côté jardin, qui crie : « A mort ! »
en montrant le poing à Fénoux, avec une ardeur
et une conviction telles qu'il me fait songer à la
Jacquerie, à la Terreur, aux plus mauvais jours
de notre histoire.

Par malheur, tous n'ont pas ce mérite. Et puis,
il y a le physique, la tenue, qui laissent souvent
à désirer. Oui, je conviens que les auteurs sont
exigeants. C'est facile comme tout d'écrire sur
du papier : « Le roi entre par la porte du fond,
suivi d'une magnifique escorte. » Mais trouvez-
moi donc la « magnifique escorte » à trente sous
par physionomie !

Nous avons, je le répète, à l'Odéon, des éléments excellents, un ébéniste sans ouvrage, notamment, qui vous a une tournure à monter dans
les carrosses du roi, et aussi un relieur, qui manque
un peu de taille, mais à qui vous n'auriez qu'à
planter une croix de Saint-Jacques de Calatrava
sur son manteau et un feutre à panache sur la
tête pour qu'il eût l'air d'un grand d'Espagne de
première classe. Seulement, ces sujets-là, dame !
on les compte.

Je me suis bien laissé dire qu'autrefois il y
avait des comparses amateurs, — parfaitement !
— des jeunes gens du meilleur monde, des fils

de famille, qui « figuraient » par goût, par passion du théâtre, — que sais-je? — pour voir de
près les actrices!!! Hélas! la jeunesse contemporaine n'a plus d'enthousiasme, plus d'idéal! Elle
ne fume plus, fait de l'hygiène et ne se passionne
que pour le cyclisme. Où trouver maintenant des
figurants de bonne volonté?

Mais j'y songe... Quelle inspiration! C'est
plein d'hommes superbes, la Société des Parisiens de Paris. Ah! s'ils consentaient à rendre ce
service à leur président? Je n'aurais que l'embarras du choix. Pour les deux diacres à longue
barbe qui accompagnent Lambert en évêque, je
vois d'ici un sculpteur et un ingénieur hydro-
graphe qui feraient joliment mon affaire. Et des
seigneurs! J'en aurais tant que je voudrais, des
seigneurs! Le bel avoué qui ressemble à Mounet-
Sully; le commissaire-priseur frisé au petit fer,
avec une tête dans le genre de Lucius Verus;
l'entrepreneur qui a une moustache à la Van
Dyck; le juge de paix... Non, pas assez beau pour
représenter un seigneur, le juge de paix. C'est
une figure de second plan. Il est tout au plus
bon pour faire un « peuple ».

Allez, je vous entends, mes chers « pays ».
Vous dites : « Le président blague. » Eh bien,

pas tant que vous croyez. Si j'étais un poète du
Midi, j'aurais, pour figurer dans mon drame, les
plus beaux Cigaliers et les plus jolis Félibres.

Parlons sérieusement. Je suis persuadé que
mes « pays » ont de l'affection pour moi, car ils
me l'ont témoigné dans plus d'une occasion et
sous la forme la plus flatteuse. S'ils pouvaient
assister à la première de *Pour la Couronne,* le chef
de claque n'aurait qu'à se croiser les bras et à
rêver à ses amours. Mais, ce soir-là, toute la salle
est prise par ce public spécial où se glissent pas
mal de scélérats qui viennent vous donner du
« cher maître » au foyer et débinent ensuite la
pièce dans les corridors. Aussi l'auteur, avant la
représentation, lorsqu'il regarde, par le trou du
rideau, se garnir les fauteuils d'orchestre, a-t-il
un gros battement de cœur. Mais, bah! quand
j'en serai là, — bientôt, — il y en aura tout de
même quelques-uns, à l'Odéon, des compatriotes,
et ce me sera un réconfort de reconnaître, dans
cette foule qui semble enveloppée d'une brume
lumineuse, quelques cordiaux et joyeux visages
de Parisiens de Paris.

10 janvier 1895.

Après la Démission

ASSURÉMENT, en ouvrant les journaux, ce matin 16 janvier 1895, je suis un peu surpris d'y lire la grave nouvelle de la démission de M. Casimir Perier. Mais j'ai tort. Rien ne devrait plus m'étonner, dans ce « Bal des Incohérents » qu'on appelle la République parlementaire.

De plus, le ton de nos confrères, — et notamment des conservateurs et des modérés, — en parlant de l'ex-Président, me semble bien violent et bien injuste. Défaillance, désertion, lâcheté, voilà de bien gros mots. Je sais qu'on ne se met pas dans le gouvernement pour s'entendre donner des noms d'oiseaux. Mais enfin le dégoût n'est pas un crime, la nausée est un accident tout naturel. A peine embarqué sur le vaisseau de l'État, — vieux style, — M. Casimir Perier a été empoigné par le mal de mer politique et a eu des vomissements de pouvoir. Ce n'est pas sa faute. Vous en auriez peut-être fait autant à sa place.

Moi, rien que d'y penser, je demande la cuvette.

Imaginez un patricien, un « fils à papa », qui s'est accoutumé de bonne heure à l'idée qu'il pourrait occuper, un jour, dans son pays, la première place. Ce n'est pas qu'il y tienne, ni qu'il soit ambitieux ; mais on l'a pris tout jeune et on lui a donné cette idée-là. Nous en possédons un certain nombre, de ces républicains aristocrates. Arago, Cavaignac, Carnot, ce sont nos familles consulaires. Quand il y naît un fils, on lui fait épeler ses lettres dans une Constitution, et on lui donne, au jour de l'An, un petit Parlement en carton pour ses étrennes.

Au lendemain de l'assassinat du pauvre Carnot, les politiciens, affolés au milieu de la bousculade du Congrès, cherchent un de ces noms, trouvent celui de Casimir Perier, qui exhale un vague

parfum de réaction et de « poigne », et font, à la
quatre-six-deux, du gentleman qui porte ce nom
un Président de la République.

Immédiatement, avant d'avoir rien fait, il devient impopulaire. Pourquoi? On ne le sait pas
au juste. On lui reproche de s'appeler Casimir
Perier, d'être riche, d'avoir du linge, que sais-je?
La caricature le représente en bouledogue. Il a
les moustaches et le col rabattu de feu M. Loyal.
Nul doute qu'il ne songe à s'armer de la chambrière politique et à faire exécuter à Marianne,
la vieille jument, tous les travaux du Cirque.
Tandis que, à gauche, on crie : « Mort au tyran! »
à droite, l'on s'imagine niaisement que M. Perier
est capable d'un coup d'État, parce qu'un jour il
a eu l'intention — l'intention seulement — de
faire courir un piqueur devant sa voiture, comme
Napoléon III. Bêtise des deux côtés.

La vérité, c'est qu'il n'a rien d'un dompteur,
le pauvre Président. En apprenant son élection,
il fond en larmes, — et pas de joie, vous savez,
— en larmes d'angoisse. A peine installé à l'Élysée,
le spleen le saisit. Lui, le marcheur par hygiène,
l'avaleur de kilomètres, le voilà prisonnier, cloué
devant un bureau, pour y recevoir des députés et
des préfets. Mornes fêtes, je vous prie de le croire.

Cependant, il veut s'offrir une honnête distraction, une chasse aux voleurs de la presse et du monde politique. Et aussitôt les anciens parlementaires, les journalistes officiels, un tas de gens très bien, tous décorés, décoreras-tu? s'entassent dans les cellules du Dépôt et de Mazas, comme les faisans et les perdreaux dans les réserves de Compiègne et de Rambouillet.

C'est trop beau. Il faut renoncer à ce sport; car on était parti pour tirer seulement quelques mauviettes, et, maintenant, à chaque pas, on fait lever la « grosse bête », la trop « grosse bête », le sénateur, l'ancien ministre, le proconsul colonial, le directeur de journal spécialement chargé de représenter l'austère probité et l'honneur scrupuleux.

Alors le « fils à papa », le fort en thème politique, dont on a fait un Président, commence à être travaillé par quelques haut-le-cœur. Il n'était pas un naïf, bien sûr. Il se doutait que Montesquieu, quand il a dit que la république est un gouvernement fondé sur la vertu, avait parlé de « chic », d'après d'anciens préjugés sur l'antiquité, perpétués par Plutarque et les collèges de Jésuites. Il n'avait pas d'illusions, le Président; mais il est très incommodé, tout de même, par

l'infection du dépotoir parlementaire, et il reste
en place, le malheureux, mais en se bouchant le
nez.

Néanmoins, tout marche à peu près. Le chef
de l'État semble être d'accord avec son président
du conseil, un gros homme, commun, genre bon
enfant, ayant les lourdes qualités qui plaisent à
la médiocrité des foules. Il y a même, dans le cabinet, quelques gens d'un vrai mérite, M. Hano-
taux, M. Leygues. — Hélas! ils auront passé,
comme tant d'autres, pleins de bonnes inten-
tions, n'ayant eu le temps de rien faire d'utile et
de durable. — Enfin, on va cahin-caha, on bou-
lote, quand, tout à coup, patatras!... La Chambre
— grâce à la formation du groupe Isambert,
champignon d'un jour poussé sous les gradins
— renverse le ministère et détermine ainsi la suprême nausée de M. Casimir Perier, qui a décidément l'indigestion du pouvoir.

Et voici — depuis vingt-quatre heures — la
France sans chef et sans gouvernement devant
l'Europe monarchique, hostile et armée.

Les vraies causes de la crise, — c'est-à-dire les
causes secrètes, — je les ignore, ainsi que tout le
public. On distingue vaguement des choses vé-
reuses dans ces Conventions avec les Chemins

de fer, une inquiétude exaspérée parmi les politiciens pourris à la suite des récentes enquêtes, déjà avortées du reste, et l'on constate surtout la poussée du groupe socialiste, que nous verrons à l'œuvre un de ces jours et qui montrera peut-être alors s'il a dans le ventre autre chose que des phrases.

En attendant, chacun se demande, avec anxiété et sans rien espérer de bon, ce qui va sortir, demain, du Congrès tumultueux, du coassement des grenouilles de Versailles. Elles n'osent pas demander un roi, comme celles de la fable; mais je crois bien que, tout bas, elles désirent un chef. Car jamais le pays n'a été plus écœuré de l'impuissance et des mensonges des politiciens. Jamais le grossier simplisme du suffrage universel et la tyrannie d'un pouvoir anonyme et irresponsable n'ont inspiré tant de dégoût et de méfiance aux bons citoyens.

Il y a maintenant — oui, j'en connais — beaucoup de républicains définitivement déçus, de Jacobins ayant renoncé à leurs chimères, qui demeurent attristés et silencieux dans le scandaleux vacarme des Assemblées, mais qui diraient : « Ouf! » dans le secret de leur âme, quand ils entendraient les crosses de fusil tomber, avec un bruit lourd, sur le plancher du Parlement. Et s'ils manifestent aujourd'hui tant d'indignation contre le départ en coup de tête de M. Casimir Perier, s'ils l'accusent avec colère d'avoir manqué de patience et de courage, qui sait? c'est sans doute qu'ils l'attendaient de lui, le geste de commandement qui fait signe aux grenadiers de Brumaire de balayer les écuries politiques.

17 janvier 1895.

Lendemain

AVOUEZ qu'il serait très élégant de ma part de faire semblant d'ignorer qu'on a joué pour la première fois, samedi dernier, à l'Odéon, un certain drame intitulé *Pour la Couronne,* et de vous parler de tout autre chose.

De quoi, voyons?

Du nouveau Président de la République?

Je le pourrais. J'ai eu l'honneur de célébrer, en sa compagnie, au Havre, le centenaire de Casimir Delavigne. Lui député, moi délégué de l'Académie, nous figurions, en qualité de « grosses légumes », dans ces fêtes, et je parierais tout ce que vous voudrez qu'une feuille locale a dû imprimer que nous en rehaussions l'éclat. C'était exact, seulement pour M. Félix Faure, qui est un bel homme et porte bien la toilette.

Je me rappelle que, la veille même de notre arrivée au Havre, un ministère — personne maintenant ne sait plus lequel — avait été renversé. Au banquet officiel qu'on nous offrit à l'Hôtel de Ville, les discours sévirent, comme vous pensez bien. Le nom de l'auteur des *Messéniennes* y fut à peine prononcé, et tout de suite on parla politique. M. Félix Faure prit la parole et nous entretint de concentration républicaine ou de quelque chose dans ce goût-là. Il s'en acquitta sans doute très bien ; mais je n'écoutais pas, je l'avoue, préoccupé que j'étais moi-même d'improviser quelques phrases en l'honneur du poète, à qui personne ne pensait plus.

M. Félix Faure, que j'avais eu, d'ailleurs, le plaisir de rencontrer quelquefois avant ce voyage au Havre, m'a laissé le souvenir d'un fort galant homme, et je ne lui reproche pas du tout d'avoir lâché, dans cette circonstance, le pauvre Delavigne. M. Faure se trouvait en présence de ses électeurs ; il leur devait leur picotin de clichés,

et tout se passa selon les rites. Aujourd'hui, le
député de la Seine-Inférieure est devenu chef de
l'État. A merveille! Qu'il règne en paix sur un
peuple heureux. C'est la grâce que je lui souhaite. Ainsi soit-il.

Pourtant, pendant ce banquet, j'ai fait quelques réflexions mélancoliques. Franchement, cet
oubli du personnage qu'on fêtait, c'était à dé-
goûter des centenaires, des inaugurations de statue, de tous les hommages posthumes. Mes bons
amis, quand je mourrai, comme dit l'autre, pas
le moindre buste, je vous en prie. Les orateurs
officiels ne respectent rien; ils seraient capables
de coller des affiches sur mon piédouche et de
déposer de la politique le long de mon monument.

Me voilà parti; et je pourrais très bien, comme
vous voyez, vous brosser une chronique sur n'importe quoi, sur un événement sans importance,
tel que, par exemple, la transmission du pouvoir
suprême dans notre pays, et ne pas souffler mot
de l'Odéon ni de ma pièce. Évidemment, ce
serait très distingué. Mais voilà, j'ai le cœur gros
de reconnaissance; je voudrais remercier un tas
de gens, à propos du bon accueil fait à mon
drame. Parlons-en donc. Ce ne sera pas très chic,

mais, ma foi, tant pis. Avant tout, je ne veux pas être un ingrat.

Et d'abord je remercie le public. J'irai plus loin, je lui fais mes excuses d'avoir été quelquefois injuste et sévère envers lui. Tenez, au café-concert, quand je le vois applaudir, bouche bée, quelque inepte obscénité, il me fait horreur, le public. Je deviens féroce alors, et j'entre même dans les idées des conquérants. Je me dis que, si les quatre cent mille de la Grande Armée étaient aussi bêtes que cela, le grand Napoléon aurait eu bien tort de se gêner pour cette chair à canon. Mais, l'autre soir, quand la vile multitude acclamait mon drame et ses interprètes, oh ! comme elle m'a semblé intelligente ! Ma parole d'honneur, j'ai failli me réconcilier, en cette heure délicieuse, avec le suffrage universel ! A quoi tiennent nos convictions les plus solides ? Décidément, le cœur humain est plein de vanités.

Lorsque, poussé dans l'avant-scène ministérielle par le jeune et aimable M. Leygues, j'ai dû paraître devant le public, je me suis borné, bien entendu, à saluer avec modestie. Mais j'ai eu, entre nous, comme une démangeaison de haranguer le peuple et de lui dire ou à peu près :

« Qu'est-ce qui vous prend donc, mes enfants ? Réfléchissez. Cet ouvrage, qui semble vous faire plaisir, est issu de la tradition gréco-latine. L'auteur est un vulgaire Français, qui tâche d'écrire le moins mal possible dans sa langue maternelle. Il s'est contenté de l'alexandrin de nos aïeux, du vers de douze syllabes avec une rime au bout, et l'action de ce drame est en somme simple comme bonjour. Public français, et vous, chers confrères de la critique, je m'étais laissé raconter que vous aviez changé tout cela. Ne vous y trompez pas. *Pour la Couronne* n'est pas un ouvrage traduit du bulgare, et l'amour de la patrie — sentiment désuet et suranné, s'il en fut — y fournit le fond de la conversation. Et vous applaudissez ? Est-il possible ? Je croyais que vous ne vouliez plus que de l'art brumeux et du vers bancal. Non ? Vraiment ? Vous ne considérez pas Corneille et Victor Hugo comme des galfâtres, et le théâtre héroïque est encore capable de vous emballer à ce point-là ! Franchement, je ne l'espérais qu'à moitié. Mais, puisqu'il en est ainsi, marchons, mes enfants, et vive la France ! »

J'ai rengainé ce petit discours, parce qu'il était minuit et demi et parce que mon cher directeur Fernand Xau m'attendait, au Café Voltaire, pour souper avec quelques camarades. Cependant

j'aurais eu quelque droit, convenons-en, de lancer
ce petit « speech ».

J'avais, en effet, et depuis longtemps, perdu
toute confiance dans ma pièce. Porel, le premier directeur à qui je l'avais montrée, me l'avait
refusée, disait-il, dans mon propre intérêt et pour
me donner une preuve d'amitié particulièrement
délicate et touchante. Je la lus ensuite à un tragédien célèbre, qui n'y comprit rien du tout.
Elle séduisit fort, il est vrai, mon ami Jules Claretie, qui, lui, est un homme de lettres. Mais on
sait que, à la Comédie-Française, l'Administrateur
est le chef et non le maître. Claretie voulut absolument que je donnasse lecture de ma pièce au
comité. Ces messieurs l'écoutèrent, l'œil morne
et la tête baissée, comme les chevaux d'Hippo-
lyte dans le récit de Théramène, et la reçurent
poliment; mais ils me firent demander, séance
tenante, si je n'aimais pas mieux une reprise de
Severo Torelli. Poser la question, c'était la ré-
soudre. Je sais ce que parler veut dire. Je con-
sentis, et *Severo* fut, en effet, repris... trois ans plus
tard.

Tout cela, convenez-en, n'était pas bien ré-
galant. Je songeais parfois qu'ils devaient savoir
leur métier, après tout, les gens de théâtre, qu'on

n'est jamais bon juge dans sa propre cause et que mon drame était peut-être détestable. En tout cas, j'avais renoncé à en écrire d'autres; et je puis le dire à présent que tout a fini si heureusement, lorsque je voyais, pendant les répétitions, les braves directeurs de l'Odéon et toute ma courageuse bande de comédiens pleins d'enthousiasme et d'espérance, j'étais souvent pris de terreur à la pensée que tant de talent, de travail, d'efforts et d'argent serait peut-être dépensé pour rien.

Mes pressentiments étaient absurdes. Le succès de *Pour la Couronne* a dépassé mes plus folles ambitions. *Igitur gaudeamus*. Me semblera-t-il amusant, un de ces jours, de raconter, par le menu, l'histoire de la pièce, avec l'espoir — pas bien profond — de rendre, une autre fois, plus respectueux et plus circonspects les Minos et les Rhadamantes de coulisses, quand ils seront en présence de l'œuvre consciencieuse d'un poète? Dans tous les cas, je le ferai de bonne humeur et sans colère rétrospective, malgré le conseil de Bergerat; et peut-être même serais-je encore plus sage en laissant là les misères passées, puisque justice m'a été faite. Je souhaite à ce cher et vieux camarade les joies d'artiste que j'éprouve en ce moment. Il aurait alors, comme moi, le

besoin d'oublier, de pardonner, d'abjurer toute
rancune.

Ceux qui m'ont obligé à laisser mon œuvre
inédite pendant huit ans étaient de bonne foi,
j'aime mieux le croire. Je n'en veux à personne.
Je n'ai plus, à l'heure qu'il est, qu'un sentiment
dans le cœur, une ardente gratitude pour le public,
pour la Presse, pour mes artistes et surtout pour
mes deux amis Marck et Desbeaux, en qui j'ai
trouvé des serviteurs de l'art admirables de foi,
de zèle et de désintéressement.

24 janvier 1895.

Le
dernier Maréchal de France

———

J'AI eu plusieurs fois la bonne fortune
de rencontrer le maréchal Canrobert
chez Mme la princesse Mathilde, dont
je m'honore d'être, depuis vingt-sept ans, le fidèle ami.

Dans ce salon célèbre qui demeure le rendez-
vous de tout ce que la société parisienne a de
plus exquis dans son élite, l'apparition du vieux
héros faisait toujours courir un frémissement
d'admiration et de respect. En sa présence, on se
sentait devant la France chevaleresque, devant la

France de Bayard, du chevalier d'Assas et de La
Tour-d'Auvergne.

De petite taille, trapu sans lourdeur, le Maréchal avait conservé, malgré son grand âge, une
élégante et robuste souplesse. Les longues mè-
ches de sa chevelure grise se répandaient sur le
col de son frac de gentleman, dont la boutonnière n'était ornée, la plupart du temps, que de
la médaille militaire, de l'ordre du soldat. Cette
crinière éparse encadrait un énergique visage de
vieillard, une face terreuse et camuse, sillonnée
de fibres sanguines et sabrée par les moustaches
aux pointes cirées. Tout de suite, on songeait à
un lion. Mais ce qui complétait la ressemblance
avec le fauve royal, c'étaient les yeux très grands,
très beaux, les yeux clairs, calmes, fixes, où som-
meillait on ne sait quoi de formidable.

Ce regard de flamme, alors adouci et tempéré
cependant par le plus bienveillant des sourires,
était à peine soutenable. Il révélait un tempérament prodigieux de guerrier, de chef militaire.
C'était l'éclair de ce regard, sa décharge électrique, qui avait traversé le cœur des soldats à
Constantine, à Zaatcha, à Inkermann, à Solfe-
rino, à Saint-Privat, et les avait grisés de la folie
de vaincre ou de mourir. Dans ce foyer lumineux,

éclatait la force héréditaire de toute une race.
Celui qui, sans le faire exprès, au repos, dans une
conversation mondaine, lançait ce regard fou-
droyant, était bien le Français de vieux sang et
de vieille souche, le descendant de ces terribles
Cadurces qui ont si longtemps tenu tête à César
et fait reculer les aigles romaines.

Par son seul aspect, le maréchal Canrobert
produisait, sur quiconque était tant soit peu phy-
sionomiste, une impression profonde, inoubliable.
C'est assez dire combien cette émotion s'aug-
mentait au souvenir de la vie de cet homme, toute
d'honneur, de patriotisme, de bravoure, d'abné-
gation et de désintéressement.

Elle est, depuis deux jours, retracée dans toute
la Presse française, avec un sentiment unanime
de vénération, et je n'ai pas besoin de la raconter
de nouveau.

Mais que dites-vous de ce sous-lieutenant,
ayant débuté par une action d'éclat, qui refuse
la croix parce que son vieux capitaine la mérite
et ne l'a pas encore? Que dites-vous de ce général
en chef de l'armée de Crimée, qui, sans un murmure, descend au second rang? Que dites-vous
de ce maréchal de France, plein de gloire et d'années, qui, à Metz, demande à commander seule-

ment une poignée d'hommes, pourvu qu'il combatte, pourvu qu'il puisse, jusqu'à la dernière agonie de la résistance, offrir son sang à son pays?

Rien ne manque à cette pure et noble existence, pas même la touchante pauvreté d'Aristide; car le Maréchal vient de s'éteindre dans l'état de fortune le plus médiocre. En vérité, c'est du Plutarque. L'antiquité n'a rien de plus complet ni de plus beau.

Nous ferons, je l'espère, au dernier des maréchaux de France, les plus honorables funérailles. La mémoire de Canrobert, c'est un drapeau vivant, immortel. Allons vite le suspendre à la voûte des Invalides!

Mais voici que je pense, maintenant, à cette jeune armée qui présentera les armes au glorieux cercueil. Voici que je pense à ces étendards tout neufs, à ces bataillons où il n'y a pas de vétérans, à ces chefs qui n'ont pas une cicatrice.

Certes, je ne doute pas de notre armée, et je crois fermement que ce sont de vrais cœurs de soldats qui battent sous tous ces uniformes. Je sais le labeur assidu de nos officiers, j'admire toute cette jeunesse qui fait au devoir national le sacrifice de ses plus belles années. Néanmoins, c'est bien long, vingt-cinq ans d'immobilité, de paix armée. Mais n'oublions pas que la Prusse — la Prusse qui nous a vaincus — a vu s'écouler un demi-siècle sans tirer un coup de fusil. Ainsi que l'ont fait nos vainqueurs, nous ne nous sommes ni reposés, ni endormis, nous non plus, et, quand il le faudra, nous prouverons — j'y compte bien — que nos glaives ne se sont pas rouillés dans leurs gaines et que la soie de nos drapeaux, si longtemps roulés sur la hampe, ne s'est point fanée.

Cependant, lorsqu'on additionne tant d'années d'inaction militaire, on ne peut se défendre d'une angoisse. Assurément, en Indo-Chine, en Afrique, nos troupiers et nos marins furent admirables; ils le seront demain à Madagascar, et je n'oublie pas la gloire de Courbet et de Doods. Mais, là-bas, c'était la guerre contre des Barbares, contre des adversaires inférieurs.

Hélas! la question, que les lèvres n'osent pas formuler, est au fond de tous les cœurs. S'il fallait, demain, défendre la frontière, que vaudraient nos états-majors sans expérience et sans passé, nos régiments qui n'ont jamais vu le feu?

O nos jeunes et chers soldats, suprême espoir de la France diminuée, puissent vos cœurs être saisis d'un religieux attendrissement, d'une émotion sacrée, quand vous saluerez du martial fracas de vos armes la dépouille du maréchal Canrobert! Songez-y tous alors. C'est un héros qui s'en va. Celui-là n'a vécu que pour la patrie et pour le devoir : il n'a aimé que le drapeau. Il a eu toutes les vertus du soldat français, toutes, jusqu'à cette charmante crânerie, particulière à notre race, qui le faisait s'élancer, sur la brèche, à travers les mitrailles, sans même jeter son cigare. Il eut la démence de l'épée, comme Condé et comme Murat; il riait dans la mêlée, comme Kléber; et l'odeur de la poudre l'exaltait d'une ivresse intrépide.

La guerre que vous ferez peut-être demain ne sera pas pareille à celle où il fut un soldat exemplaire, et vous n'aurez pas à y déployer tout d'abord vos qualités natives, l'impétuosité, l'ardeur, l'élan irrésistible. Il vous faudra souvent attendre — immobiles, l'arme au bras — la mort tombant de loin, on ne saura d'où; et vos chefs vous demanderont des prodiges de sang-froid et de calme stoïque. Ainsi le veut l'horrible progrès des machines à tuer, le perfectionnement dans l'art du massacre.

Ne croyez pas, cependant, qu'elles soient de-

venues inutiles, la furie française, les superbes té-
mérités, la charge poitrine en avant et baïonnette
au canon. Allons donc! Elles nous auraient encore suffi pour vaincre, naguère, si nous eussions
été en nombre; et, le soir de Saint-Privat, s'il eût
reçu le corps de réserve qu'il attendait, Canrobert, qui avait à plusieurs reprises enfoncé les
lignes ennemies, forçait le blocus, ouvrait la route
de Verdun, rendait à la France sa meilleure armée, sauvait tout peut-être!

Or, la prochaine fois, ce ne seront pas les
hommes qui manqueront; et, si les armes à longue
portée font, d'abord, leur ravage, on finira bien
par en venir aux mains. On y arrivera tout de
même, à la rencontre face à face, au choc, au
contact. Et alors...

Ah! alors... Que nos soldats le sentent bouil-
lonner en eux, ce sang gaulois, ce sang de guerre
et de bataille, qui courut, jusqu'au dernier jour,
dans les veines du Maréchal octogénaire.

Chargez alors, mes enfants, comme chargeait
le capitaine des chasseurs à pied de Constantine,
le colonel des zouaves de Zaatcha, le général
d'Inkermann! En avant! A la fourchette! Enlevez-
nous la victoire!

Et, au-dessus de vos têtes, dans le nuage de

poussière et de fumée, vous verrez le spectre à face léonine du vieux Canrobert, qui, du bout de l'épée, vous montrera le chemin de la gloire et de l'honneur, et qui vous bénira du sang de ses blessures.

31 janvier 1895.

Alphonse Daudet

———

Au moment où je ferme le dernier livre d'Alphonse Daudet, *la Petite Paroisse,* et où je savoure la jouissance que m'a laissée cette lecture exquise, le Souvenir — ce vieux photographe qui conserve tous ses clichés — me remet sous les yeux plusieurs images fidèles de l'écrivain que j'admire et de l'ami que j'aime depuis longtemps.

Voici d'abord le séduisant jeune homme au profil sarrasin, joli comme un page, célèbre à vingt ans, que j'ai rencontré — aux temps préhistoriques, avant la guerre, les Prussiens et la

fin de tout un monde — dans les cafés littéraires,
dans quelques milieux de bohème. A cette époque
naïve, on ne craignait pas d'avoir l'air artiste, de
laisser croître une chevelure fougueuse, de porter
des vestons de velours. Daudet ne sait pas à quel
point il m'impressionnait alors, avec sa barbe en
fourche et ses yeux enchanteurs de chèvre amoureuse.

Il était fameux et j'étais obscur. Les *Lettres de
mon Moulin* avaient déjà paru dans *le Figaro,*
et, tout novice que je fusse, je savais bien que
c'étaient là des pages de maître, des chefs-
d'œuvre — brefs et purs — de poésie et de grâce.
Mon cœur battit à gros coups, — oui, mon cher
Daudet, — le soir où je me trouvai pour la première fois, assis à la même table que vous, au
café de Bobino, en compagnie de quelques poètes
en herbe qui n'ont certainement pas beaucoup
enrichi l'établissement, car ils faisaient durer leur
mazagran jusqu'à minuit, en ménageant les trois
morceaux de sucre et en épuisant toute l'eau de
la carafe.

Dans ces sobres orgies, j'ai dû vous paraître,
j'en ai peur, bien jeunet et même un peu coque-
bin. En ce temps-là, les blancs-becs se sentaient
pris de respect et de timidité en présence d'un

homme de talent, même quand il était à peine leur aîné. La famille des « petits féroces » était encore à naître.

Je vous revis, là et ailleurs, et je me familiarisai avec vous. Par l'intermédiaire d'un camarade, j'osai vous soumettre un conte en prose. Il ne valait rien. Vous eûtes la franchise de me le faire dire, avec la politesse qu'il fallait, et je tins le jugement pour bon. C'était l'âge d'or, vous dis-je.

Cependant quelques vers de moi ne vous avaient pas déplu, et vous me témoigniez de la bienveillance. Vous rappelez-vous m'avoir eu à votre table, dans votre chaumière, à Clamart, un certain dimanche d'automne? Je parierais que non. Ils étaient assez nombreux, et vous ne les connaissiez peut-être pas tous, les hôtes de hasard qui mangeaient votre soupe rustique et buvaient votre reginglet. Les plus remarquables, cette fois-là, étaient deux disparus, Charles Bataille, sourd comme un mur, et ce pauvre Glatigny, long comme un jour sans pain.

Je ne jouais, moi, qu'un personnage muet, fasciné que j'étais par votre éblouissante improvisation, si colorée, si verveuse, si pleine d'invention et d'images, avec ses charmants raccourcis, ses bouts pittoresques de pantomime. Et j'en-

tends encore vibrer votre voix — où la pointe
d'accent provençal n'était déjà plus qu'une coquetterie — dans l'air de cette calme après-midi,
tandis que la neige d'or tombait des grands
arbres.

L'autre Daudet, qui m'apparaît, — à travers
les âges, — s'assied avec moi aux dîners gastronomiques de Théodore de Banville, ou fume
un cigare de choix dans la garçonnière du vieux
Flaubert.

Mais le fantaisiste, l'irrégulier, le vagabond
d'autrefois s'est transformé. Marié, père de famille, il a plongé en plein labeur, et n'en sort,
de temps en temps, que pour nous donner un
livre nouveau. Il est maintenant un des plus illustres écrivains de la France, un romancier
admiré de tout l'univers, l'auteur de *Tartarin*, de
Fromont jeune, de *Jack*, du *Nabab*, des *Rois en
exil*. Il a découvert ce style sans pareil, dont le
lecteur admire la souplesse et la libre allure, ce
style où l'effort ne se révèle jamais, et dans lequel il y a cependant, sous chaque phrase, sous
chaque mot, une sensation si intense et poussée
jusqu'au bout des nerfs. Il est le prince des con-
teurs, et, dans ses fictions d'un intérêt irrésistible, s'agite la société moderne sous la loupe de

l'observation la plus directe et la plus aiguë, et
surgissent des personnages définitifs qui donnent
pour toujours leur nom à des types. Il est enfin
un des maîtres de l'émotion, du pathétique et de
l'ironie.

Alphonse Daudet, alors un des triumvirs du
roman avec Goncourt et Zola, Alphonse Daudet,
en pleine production et en pleine victoire, n'avait
plus, il faut bien le dire, sa joliesse de jeune fau-
connier, et son visage, toujours charmant, était
déjà creusé par la fatigue. Le teint, plus jaune,
trahissait les veilles et le fiévreux travail. Dans
sa furie d'art, Daudet fouettait son tempérament
à coups de volonté, prodiguait son trésor céré-
bral. Toujours en gestation et lourd du fardeau
d'une œuvre nouvelle, ce fut alors qu'il me dit,
un jour que je m'inquiétais de sa mauvaise mine,
ce mot admirable : « Je suis comme une femme
grosse. J'ai le masque. »

C'est ainsi que le poète s'épuise et se tue,
pour l'amour de la gloire et de la beauté, pour
vous plaire, ô Athéniens !

Le Daudet que j'évoque à présent, c'est mon
voisin de campagne depuis quelques étés, c'est
le cher malade à qui je pense tendrement et tristement, quand je reviens, de Champrosay à

Mandres, par les clairs de lune shakespeariens,
à travers la forêt de Sénart. Hélas! tout à l'heure,
pour faire quelques pas dans son jardin, comme
il tremblait, le pauvre ami! Comme il s'appuyait
lourdement sur mon bras et sur une canne!...
Mais je m'arrête, j'ai tort. J'allais offenser son
héroïque courage, sa fière résignation d'intellectuel.

Qu'importe, en effet, l'agitation de la main et
de la plume, si les pages écrites sont toujours
aussi belles? Qu'importe l'écume blanche dans
la houle de la chevelure, si le cerveau a gardé sa
flamme et son génie? Le phare est en ruine; mais
là-haut, la pensée veille, intacte, éclatante, splendide!

Je viens d'en avoir, vous en aurez tous la
preuve en lisant *la Petite Paroisse*.

Sans doute, vous n'y trouverez pas toutes les
manifestations du Daudet d'autrefois, ce qu'il y
avait souvent, par exemple, de cruel et d'amer
dans ses accès de satire, de nerveuse colère.
Comme toutes les âmes supérieures, cette âme
de poète est devenue, dans la douleur, plus indulgente et plus douce.

C'est pourtant une des pires maladies morales,
la jalousie, que Daudet analyse et qu'il étudie

dans ce livre, et, témoin sincère, il nous en décrit les misères, les hontes et les tortures. Mais le but et la conclusion de l'émouvant récit, c'est le triomphe de la tendresse sur la passion brutale, du cœur sur les sens. Féroces bourgeois du jury qui, sous prétexte de crime passionnel, absolvez le mari couvert du sang de la femme infidèle, vous hausserez peut-être les épaules devant la clémence débonnaire du jeune Fénigan et du vieux Mérivet. Sganarelles! direz-vous en riant. Car il vous faut des Othellos, des époux à couteaux et à pistolets. Cependant, sachez-le. La religion, la morale, la société exigent le pardon. Sous son apparence grotesque, le cocu des farces classiques est un chrétien et un civilisé, tandis que, malgré toute la poésie du drame, le nègre de Venise agit comme un barbare, un impulsif, une brute.

Je ne fais pas ici de critique littéraire et je n'ai pas besoin d'ailleurs de recommander davantage un roman qui est déjà dans toutes les mains. Je tenais seulement à donner mon tribut d'admiration à notre cher et grand Daudet, toujours fécond et infatigable au milieu des souffrances.

A coup sûr, il est, depuis longtemps, largement

en règle avec la gloire et avec la postérité. N'eût-il écrit que les trois *Tartarins,* — je dis les trois, car l'opinion fut, à mon avis, trop froide et fort injuste pour *Port-Tarascon,* — n'eût-il fait que ce triple récit, où il a découvert un comique nouveau, Alphonse Daudet serait quand même le Cervantès de notre littérature. Mais quoi qu'en disent les constipés et les sculpteurs en noix de coco, rien n'est plus beau, dans un maître, que l'abondance.

L'auteur de *la Petite Paroisse* vient, une fois de plus, de prouver la sienne, et ce nous est une joie très vive d'espérer encore de lui plus d'un livre où nous retrouverons avec délices sa délicate et puissante originalité.

7 février 1895.

Gens de Mer

Tous ces jours-ci, je n'ai fait que penser aux gens de mer.

Comme tous ceux qui ont le cœur à sa place, j'attendais avec anxiété des nouvelles de la *Gascogne,* et mon index tremblait un peu, chaque matin, en déchirant la bande du journal. Grâce à Dieu, nous voilà tous délivrés de cette angoisse; mais, c'est égal, l'alarme a été chaude; et la pensée qu'un transatlantique s'était perdu corps et biens, nous avait bouleversé l'âme.

En effet, qu'est-ce qu'un transatlantique? Une ville flottante, pour rappeler la classique compa-

raison de Laharpe. Disons mieux, un hôtel flottant, un hôtel du « dernier cri », où le voyageur
s'installe, décidé à exiger tous les raffinements
du confort, et sans admettre un seul instant l'invraisemblable hypothèse d'un naufrage. Pour peu
que vous soyez allé au Havre, même pour un jour
et en train de plaisir, vous avez visité un de ces
luxueux bâtiments. N'est-ce pas que voilà bien
l'impression ? Un hôtel de premier ordre, très bien
tenu, où l'on est certain que l'œuf à la coque du
déjeuner sera frais et que l'eau pour la barbe sera
chaude.

Si vous avez l'estomac solide et si le roulis ne
vous trouble pas, le voyage dans un si somptueux
logis vous apparaît comme une période d'heureux
jours, que dis-je ? comme une cure de repos, d'air
salin et de bien-être. En fait d'explosion, vous
n'attendez que celle des bouteilles de champagne
au dessert, et vous ne craignez l'incendie que pour
votre cœur, au cas où vous entreprendriez un flirt
avec quelque belle Américaine, sur le roufle, par
les nuits d'étoiles.

Méfiez-vous cependant. La lutte de l'homme
contre les éléments est toujours dangereuse ; et
l'élégant passager qui déplie nonchalamment sa
serviette devant la table fleurie du paquebot et

jette un regard dégoûté sur le menu, sera peut-
être demain, demi-nu et affamé, sur les débris
d'un radeau. Malgré toutes les forces que dompte
la science et qu'elle met à notre service, il faut
quand même redouter les révoltes de la mystérieuse nature, et quiconque pose le pied sur les
planches mouvantes d'un navire n'est jamais bien
assuré que les mouchoirs agités par des mains
amies sur la jetée du port ne lui adressent pas le
dernier adieu.

C'est pourquoi les marins, qui bravent habi-
tuellement et par profession le péril de la mer,
gardent à nos yeux tant de prestige et de poésie.
Vainement un grossier matérialisme nous enseigne que la vie est le souverain bien, que nous
ne connaissons et ne devons aimer qu'elle et que
le seul but de notre destinée est d'en jouir le plus
possible et le plus longtemps possible. On ne sait
quoi proteste au fond de nous, un sentiment ins-
tinctif, mais sûr, qui nous fait ranger dans l'élite
de l'humanité ceux qui acceptent le devoir con-
tinuel d'affronter la mort.

Je suis ainsi du moins. Quand je vais prendre
l'air, les soirs d'été, à la terrasse d'un des cafés
qui environnent la gare Montparnasse et quand
j'ai là pour voisin quelque quartier-maître de ti-

monerie, son sac à ses pieds, buvant un bock avant de monter dans le train de Brest, j'ai pour lui un regard — comment dirai-je? — plus respectueux que pour tous les bons bourgeois en train de jouer à la manille.

Cette sympathie pour les gens de mer, — qui, chez moi, fut toujours très vive, — je viens de la satisfaire une fois de plus par la lecture du nouveau livre de Yann Nibor, *Nos Matelots*. Savez-vous que dans ce recueil — aussi bien du reste que dans le précédent, *Chansons et Récits de mer* — il y a plus d'un petit chef-d'œuvre? Sont-ce des vers? A peine. C'est écrit en patois et en argot de marine, criblé d'apostrophes, rimé va comme je te pousse. On n'a pas souci du beau style, sur le gaillard d'avant. Mais il y a ici plus de franche inspiration, plus de sincère poésie que dans tels poèmes obscurs et prétentieux dont nous sommes inondés.

Yann Nibor, qui est un vrai « mathurin » et qui porta longtemps le col bleu bordé de liston blanc, a le cœur simple ainsi que ses anciens compagnons, dont il nous conte les humbles joies et les misères héroïquement supportées. Esprit naïf et traditionnel, il croit au bon Dieu, au drapeau, à l'honneur, à la famille, à tous les devoirs. N'ayez pas peur, cependant, et ne craignez de sa part rien de fade ou de banal. Il ne compose pas la romance pour jeunes demoiselles; il peint ses rudes modèles tels qu'ils sont, d'après nature, et ne recule ni devant la vérité crue, ni même devant le gros mot. Ses matelots ne sont pas de petits saints. Après une longue campagne, ils vont boire et faire la noce dans les rues chaudes. Qui donc ne les excuserait pas, les pauvres bougres, comme dit Yann Nibor? Mais leur cœur bat, au coup de canon qui salue les couleurs; mais, quand ils râlent, une balle dans le coffre, sur un champ de bataille du Tonkin, ils font le signe de la croix et se rappellent un bout de prière; mais s'ils ont, au pays, une femme, des petits ou quelque vieille maman, ils lui laissent leur « délégation ».

Mettons que je sois un réactionnaire indécrottable; mais j'aime tout de même mieux ce monde-là que les « sans-patrie » et que les partisans de l'union libre.

Je remercie Yann Nibor de m'avoir transporté par l'imagination, son livre à la main, parmi cet honnête et bon peuple des matelots, qui m'est cher. Autant que je le peux, j'obéis à l'excellent conseil donné par Jean Richepin,

Et ne reste jamais un an sans voir la mer.

Car c'est toujours un vrai plaisir pour moi de me retrouver au milieu des braves gens de nos côtes de l'Ouest et d'admirer, moi, pâle et chétif Parisien, ces faces hâlées où les yeux bleus sont pareils à un coin d'azur dans un ciel d'orage.

Mais, sans avoir besoin de quitter Paris, j'ai, chaque année, l'occasion d'en voir de près quelques-uns, de nos gens de mer, et des exemplaires de choix, je vous prie de le croire. C'est à l'assemblée générale de la Société Centrale de Sauvetage des Naufragés, qui m'a fait l'honneur de m'admettre, depuis assez longtemps déjà, dans son conseil d'administration.

La cérémonie est solennelle et conserve pourtant un caractère de familiale bonhomie. On y convie, dans un vaste local, l'élite de la Société parisienne; et, sur l'estrade d'honneur, s'installent des gros bonnets, des dignitaires de la flotte, avec la plaque d'argent sous le revers de l'habit. Mais là, devant l'imposant état-major, sur les premiers bancs, sont assis les héros de la fête, les lauréats de l'année. Ce sont les patrons et les hommes des canots de sauvetage, des pilotes, des gardiens de phare, des syndics des gens de mer, tous avec des teints de jambon, des figures et des mains boucanées par le soleil et par le vent du large.

Les anciens ont risqué vingt fois leur vie; une humble et glorieuse quincaille est épinglée sur le gros drap de leur redingote des dimanches. Ceux-là ont déjà l'habitude de la chose. Mais il y en a, parmi les jeunes, de plus farouches. Je me rappelle, entre autres, un homme de l'île de Sein, un sauvage tout à fait, avec une barbe de Robinson Crusoé, à qui l'on attacha la médaille sur son tricot de laine.

Tous ces braves gens ont amené leurs femmes qui, vous le pensez bien, se sont mises sur leur trente-et-un. C'est là qu'on peut voir encore des gants de filoselle et les derniers cachemires français, tirés à quatre épingles. Quelques-unes portent des costumes bretons et les charmantes coiffes de la presqu'île.

Pour ces hommes intrépides, pour tant d'actes de dévouement accomplis par eux, la Société de Sauvetage ne dispose que de trop peu nombreuses et bien chétives récompenses : de petites sommes, quelques médailles d'or et d'argent, une ou deux croix d'honneur par année. Du moins, à ces courageux marins, ne ménage-t-on pas l'éloge. Les voix tremblent d'émotion et deviennent toutes éloquentes, qui exaltent leur esprit de sacrifice, leur mépris de la mort.

Mais où le spectacle devient charmant, c'est quand on les appelle, l'un après l'autre, les sauveteurs, et qu'on les invite à venir chercher leur récompense.

Le loup de mer se lève alors, intimidé par tout ce beau monde, par les applaudissements. Il gravit très vite les degrés de l'estrade, serre avec timidité les mains tendues, comme s'il craignait de salir les gants blancs dans sa paume goudronnée. Puis il fait un effort, se redresse militairement pour recevoir sa médaille, et répond à l'accolade paternelle du vieil amiral par deux gros baisers de nourrice. Enfin, il retourne à sa place, trébuchant, les oreilles rouges, et se rassied, plus troublé, à coup sûr, que quand il souquait, sur son banc, dans le canot de sauvetage, assommé par les paquets de mer et souffleté par les embruns.

Nobles marins, héros sans le savoir, je n'ai pensé qu'à vous, tous ces jours-ci, non seulement à cause de ce retard de la *Gascogne* et des sinistres nouvelles qui nous viennent des côtes, mais aussi parce que le souvenir de vos solides vertus me consolait de tant de scandales, de tant de turpitudes, qui nous obsèdent et nous écœurent. Et, maintenant encore, je me rassure en songeant que toutes ces hontes d'en haut, ce n'est qu'une ignoble écume qu'un vent de tempête emportera quelque jour, tandis que vous et vos pareils, les simples, les modestes, tous ceux qui croient à l'honneur et qui acceptent le devoir, c'est le fonds même, c'est l'inépuisable réserve de la France.

14 février 1895.

La Tour-d'Auvergne

AYANT écrit mon article sur le maréchal Canrobert au lendemain même de sa mort, je n'ai pas eu l'occasion de placer mon mot sur les honteuses séances de la Chambre et du Sénat, où l'on marchanda ignoblement les honneurs funèbres dus à ce vieux brave. Cette nouvelle turpitude du monde politique ne m'a, d'ailleurs, nullement surpris, et je n'attendais pas moins de lui.

Voici un glorieux drapeau, tout déchiré par les balles, qui a flotté dans cent combats; c'est une relique sacrée pour la patrie. Par malheur, avant

de le placer pieusement sous le dôme de Man-
sard, il faut d'abord le montrer à ces Messieurs
du Parlement; et tout de suite, il s'en trouve un
grand nombre qui le prennent pour un torchon
et qui se mouchent dedans. C'est décidément
une jolie chose que l'esprit de parti.

Défendons-nous-en tant que nous pourrons,
n'est-ce pas? Soyons Français et ne soyons que
Français. Quant à moi, je me suis donné cette
consigne et j'espère bien m'y conformer toujours.
Aussi je viens d'avoir beaucoup d'agrément,
grâce à l'excellent livre de M. Émile Simond, capitaine au 28e régiment d'infanterie, et j'ai vécu
pendant quelques heures avec un héros très républicain sans doute, mais surtout très français, et
dont le nom seul signifie bravoure, honneur, désintéressement, patriotisme, — avec La Tour-
d'Auvergne.

Je ne sais qui a dit — ce devait être un malin
— qu'il était souvent plus facile de faire son devoir que de le connaître, et il y a du vrai dans cet
apophthegme. Cependant, les âmes vraiment
droites ne s'y trompent pas, même dans les circonstances les plus délicates, et, sans détour,
vont à la solution.

Voulez-vous un exemple?

Vers la fin du mois de janvier 1792, les officiers de l'ancien Royal-Angoumois, alors en garnison à Bayonne, viennent, colonel en tête, chez La Tour-d'Auvergne, et lui annoncent que les excès de la Révolution leur font horreur, qu'ils comptent mieux servir la cause du roi sur le Rhin, en un mot, qu'ils vont émigrer. La Tour-d'Auvergne est alors simple capitaine; mais il est le doyen de l'état-major d'Angoumois et ses vertus ont fait de lui le Nestor du régiment. L'influence des idées nouvelles ne l'a pas encore atteint, à cette époque. Il n'est nullement républicain et il a même prouvé qu'il n'était pas exempt d'orgueil nobiliaire. Bâtard de la maison de Bouillon, c'est du duc, son parent très lointain, qu'il a obtenu le droit de porter ce nom de La Tour-d'Auvergne et cet écusson traversé par la barre d'illégitimité. Il a encore toutes les croyances, tous les préjugés de son temps, de sa caste. Ses camarades sont persuadés qu'ils n'ont qu'à faire appel à son loyalisme, que l'admirable soldat va les suivre à l'armée des Princes.

Mais, sans hésiter, La Tour-d'Auvergne refuse. En vain les officiers gentilshommes lui disent que noblesse oblige, qu'il se doit avant tout au roi, lui surtout qui a dans les veines le même sang que le grand Turenne. Le brave homme n'est ébranlé par aucun de ces sophismes; son cœur simple discerne le devoir. Il ne passera point la frontière, il ne combattra pas son pays, à côté des étrangers. Quand tout le régiment émigrerait, La Tour-d'Auvergne n'émigrerait pas. La France est en danger. Périsse le lâche qui l'abandonne! La Tour-d'Auvergne restera fidèle à la patrie, au drapeau.

Il n'émigrera pas. Seulement — et c'est ici que ce grand caractère éclate dans toute sa beauté — il ne veut pas qu'on attribue à sa généreuse résolution une arrière-pensée d'ambition ou d'intérêt personnel, et il se jure de n'accepter désormais d'autre grade que celui que ses camarades lui ont connu au moment où il s'est séparé d'eux.

Notez que, sous la monarchie, on avait été injuste pour lui, qu'on n'avait pas distingué son mérite, qu'on l'avait laissé vieillir dans les bas emplois. Mais de telles âmes ignorent la rancune. La République, dont il adopte les principes et pour laquelle il va cent fois exposer sa vie, lui offrira toutes les récompenses. Il n'en acceptera aucune, il tiendra jusqu'au bout la parole qu'il s'est donnée à lui-même, et il laissera ses humbles épaulettes de capitaine se flétrir sur son vieil uniforme.

Vous le voyez. Faire son devoir, tout son devoir, ce n'est pas, après tout, bien difficile. Il
suffit de renoncer à quelques petites choses et de
sacrifier son *moi,* son délicieux et bien-aimé *moi,*
qu'on nous recommande à présent de cultiver et
d'arroser comme une fleur de serre. O La Tour-
d'Auvergne, Bayard de la première République,
grenadier sans peur et sans reproche, qui, dans
le sac que tu portais sur le dos comme un simple
soldat, n'avais que ta pipe et ton Plutarque, tu ne
fus, j'en ai peur, qu'un ridicule « altruiste » !

A tous ceux qui, comme moi, ont le cœur co-
cardier et aiment à entendre rimer « gloire » et
« victoire », je recommande le livre du capitaine
Émile Simond; mais cette lecture s'impose tout
particulièrement à mon jeune ami Georges d'Es-
parbès. Il a, comme on disait jadis, la « tête épique », et il trouvera, dans ces pages enflammées,
les éléments de quelques beaux contes. Comme
il nous accommoderait bien, par exemple, cette
anecdote, qui montre à quel point La Tour-d'Auvergne savait maintenir parmi ses soldats la plus
inflexible discipline!

Pendant la campagne des Pyrénées Occiden-
tales, le pays basque, après une lourde journée
de juin tout entière passée à se canarder entre

Français et Espagnols, le vieux capitaine et sa
compagnie, altérés et tout gris de poussière, s'ar-
rêtent pour camper dans un verger où les ceri-
siers sont couverts de fruits mûrs. Les pauvres
soldats ont très soif. Ni puits, ni source; et les
cerises vermeilles sont bien appétissantes. Mais
La Tour-d'Auvergne est là, qui se promène, —
poudré, avec sa queue de l'ancien régime, — devant les faisceaux. Les grenadiers n'oublient pas
que leur chef, d'ailleurs si bon et d'une sollici-
tude paternelle envers ses hommes, serait impitoyable pour le moindre acte qui ressemblerait à
du pillage; et ils passent toute la nuit à la belle
étoile, sous les arbres tentateurs, sans dérober
une cerise.

Il y a eu cela, tout de même, dans la Révolution, si affreuse par tant d'autres côtés; il y a eu
ces soldats chez qui la bravoure est peut-être
moins admirable que la résignation à toutes les
misères, la stoïque endurance; et je ne résiste pas
au plaisir de citer encore un beau trait que j'ai
trouvé dans une monographie de régiment, celle
de la 1ʳᵉ demi-brigade légère, actuellement devenue le 76ᵉ de ligne.

Partie de Perpignan en sabots ou les pieds en-
veloppés de loques, la demi-brigade se rendit, à

marches forcées, jusqu'à Gênes, où elle rejoignit l'armée de Masséna et prit part au terrible siège. A son arrivée, une distribution de souliers lui fut faite, mais très insuffisante : à peine de quoi chausser un homme sur vingt. Alors ces pauvres gens, les pieds sanglants encore de l'interminable route, formèrent le cercle, délibérèrent entre eux et décidèrent que les paires de souliers seraient données « aux plus dignes », comme un premier galon.

Trouvez mieux, s'il vous plaît, dans toute l'histoire romaine.

L'anecdote des cerises, l'anecdote des souliers, voilà de ces petits faits comme ce sécot de Taine — qui en était pourtant si grand amateur — n'en a pas découvert un seul en fouillant toutes les archives datant de la Révolution et de l'Empire. Par contre, il ne tarit pas sur les déserteurs, les réfractaires, les conscrits mutilés volontairement. Et voilà où cela mène de se trop défier de l'enthousiasme.

Êtes-vous comme moi? Je préfère les historiens qui me démontrent — pièces justificatives en mains — que notre vieille race de France est féconde en héros.

La Tour-d'Auvergne en est un, et les annales

militaires d'aucun peuple n'en offrent de plus
complet ni de plus pur. Sa vie est sans tache. Intrépide et modeste, — de l'année 1792, où il re-
fusa d'émigrer, jusqu'à l'année 1800, où il mourut, percé d'un coup de lance autrichienne, sur
la hauteur d'Oberhausen, — il a été le paladin
de la première République. Couvert de gloire,
mais vieux et malade, il fut, pendant quelque
temps, forcé de quitter l'armée, et, dans sa retraite,
pratiqua toutes les vertus, et notamment la première de toutes, la bienfaisance.

On sait comment il reprit sa place sous les
drapeaux, pour remplacer le fils d'un de ses amis.
Quand j'ai lu la lettre par laquelle il demanda et
obtint la faveur de marcher à la mort, dans le
rang, en qualité de simple volontaire, « privé, dit-
il, de toutes ses dents supérieures et ne pouvant,
par cette raison, prendre de commandement »,
les larmes me sont venues aux yeux.

Il est doux de se rappeler que les contemporains de cet homme exemplaire lui ont rendu
justice. Nommé de son vivant, par le Premier
Consul, « premier grenadier des armées de la République », il fut, après sa glorieuse mort, l'objet des plus grands honneurs. Son cœur, enfermé
dans une boîte d'argent, fut longtemps porté

dans les combats par un fourrier de sa compagnie et devint une sorte de *palladium* du régiment. Encore aujourd'hui, chaque fois que sort le drapeau du 46ᵉ, le capitaine de la compagnie du drapeau appelle La Tour-d'Auvergne, et le plus ancien sergent répond : « Mort au champ d'honneur. »

A la bonne heure! Voilà comment il faudrait respecter et chérir le souvenir de nos grands soldats. Hélas! S'il a pu voir l'indécente posture prise par certains de nos parlementaires devant le cercueil du maréchal Canrobert, La Tour-d'Auvergne, j'en suis sûr, a dû faire la moue et froncer les sourcils, là-haut, dans le Paradis des Braves.

21 février 1895.

APPENDICE

Lettre reçue par M. Coppée le 11 novembre 1894 :

« Monsieur,

« Nous respectons votre douleur et, plus encore, nous admirons votre patriotisme.

« Le vibrant article de journal que nous venons de lire et que vous intitulez simplement : « En deuil d'un ami », nous a remués jusqu'au fond de l'âme. Il nous détermine à faire appel à votre bon cœur, — qui s'y révèle une fois de plus, — à votre âme sensible de poète, à votre générosité toute française, en faveur de malheureux exilés.

« Nous en appelons à votre charité, monsieur, à votre éloquence persuasive et troublante entre toutes les éloquences, entre toutes les charités, pour plaider — par un mot, *par une pensée* — une cause humaine, noble et sacrée.

« Le moment est solennel : il faut le saisir vite, vite! Dans quelques jours, il sera trop tard. Nous vous supplions à genoux, monsieur : montrez-vous, comme tant de fois, secourable aux affligés! Élevez la voix, dites un mot, un seul, pour des hommes qui souf-

frent, et vous, qui bien souvent avez soutenu de votre parole les
faibles et les déshérités, vous serez écouté !

« Tous entendront votre cri de pitié, et ils sont innombrables !
Tous pleureront au souvenir de ce Français qui « aura dérobé à la
flamme de son cœur » une pensée ardente de commisération, et peut-
être quelques-uns verseront-ils de bienfaisantes larmes d'espérance !

« Sans arrière-pensée, nous crions avec vous : « Vive la France
« et vivent ses amis ! » Mais laissez-nous vous implorer aujourd'hui
pour nos frères de Pologne qui peuplent la Sibérie. Demandez, monsieur, au tsar-Dieu tout-puissant qu'il ait pour eux, en montant au
trône, un regard de miséricorde.

« Vous auriez voulu, dites-vous, assister aux réceptions parisiennes
de l'an dernier en tunique de brocart agrémentée de gemmes et de
pierreries, parce que l'habit noir vous semble trop triste. Quelle douleur serait la vôtre si vous voyiez nos vaillantes Polonaises dans leur
éternelle robe noire, en deuil de leurs pères, morts là-bas, de leurs
maris, morts là-bas... de leurs fils qui y meurent. — Y mourront-
ils ? Sauvez-les !

« Implorez pour les mères, elles vous béniront.

« Si la couronne mortuaire que vous offrez au tsar est « forgée du
solide métal de votre amitié », les couronnes de fleurs que vous tres-
serez les femmes de Pologne « seront enrichies des plus purs diamants : les larmes de leur reconnaissance ».

« Oh ! oui, de grand cœur ! Vive la chère France et vivent ses
amis ! Vivent les Russes, criez-vous, ses amis de demain ! Mais vivent
aussi, n'est-ce pas ? les Polonais, ses amis d'hier !

« En ces jours de deuil, « l'aboyante politique » se tait tout aussi
bien qu'aux heures de fête. Aujourd'hui, les Français généreux et
chevaleresques « unissent leurs cœurs », ne pensent « qu'à la France
bien-aimée qui n'est plus seule contre trois devant l'Europe en armes ».
Profitez de ce recueillement silencieux, criez grâce, monsieur, au
nom de l'humanité ! Faites entendre votre voix chaude, votre parole
ardente et émue aux plus grands de la terre pendant les heures uniques
où ils courbent la tête sous le joug inexorable de la mort.

« Et l'on vous entendra là-bas, et vous leur rendrez l'espérance,
la douce espérance ! N'est-ce pas pour vous rendre heureux vous-
même ?

« Seule contre trois, notre chère Pologne a succombé ; elle n'eut pas la vivifiante espérance qui fait la France grande et invincible. Puisse-t-elle au moins, dans ses derniers enfants qui survivent, se réconforter par la suprême consolation de voir mourir sous le toit de la famille les exilés revenus de l'horrible bagne sibérien !

« Vous le proclamez justement, monsieur, « l'empereur peut mettre sa toute-puissance au service du droit ; étant le plus fort, il peut être le plus juste, inscrire son nom parmi ceux des bons et des sages sur le Livre d'Or de l'Humanité » !

« Soufflez-lui le mot : CLÉMENCE !

« Il vous écoutera, parce que vous savez parler à l'âme. Il inaugurera son règne par la pitié, et le jour du sacre les arcs de triomphe élevés sur son passage feront briller en lettres d'or :

Incipit Lenefaciendo.

« DES POLONAIS. »

TABLE

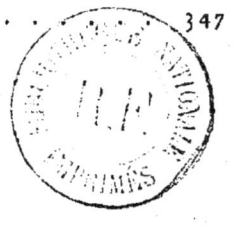

Achevé d'imprimer

le dix-neuf mars mil huit cent quatre-vingt-quinze

PAR

ALPHONSE LEMERRE

25, RUE DES GRANDS-AUGUSTINS, 25

A PARIS

I. — 2330.

ŒUVRES COMPLÈTES
DE
FRANÇOIS COPPÉE

Édition in-18 jésus, papier vélin

POÉSIE

THÉÂTRE

PROSE

PARIS. — Imprimerie A. LEMERRE, 25, rue des Grands-Augustins. — 3.-2330